# 聖皇猊下の子づくり指南係

灰ノ木 朱風
Illustration なおやみか



eR
eロマンス ロイヤル

# CHARACTERS

Seikogeika no
kodukuri shinangakari

## ミネット・アルバスロワ・テンプルトン

25歳

はつらつとした性格の一般修道女。高齢の夫を腹上死させたという噂のせいで「伝説の毒婦」と言われているが実際は処女。……なのに元貴族令嬢という経歴を買われ、聖皇猊下の子づくり指南係に任命されてしまい!?

## 聖皇アドニス

27歳

二百年に一度咲く神花から生まれた「聖人」でユーフェタリア教の最高指導者。精神的に成熟し、「奇蹟」も起こせる人間離れした美形だが、恋愛と性欲に関しては無知。すこし天然で猫舌。

## ハリエッタ・デズモンド・テンプルトン

21歳

アドニスの子づくり相手候補の侯爵令嬢。ミネットの元夫の孫娘でプライドが高い。

## シスター・ラナ

18歳

アドニスの子づくり相手候補の修道女。養護院出身で純朴な性格。

## シスター・メアリ

22歳

ミネットの友人の修道女。本の虫でどこからかロマンス小説を仕入れては他の修道女に貸し出している。

## ニコライ枢機卿

??歳

ミネットを子づくり指南係に推薦した枢機卿。生真面目で神経質だが人の意見をまとめるのが上手い。

# CONTENTS

# プロローグ　子づくり指南係の拝謁

むかしむかし、私たち人間が大地に産声《うぶごえ》を上げるよりも、ずぅっと昔。

豊穣の女神ユーフェタリアが、この世界に姿をお現しになりました。

彼女が地上に降り立つと、その足元に草木が芽吹き、生命が生まれたのです。

大地で一番はじめに咲いた花に、ユーフェタリアは祝福を与えられました。

この原初の花をなんと呼ぶでしょうか？

——そう。「神花《しんか》」ですね。

神花は女神の力をあまねく大地に伝えるため、その蕾《つぼみ》から貴き人を生み出しました。

これこそが「聖人」です。

いいえ？　おとぎ話なんかじゃありませんよ。

だって、聖人は実在しますからね。

今も二百年に一度、聖都タリアの神花からは聖人が生まれ、聖なる力で私たちを教え導いてくださるのです——。

幼い頃、街のシスターが語り聞かせてくれたお話。

この大陸では誰もが知っている女神ユーフェタリアの創世神話が、ぐるぐるとわたしの脳内を駆け巡っていた。

「シスター・ミネット。こちらが今代の聖人であらせられる聖皇《せいこう》アドニスさまだ」

ええ、聖人は実在します。

いるんです――目の前に。

神の花から生まれ落ちたという聖人にして、ユーフェタリア教の総本山である聖都タリアの元首。

この世で最も貴き存在であられる聖皇アドニス猊下《げいか》は、黄金の蔦《つた》が装飾された肘掛《ひじか》け椅子に優雅に腰かけていた。

ここは歴代聖皇の住まいである、聖都タリアの宮殿の一室だ。

本来なら聖皇が国王などの貴人と面会するためのやたらと広くて豪華な応接室に、聖皇猊下と、頭頂部がやや貧弱なおじさま――ニコライ枢機卿《すうききょう》と、そしてなぜか凡弱《ぼんじやく》一般修道女のわたし、ミネットがいる。

(うう、どうしてこんなことに……)

わたしは先ほどからじっと真紅の絨毯《じゆうたん》の上にひざまずいたまま、こちらを向いて座る猊下の足元を見つめることしかできずにいた。

アドニス猊下の法衣《ほうい》はゆったりとしたくるぶし丈《たけ》で、立て襟《えり》と袖に金刺繍《きんししゆう》が施《ほどこ》されている。枢機卿の法衣が森を思わせる深緑色なのに対し、彼はほぼ黒に近い濃緑だ。

緑はユーフェタリア教のシンボルカラーで、法衣の色の濃さはそのまま聖職者としての位階の高さを表す。

つまり、黒緑の法衣は目の前の彼がユーフェタリア教の頂点たる最高指導者、聖皇であることをたしかに示していた。

「何をぼーっとしているのです。早く名乗りなさい」

「は、はいっ」

枢機卿に促《うなが》され、あわてたわたしはさらに深々と頭を下げた。

「アドニス猊下、はじめてお目にかかります。シスター・ミネットと申します」

「うん」

恐る恐る名乗ると、想像よりフランクな相づちが返ってくる。

意外に思って目を見開いたわたしの視界に、ふと、きらきらと光る粉のようなものが舞い落ちた。

——それは一匹の輝く蝶《ちょう》。

どこから室内に入ってきたのだろう。蝶はわたしの周囲に光の鱗粉《りんぷん》を振りまいて、次にふわりふわりと漂《ただよ》いながら猊下の方へと飛んでゆく。

その行方につられて顔を上げたら——とんでもない美形と目が合った。

長く艶《つや》やかな銀の髪。ユーフェタリアの神像を彷彿《ほうふつ》とさせる白皙《はくせき》の肌。輝くまつげに縁取《ふちど》られた瞳は、湖水のような深い青だった。

柔らかなカーブを描く眉も、目尻までまっすぐ伸びる二重《ふたえ》の幅も、薄い唇にすっと上品な鼻のかたちまで、すべてが寸分の狂いもなく完璧すぎた。

天上の美——そんな言葉が脳裏をよぎる。

ただでさえ緊張しているのに、尋常でない美形の迫力に変な汗まで出はじめた。

(聖皇猊下が中性的な美男子だということは知ってた、けど——)

彼の姿絵は巷《ちまた》に広く出回っている。あまりによく売れるため、彼の似姿を描いた聖皇ペナントやらアドニス饅頭《まんじゅう》などの非公式商品までもが大陸中で流通しているくらいだ。

修道女として聖都で暮らしはじめてからは、遠目にお姿を見たこともある。

でも、目の前のホンモノの聖皇猊下のご尊顔はもはや、絵画だとか人の手で表現できる域を超えていた。

なぜなら、彼の全身から神々しい後光がビシバシとほとばしっているのだ。

法衣の色なんて関係ない。仮に彼が素っ裸《すっぱだか》でスラム街の道端に座り込んでいたとしても、物乞《ものご》いと間違える人はいないだろう。

この得がたい感覚をひと言で形容するなら……、そう。

(ま、まぶしい……!)

みなさん、神々しさが限界突破すると人体は発光します。

彼は間違いなく、二百年に一度花開く神花の蕾から生まれるという、唯一聖なる存在だった。

圧倒されたわたしがぽかんと口を開けて固まっていると、光る蝶を指先に留《と》まらせた猊下は、フ、と美しい目元を綻《ほころ》ばせる。

「お前のことは知っているよ、シスター・ミネット」

「えふぇっ⁉　どどどうして猊下がその、わたしのような虫ケラ修道女のことを……？」

「ん？　なぜって――」

黄金の肘掛けに頬杖《ほおづえ》をつく猊下はわずかに首を傾《かし》げ、それからちらりと窓の方を見やる。光る蝶はいつの間にか消えていた。

「いつも裏庭で猫に餌《えさ》をやっている娘だろう？　お前が餌箱を隠しているあの植え込みは、ちょうど私の部屋の真下だからね」

ああああああ！　見られていた⁉

堅苦しい修道女生活の癒《いや》しであるにゃんことの密会を、よりにもよって聖皇猊下に！

焦りでどっと心拍が速まるわたしを、青筋を立てた枢機卿が睨《にら》みつけた。

「シスター！　貴女《あなた》はまたそうやって規律を無視した行《おこな》いを……！　聖皇のおられる宮殿に野良猫を居着かせるなど言語道断です！」

「も、申し訳ございません。あっでも、ちゃんと責任を持って避妊手術を受けさせてあります！」

「勝手に聖教区を抜け出して街医者のところへ行っていたということですか⁉」

「ひぃっ、すみません！」

「ニコライ枢機卿」

その声は穏やかな凪《なぎ》の湖面のようだった。猊下がひと言呼びかけただけで、枢機卿の怒気がぴたりと止まる。

「私は彼女を咎《とが》めているわけではないよ」

「し、しかしアドニスさま……」

「私はただ、シスター・ミネットのように警戒されずに猫を撫でる方法を知りたくて観察していただけだ」

え、悪魔も裸足《はだし》で逃げ出す枢機卿のお小言から庇《かば》ってくれるだなんて、この人もしや神……!?

——いや、聖人だったわ。

聖皇という肩書きからもっと厳格な人物を想像していたわたしは、やさしげな猊下の人柄に勝手な親近感を抱く。

枢機卿は少しムッとした様子だったが、猊下の前で遠慮したのかそれ以上の追及はしてこない。代わりに禿頭《はげあたま》からずり落ちそうになっていた小さな帽子《カロット》を元の位置に正した。

「申し訳ありません、つい話が逸《そ》れてしまいました。——本来の用件をお話しいたしましょう」

「うん。聞こう。どんな用件だったかな」

「猊下の来たるべき時に備え、新たな教育係を置こうという件でございます」

ドキィッ！　と修道服の下で心臓が跳ね上がる。今すぐ枢機卿に飛びついて口を塞《ふさ》ぎたい気持ちを、わたしはすんでのところで抑えた。

(できれば、その話には触れずに済ませたかったんですけど……やっぱ無理、よね)

一介の修道女にすぎないわたしが、今まさにアドニス猊下にお目通りを許されている理由。

それは枢機卿の言う「猊下の新たな教育係」が、他ならぬわたしだから、であった。

「シスター・ミネットは、この聖都で修道女としての誓願を立ててからまもなく五年。いまだに俗世での価値観や習慣が抜け切らず、少々奔放《ほんぽう》なきらいがありまして……。本来なら、アドニスさまのお近くに仕えることは叶わぬ立場ではございますが——その」

枢機卿は一旦言葉を止め、もったいぶった調子でゴホンと咳払《せきばら》いをする。

「今回のお役目は、彼女にしか果たせないだろうという結論になりました」

「そうか。シスター・ミネットはそれほど高い教養を修めているのだね」

猊下は感心したように二、三度瞬《まばた》きして、尊敬と好奇心の入り混じったまなざしでこちらを見つめてくる。

(やめてください。そんなワクワクした目で見ないでください。あ〜もう、いっそのこと天変地異《てんぺんちい》でも起こってこの場がどうにかなれ)

先ほどから一心に「やめろ」「見るな」「爆発しろ」と唱えつづけるわたしの代わりに、なぜかドヤ顔の枢機卿が堂々と言い放った。

「はい。このシスター・ミネットが——本日から聖皇猊下の『子づくり指南係』です！」

# 第一章　子づくり指南係の経緯

ことの発端は昨日、前触れなくニコライ枢機卿《すうききょう》の執務室に呼び出されたところからはじまる。

枢機卿とは、聖皇《せいこう》に次ぐユーフェタリア教の聖職者の最高位である。

ニコライ枢機卿はその中でも筆頭枢機卿と呼ばれるそりゃもう偉い立場で、わたしのような底辺修道女と関わり合いになることは、本来ならそうそうないはずなのだが。

実は聖都にやってきたばかりの頃、わたしは彼の頭に床磨き用ワックスをぶちまけてしまい、毛根に深刻なダメージを負わせてしまったことがあるのだ。本当に本当にただの偶然、たまたま笑いの精霊がそこに降りてきてしまっただけの不幸な事故だった。

以来、何かと目をつけられ——いえ、とても気にかけていただいている。

それもあって、わたしは今回の呼び出しもお叱《しか》りに違いないと思い込んでいた。なにせ心当たりがありすぎるんだもの……。

もしや猫の隠し飼いがバレたんじゃないかしら、あるいは大聖堂裏の楓《かえで》の木に穴を開けてメープルシロップを密造しようとしたのがよくなかったんじゃないかとか……とにかくそんな具合だ。

ところが枢機卿の口から語られた用件は、わたしの想像を遥かに超えていた。

「えーっ!? わたしが聖皇猊下《げいか》の『子づくり指南係』ですって!?」

そりゃあ第一声がわざとらしい説明台詞にもなるでしょうよ。

子づくり指南係なんて役職、見たことも聞いたこともないんだもの！

「シスター・ミネット。静粛に」

「いやいやいや静粛にできるわけないでしょう！ そりゃあわたしはもう二十五ですし？ 世間ではとっくにとうの立った年齢ですけど、だからっていきなり修道女を呼びつけて、こ、子づくりしろだなんて……」

「貴女《あなた》に猊下と同衾《どうきん》しろなどとは言っていません！」

わたしの至ってまともな反論に、枢機卿は口角から泡を飛ばした。

「貴女に頼みたいのは、猊下に正しい閨《ねや》の知識をお授《さず》けすることです」

「えーと……それはつまり？」

「座学の教師ですよ、ざ・が・く！」

「あ、そういうこと……」

それでもだいぶおかしい気がするけど、一旦呑み込むことにした。

磨きこまれたマホガニーの執務机を挟んで、背高の椅子に腰かける枢機卿は、ン、と小さな咳払《せきばら》いをする。

「アドニスさまには、その貴い血を後世に遺すためにお子を生《な》していただかねばなりません。すでに猊下のお相手候補として、何名かの女性が選定されています。しかし、候補の女性たちはみな信仰心に篤《あつ》い清らかな乙女。猊下もまた、俗世の汚れを知らぬ清浄な身であらせられますので」

「はあ」

「ゆえにその、心構えといいますか……男女の営《いとな》みに関する知識を学んでいただく必要があるだろうと」

「はあ……」

（……アドニス猊下って童貞なんだ……）

聖職者だから当たり前と言えばその通りでしょうが、図《はか》らずも雲上《うんじょう》の人の下半身事情を知ってしまって微妙な気持ちになる。

つまり枢機卿たちは、なんの性知識もないピカピカの処女と童貞を家畜の繁殖よろしく番《つが》わせようとしている、ということだろうか。

——うん。それはたしかに事故りそう。

「事情はわかりました。でも、そもそも聖職者がセッ……子づくりなんてしていいんですか？」

「われらは自らの意思で神に奉仕する道を選び、貞潔を誓っています。しかし本来、女神ユーフェタリアは豊穣の神。人が子を持ち、地に生命が満ちることは尊《とうと》ぶべきことなのです」

「うーん……。でも、世界のアイドル聖皇猊下が特定の相手とどうこうなっちゃったら、信者のみなさんはがっかりしちゃうんじゃあ？」

「歴代の聖皇、聖人の中には妻帯したかたもおられます」

「へぇ～知らなかった……。って、そうじゃなくて！」

うっかり納得しかけて、わたしはバン、と目の前の机を叩く。

「なぜわたしなんですか？　わたしは聖都で暮らしはじめてから五年、ただの一度も猊下と間近にお目にかかったこともなければ、お言葉を交《か》わしたこともありません。特別お勤めに熱心なわけでもない、路傍《ろぼう》の石ころみたいな修道女ですよ？」

「たしかに貴女は模範的な修道女ではありませんが、猊下は立場や身分で人を区別なさいません」

「そっ、そもそもなんで女のわたしに……。そういうシモの――いえ、性的なお話は、男性同士の方がざっくばらんに話せるんじゃないでしょうか」

「われわれに、女体や性交について猊下に講義できるような知見があるとお思いか？」

「……思わないですね……」

聖都タリアに暮らす聖職者たちは、「貞潔、清貧、寛容」の教えを終生守り通すユーフェタリア教の敬虔《けいけん》な信徒だ。つまり皆が皆――目の前のニコライ枢機卿も――もれなく童貞、である。

「シスター・ミネット。……いえ、レディ・ミネット・アルバスロア・テンプルトン」

突然フルネームで呼ばれて、背筋に緊張が走った。

「貴女はエトルエンデ王国の伯爵家《はくしゃくけ》のご出身でしょう。エトルエンデでは、貴族の令嬢は若いうちから閨の教育を受けるのが一般的ですね」

「はい」

「それに、貴女は婚姻歴がある。つまり、知識だけでなく実践《じっせん》の経験もお持ちだ」

「……それは……」

「──『伝説の毒婦《どくふ》』と」

「！」

その瞬間、わたしの顔色が変わったのを枢機卿は見逃さなかったろう。

「貴女が聖都へやってくる以前の、社交界での噂《うわさ》を耳にしました。夫の老侯爵《ろうこうしゃく》をめくるめく性技で腹上死させた『伝説の毒婦』。侯爵の死後は義理の息子までその手管《てくだ》で籠絡《ろうらく》しようとした稀代《きだい》の悪女──なのでしょう？」

心の温度が、すうっと冷えてゆくのを感じた。

わたしは伯爵家に生まれ、十九で侯爵家の後妻として嫁いだ。

そして五年前、その過去をすべて捨てて修道女になった。

家族、財産、故郷、貴族としての何もかもを捨てて、ただ救われたいという思いだけでこの聖都にやってきたのに。どうして今さら──。

肺の辺りが鉛《なまり》のように重くなる。

うつむくわたしの心の隙間《すきま》に入り込むように、枢機卿はそっとささやきかけてきた。

「貴女はすでに悔い改め、神に仕える道を選んだ。……安心なさい。神はすべてをお赦《ゆる》しくださいます」

「…………」

「貴女が俗世で得た知識と経験がわれわれ教会の役に立てば、それは過去の罪に報《むく》いることになると思いませんか？」

「……トイレの改装」

「はい？」

「聖教区内のトイレを水洗にリフォームすること！　それから、白湯《さゆ》ではなく色のついたお茶を飲む権利！　それがお引き受けする条件です！」

勢い任せに机に身を乗り出すと、枢機卿の上体がわずかに引いた。

「……あ、貴女という人は……ユーフェタリアの教えである清貧と寛容の精神を無視し、私と取り引きしようというのですか⁉」

「ええそうです！　だいたい、聖都《ここ》のトイレはいつまで前時代的な汲《く》み取《と》り式なんですか⁉　周辺国では上下水道の整備が進んでいるっていうのに、いつまでも便槽の掃除をさせられる下っ端の身にもなってくださいよ！　それから、清貧だとかなんとか言って客にまで味のないお湯を出すのはただのケチって言うんです！」

「ぐ、それは……」

「それがいやでしたら別のかたに頼んでくださいませ？　なにせミネット・アルバスロア・テンプルトンという女はとんでもない性悪《しょうわる》で、伝説の毒婦なんですからね！」

こうして半ばヤケクソ気味に、わたしは枢機卿に無茶な要求をふっかけた。

……だって、まさか承諾されるとは思わなかったんだもの……。

どうせ通るなら、あの時ついでに「猫を飼う権利」も主張しておけばよかったと、今にして思う。

◇　◇　◇

「シスター・ミネット」

穏やかな声で名を呼ばれて、わたしはハッと意識を現在《いま》に引き戻す。

ニコライ枢機卿は、明日の一般謁見の準備があるからとこの場を辞去してしまい、いつの間にか部屋はわたしとアドニス猊下のふたりだけになっていた。

（――なんで取り残すのよ。枢機卿の采配でセッティングしたなら最後まで責任持ってくださいよ！）

わたしの内心の叫びをよそに、目の前の猊下は相変わらずキラキラの後光を背負いながら微笑《ほほえ》む。

「明日は一般謁見があるから、講義は明後日《あさって》以降でかまわないか？」

「は、はい。猊下のご随意に……」

「堅苦しくする必要はないよ。お前は今日から、私の師なのだからね」

そう言われましても、あなたほどのかたにいきなりフランクに接することができる強心臓の持ち主はなかなかいないと思うんですが……。

なんと答えるべきか迷っていたら、猊下が椅子から立ち上がった。そのまま数歩進み出て、わたしの前に右手を差し出す。

「立ちなさい、今後は私の前で膝をつくのは禁止だ。こちらが教えを乞《こ》う立場である以上、お前とは対等でありたいと思う」

うう、まだちょっと……だいぶ恐れ多いけど……。

――猊下自身がそう望んでおられるならしかたない！

わたしは腹をくくり、差し出された手を取った。聖皇猊下の御手に触れただなんて、それだけで一生自慢話のネタに困らないレベルである。

わたしを引き上げる彼の力は、そのたおやかな見目に反《はん》して男らしく力強かった。

（こうやって向い合って並んでみると、けっこう背が高いのね）

女性としてはそれなりに背丈のあるわたしより、猊下の背はさらに頭ひとつ分近く高そうだ。

それだけじゃない。はじめてこのかたと同じ場所に立ってみて、わたしはどこか不思議な実感に包まれていた。

わたしはこれまで、聖人であるアドニス猊下をどこか現実味のない、おとぎ話の登場人物のようなー―それこそ神や精霊に近しい存在なのだと思っていた。

でも、今わたしの目の前にいる彼は、呼吸をし、瞬《まばた》きもする、体温の通った男性で、普通の人間と何ひとつ変わらないように見えた。

……その神々しすぎるオーラを除けば。

「どうかよく顔を見せておくれ」

「んぇ!?」

突然、アドニス猊下の両手がわたしの頰を包んだ。

ぐい、と上向かされて、輝くばかりのご尊顔と正面からご対面させられる。

（ひぇぇええええ……!?　まつげの密度すご……っ！）

じっとこちらを覗き込む青藍の瞳。圧倒的な造形美。

固まるわたしをよそに、猊下はまるで慈《いつく》しむような手つきで指の背を頬《ほお》に滑らせた。わたしの胡《く》桃色《るみいろ》の前髪を梳《す》いて、狭い額を露《あら》わにする。

「うん、健康で柔らかそうな髪だ。どれ、瞳は……。——ああ、綺麗なスミレ色だ」

うれしそうに笑いかけられて、その笑顔のあまりの破壊力に喉からヒュッ、と音が漏《も》れた。

この世の美のすべてを詰め込んだようなかたに「綺麗だ」などとお言葉をいただいてしまっては、こちらはただひたすらに恐縮するばかりである。

「ミネット、お前は春生まれだね？」

「はい。そうですが、どうしておわかりに……？」

「スミレ色は春の色だからだ。お前には春の精霊の加護がある」

「は、はあ」

（目の色と生まれた季節にどんな関係が？）

それが高度な聖人ジョークなのか、それとも彼にしかわからない何かがあるのか、わたしには判断がつかなかった。

「猊下、その……そろそろお離しください」

近すぎる美形は心臓に悪い。恐れ多くも胸板を押して抗議の意を示すと、どうにか顔から手を離してくれた。

危ない危ない。わたしが悪魔だったらすでに三度は浄化されて灰になっている。

(それにしても……)

大きめに一歩下がる。少しだけ顔面国宝の輝きに耐性のついたわたしは、じっと猊下を見上げた。

(なんか……この距離感のおかしさといい、言動の脈絡のなさといい、もしかして猊下って――。あんまり空気とか読めない系?)

これほど浮世離《うきよばな》れしたかたに座学で講義だなんて、わたしに務まるのだろうか……。

このミッションの困難度を推し量《はか》るべく、わたしは非礼を承知で本題を切り出すことにした。

「不躾《ぶしつけ》なことをお伺いしますが、猊下は男女の事柄に関してどのくらいのことをご存じなんでしょうか」

「どのくらい、とは?」

「えーと……怒らないでお答えいただきたいんですけど、そもそもどうやったら子供ができるかはおわかりなんですよね……?」

「知っているとも。種をまけばいいのだろう?」

えっ? もしかしていきなり直球の下ネタ?

突然のパンチが利いたお言葉に若干引きつつ、苦笑いでごまかす。

「ま、まあ、ミもフタもなく言えばそうですね。肥沃《ひよく》な母体に種をまけば、いつかは生命が芽吹くかと……」

そりゃあ猊下は種まきさえすれば終わりでしょうが、女の側はそうもいかない。

もしも相手の女性が猊下とのお子を宿したとして、今度はその貴い命を大事に大事にお腹の中で育て、命がけで出産に臨《のぞ》まなければならないのだから。

(子づくり指南って、産前産後の父親のありかたとか、妊婦のフォローについての教育も含まれるのかな……)

考え込むわたしに、猊下はにこにこと屈託《くったく》なく笑いかけてくる。

「大丈夫。私は食事に出された豆もやしを土に埋めて育てたこともあるんだ。ちゃんと毎日水をやって世話をするよ」

「豆もやし……?」

「ああ、水だけではいけないね。日光も重要だ。日当たりのいいところに置けるよう、鉢植えにするのがいいだろうか?」

急に話の筋が見えなくなって、わたしは思わず眉根《まゆね》を寄せた。

「あのー、猊下。……何をおっしゃってるんです?」

「何って、花の育てかただ」

「花? 猊下は園芸がご趣味なんですか?」

「ん?」

「え?」

お互いにクエスチョンマークを浮かべたまま、しばらく顔を見合わせる。

――ハッ！　いかん！

人類の至宝たる聖皇猊下に困り顔をさせるなんて、過激派信徒に刺されてしまう！

なんとか話を合わせつつ軌道修正しようと、わたしはそれほど出来のよくない頭を必死にフル回転させた。

「申し訳ありません。わたしも花は大好きなんですが、栽培についてはあまり詳しくなくて……。必要でしたら庭師を連れてきましょうか？」

「だが、ミネットは子づくりの専門家なのだろう？」

「え、いや……花と子づくりに、どのような関係が？」

「うん？」

猊下はわずかに首を傾《かし》げ、それからこの世すべての罪を洗い流す極上の笑みを浮かべた。

「だって――人は花から生まれるのだろう？」


…………はい？


説明しよう！

聖人であられるアドニス猊下は、二百年に一度聖都タリアの禁庭に咲く神花《しんか》からお生まれになったと言われている。

それゆえ、自分以外の万民も同じように花から生まれると思っておられるのだ！

（前途多難すぎるでしょ……）

猊下とのお目通りを終えた翌日。わたしはひとり、青空に向かってため息をついていた。

本日は、月に一度聖皇猊下が自ら巡礼者の前に姿を現し、お言葉をかけられる一般謁見の日だ。アドニス猊下が謁見を行う日は必ず晴れる――信徒たちの間でまことしやかにささやかれるジンクスの通り、今日も聖都は雲ひとつない青天だった。

ここ、聖都タリアは湖の上に浮かぶ小島だ。女神ユーフェタリアが地上で一番はじめに降り立ったとされるユーフェタリア教の聖地であり、代々聖皇が元首を務める独立国家でもある。

聖都の中心部に位置する中央広場は、すでに猊下の姿をこの目で見ようとやってきた信徒たちでごった返していた。そしてわたしも今、一般信徒にまぎれて広場の人波の中に立っている。

（改めて……本当にすごい数の巡礼者だわ）

円型の広場にひしめく老若男女。その中にはお手製の聖皇ぬいぐるみや、「祝福して♡」と書かれたうちわを持つ信徒……いや信徒なのだろうか……？　とにかく、若い女性の姿も目立つ。

一体誰が信じるだろうか。

これだけの人々の尊崇を集める聖皇猊下が、あの「世界中のオンナを抱きましたが？」みたいな色気ダダ漏れの顔してるアドニスさまが、性知識が五歳児レベルのド天然生物だったなんて！

その時ふと、さえぎるもののない上空で何かがきらめいた。

やおら顔を上げると、光る蝶《ちょう》がきらきらと輝く鱗粉《りんぷん》を振りまきながら飛んでいた。

（昨日、応接室でも見かけた蝶……）

蝶はわたしの頭上を通り越し、青空をふわりふわりと優雅に舞う。

そのうち二羽、三羽、と蝶の数が増え、蝶たちは光の尾を描きながら宮殿側へと飛んでゆき――。

ひと呼吸の間を置いて、宮殿のバルコニーの窓が開け放たれ、両開きのカーテンの奥からひとりの聖職者が姿を現した。

広場からワッと歓声が上がる。

「聖皇アドニス猊下！」

「ああ、なんて神々しいお姿かしら……！」

猊下は、いつもの黒緑の法衣の上に豪華な金刺繡《きんししゆう》の施《ほどこ》された純白の肩掛けを纏《まと》っていた。

彼が挨拶代わりに軽く片手を上げると、光る蝶がその指や肩に留まり、羽を休める。広場の歓声はさらに沸いた。

(う〜んやっぱり、こうやって遠方から見てもまぶしい)

遠くからでもひと目でわかる。聖人とはまさに、神が自らの心血を注《そそ》ぎ作り上げた至高の芸術だと。全身から神聖なオーラがあふれ、まるで彼自身が光を放つ小さな太陽のようだ。

ほら、隣のおばあさんなんてあまりの尊さにむせび泣いちゃってる……。

「――花は美しく、愛は地に満ちている」

猊下がお言葉を発した。低く、静かな声だった。

聖皇の住まいである宮殿――昨日わたしが猊下に拝謁《はいえつ》した応接室もその中にある――は、円型の広場を東側から見下ろすように建っている。今アドニス猊下が立っているバルコニーはその二階にあたり、わたしのいる広場の中央からはそれなりに距離がある。

それでもこの広場にいる全員に、彼の声は届いているのだ。

「かつて女神ユーフェタリアは告げられた。命よ満ちよ、大地を覆い、喜びの花を咲かせよと」

みんなが猊下のありがたいお言葉に耳を澄ます中、わたしは隣で感動の嗚咽《おえつ》を漏らすおばあさんの背をさすっていた。

――五年前、この聖都タリアにやってきた時のことを思い出しながら。

◇◇◇

わたしミネットは、エトルエンデ王国の片田舎《かたいなか》で伯爵位を預かるアルバスロア家の長女として生まれた。

わが家は血筋だけは古いものの、領地にはめぼしい産業もなく経済的に豊かとは言いがたい。両親は熱心なユーフェタリア教の信徒で生活は慎《つつ》ましいものだったが、家計はいつも火の車だった。

そんな私に、縁談が舞い込んできたのは十九の時。社交界に広い人脈を持つテンプルトン侯爵から、後妻に、と声がかかったのだ。

はっきり言おう。これは完全に金にものを言わせた人買いだった。

なぜなら侯爵はこの時すでに齢《よわい》六十に差しかかっており、わたしと四十近い年齢差があったのだ。

若くて、金に困っていて、家格はそこそこ。何より従順で御しやすそう——。

ああそれと、「おっぱいが大きいから」と言われた気がする。

老齢に至ってなおご盛んなウワサの絶えない老侯爵にとって、私は「ちょうどいい物件」だったというわけだ。

両親は「あなたの意思で選んでいい、断ってもかまわない」と言った。でも、わが家が逆立ちしたって捻《ひね》り出せないような多額の支度金を目の前にぶら下げられて、断るなんて選択肢をあの時のわたしが選べたと思う？

貴族に生まれた以上、結婚とは家の利のためにするものだとわかっていた。

それに、わたしには妹がいる。せめて彼女には、貧乏伯爵家と後ろ指をさされることなく、しあわせな結婚をしてほしい。その一念が、婚姻の決め手だった。

こうして、ミネット・アルバスロア・テンプルトン侯爵夫人が誕生したのである。

結婚式はごく簡素なもので、両家の親族がまばらに参列しただけだった。

その日のうちに侯爵家の屋敷に入り、母が用意した時代遅れのウエディングドレスはさっさとメイドたちに脱がされてしまって。やたら煽情的《せんじょうてき》なうっすい素材のナイトドレスを着せられて、初夜のベッドでは心細さと恥ずかしさで震えが止まらなかったのを覚えている。

それを見て、夫となった侯爵は「フヒュッ、やっぱり若い処女はええなあ～♡」とか鼻息を荒くしていたけれど。

ええ、なんと——肝心のブツが勃たなかったんです。

だってまあ、もうおじいちゃんだし……。この歳まで相当不摂生《ふせっせい》をしていたようだし。

興奮のあまり頭の方に血が昇っちゃったらしく、ソッチは結局、その夜はうんともすんとも言いませんでした。代わりに全身を舐《な》められたり触られたりと、ただひたすらに気持ち悪かったという記憶しかない。

二日目も同様に、コトを仕損じたまま夜は終わり。

そして三日目――夫はどんなツテを使ったのか、「東国の皇帝ご愛用の精力剤」なる怪しい薬に手を出した。

「これを飲めばよみがえる！　一本で精力一万倍！」とかなんとか言って、ヤバそうなにおいの立ち上るソレを一気にあおって……。

――そしてそのままポックリと、ベッドの上で素《す》っ裸《ぱだか》の状態で死にましたとさ。

はい。こうしてミネット・アルバスロア・テンプルトンは、結婚三日目にして未亡人《みぼうじん》になったのです。

「あまりの超絶テクニックで夫を腹上死させた」という、超不名誉なウワサつきで。

問題は、夫が死んでからだった。

彼はかなりの財産家だったから、相続問題でそりゃあもうモメにモメた。あっちこっちから自称・侯爵の隠し子が名乗りを上げ、連日社交界の話題に上らない日はないくらいだった。

夫には死別した前妻との間に二男一女がおり、当たり前だけどその全員がわたしより年上だ。

そして彼らは、結婚三日にして多額の遺産を相続することになった小娘の存在が、心の底から気に入らないらしかった。

「貴女のような若い女性を未亡人にするなんて、父もさぞ心残りだったことでしょう」

ふたりきりで話し合いましょう、とテンプルトン家の長男に呼び出されて、のこのこと応じたわたしは本当に世間知らずで浅はかだった。

「とても言いにくいことなのですが……貴女が財産目当てに父を手に掛けたのではないかと、心ない中傷をする輩《やから》がいます。この先たったひとりで生きていかれるのは難儀でしょう？　これからは私が貴女と、貴女の財産をお守りします。……もちろん、父が年甲斐《としがい》もなく溺《おぼ》れたという貴女の身体も、私がお慰めしますよ……」

愛人になれ。ついでにお前の財産もよこせ。

貴族的なまどろっこしい物言いをストレートに訳すと、要はそんなところだ。

あわやその場で手籠《てご》めにされかけたわたしは、手近にあった燭台《しょくだい》で彼の頭を殴りつけてどうにか逃走した。くやしくて、恐ろしくて、安全な場所に帰り着いた後もしばらく涙が止まらなかった。

「夫を腹上死させた毒婦が、その喪《も》も明けないうちから今度は義理の息子に色仕掛けで取り入ろうとしている」

例のウワサにさらなる尾びれ背びれがついて社交界に出回りだしたのは、それからすぐのことだ。

あの頃のわたしは、世論を味方につけるという貴族らしい立ち回りを知らず、一度流布《るふ》してしまった汚名をそそぐ知恵も持っていなかった。

汚らわしいと嫌悪する人、毒婦の計略に恐れをなす人、下卑《げび》た欲望を隠そうともせず近づく人──。すべてがうんざりだった。貴族社会のいやな面を、これでもかと突きつけられた。

友人だと思っていた令嬢たちに距離を置かれたこともつらかったし、何よりわたしを絶望させたのは、実家のアルバスロア伯爵家がなんの助けもせず、日和見《ひよりみ》を決め込んだことだ。

アルバスロア家はわたしの結婚で得た支度金で借金を返し、妹のミリアを新興の子爵家《ししゃくけ》に嫁がせることに成功していた。

もちろん、それはわたしが望んだことだった。両親と妹にはしあわせになってほしかった。

でも。でも。

「ミリアの結婚が決まりそうなんだ。頼むからもう、わが家に関わらないでくれ」

実の父に面と向かってそう言われた時、張り詰めていた糸がふつりと切れた。何もかもが、どうでもよくなった。

わたしは夫の遺産の相続権をすべて放棄し、テンプルトン侯爵家から名前を消した。実家に戻ることなく、頼るツテもなく、ただ小さな革鞄ひとつだけを持って逃げ出した。

行く先もないまま、乏《とぼ》しい路銀で辻馬車に飛び乗って。不安に揺られるわたしの胸にふと去来したのは、幼い頃家族で礼拝に通っていた教会で、シスターが教えてくれた言葉だった。

『聖都タリアは万民に開かれています。女神ユーフェタリアのいとし子であるすべての命が、その門を叩くことができるのです』

そうだ、聖都なら──。聖都タリアならきっと。

根拠のない希望を抱いて、わたしは一路《いちろ》南へ、聖都へと向かうことにした。

聖都タリアは、大陸の中央部にあるタリア湖に浮かぶ島だ。エトルエンデ王国領内に位置しつつも一国家として独立しており、入国するにはタリア湖のほとりにある入国審査局を経《へ》て、湖の上に架けられた道を通る必要がある。

ところが、わたしが藁《わら》にもすがる思いでタリア湖にたどり着いたその日、入国審査は早々に締め切られ、門は重く閉じられていた。ちょうど数日後に聖皇猊下の一般謁見日があり、多くの入国希望者が押しかけているためだという。

「また明日来なさい」

審査局の職員さんはそう言った。決して事務的ではなく、声にはこちらを気遣うあたたかさが滲《にじ》んでいた。

そうだ。朝が来れば、または門は開かれる。

ひと晩待って、明日の朝一番に入国希望者リストに名前を記入し、審査を受けて、しかるべき入国料を払えばいい。何日かかるかはわからないが、いつかは自分の番が訪れるだろう。

ただそれだけのことだ。……ただ、それだけの。

「……ど、して……」

でも、その時のわたしは。

絶望と旅の疲れで、まともな思考ができなくなっていた。

「女神ユーフェタリアは、すべての生命を愛し、導いてくださるんじゃなかったの？　聖都タリアの門は、いついかなる時も、万民のために開かれているんじゃなかったの……？」

一縷《いちる》の望みを絶たれた気がした。見捨てられたと感じた。

夫の死をほんのわずかでも喜んでしまった罪深いわたしを、神は愛さないのだと思った。

(もう、わたしの行くところなんてどこにもない……)

生きる意志が潰《つい》えかけていた。

いっそこのまま、タリア湖に身を沈めてしまおうか――。

そんな刹那的《せつなてき》な思いすら抱いて、ふらふらと暗い湖畔を彷徨《さまよ》っていた時。

「蝶……?」

わたしの目の前を、一匹の光り輝く蝶が横切った。

蝶はわたしを誘うみたいに、ひらりひらりと青白い羽を揺らめかせると、夜闇に虹色のしるべを描いてみせる。わたしはその蝶に導かれるようにして、湖のほとりを歩きつづけた。

どれくらい足に任せただろうか。湖に星明かりが映って瞬《またた》く頃、誰もいない岸辺に一艘《いっそう》の古めかしい小舟が浮かんでいるのが見えた。

蝶は少しだけ小舟の縁に停まり、今度は凪《なぎ》の湖面へきらきらと光の鱗粉を降らせて飛んでいく。

「待って……待って!」

あの時の自分を突き動かしたものがなんだったのか、今となっては思い出せない。

ただわたしは無心で小舟に乗り、夜の湖へと漕ぎ出していた。

漕いで、漕いで、水面に浮かぶ月を割って、夢中で輝く蝶を追いかけて。

気づいた時には――なんと、聖都タリアに不法上陸を果たしていたのである。

もちろん、すぐに衛兵に見つかって牢屋に放り込まれる……というオチはあったものの、女神ユーフェタリアの教えたる寛容の精神により、「この聖都で修道女になりたい。残りの人生を祈りと共に暮らしたい」というわたしの願いは聞き届けられた。

――それが、今から五年前の出来事。

◇　◇　◇

「女神のいとし子、この地に根づくすべての命に聖なる祝福のあらんことを。――実りあれ」

聖句と共にアドニス猊下が右手を上げる。

するとその瞬間、彼の周囲を漂《ただよ》っていた光る蝶たちが一斉に広場へ向かって飛び立ち、わたしたちの頭上に輝く粉を降らせた。

(やっぱり、この蝶はアドニス猊下のお力なんだわ)

わたしは元々、それほど信心深い方ではない。

お父さまとお母さまはあの後、ミリアの結婚を見届けてすぐに事故で亡くなったと風の噂に聞いた。あんなに熱心な信徒だった両親でさえ、女神ユーフェタリアはお救いくださらなかったのだ。

それでも今、アドニス猊下の周囲で戯《たわむ》れる蝶たちのきらめきを見たなら、確信できる。

ああ本当に、奇蹟《きせき》ってあるんだな――と。

あの輝く蝶はきっと、アドニス猊下の聖なる力のあらわれだ。

五年前、蝶がなぜわたしを聖都に招いたのか、そこに猊下の意思が介在していたのか、わたしにはわからない。そもそもすべてがただの偶然で、勝手な思い込みなのかもしれない。

それでも、わたしはたしかにあの日、彼の力によって救われたのだ。

実りあれ、という猊下の祝福の言葉が幕引きとなり、一般謁見の時間が終わった。どこからともなく歓声が湧き起こって広場に満ちる。

バルコニーの両脇に控えていた衛兵が窓を開き、アドニス猊下を室内へと促《うなが》そうとしていた。

だが。

「お待ちください聖皇さま！　お願いします！　わが子を……俺のデニスをお助けください！」

広場の中央に建つ大きな方尖柱《オベリスク》。そこにいつの間にかひとりの男がしがみつき、よじ登っていた。

彼の背には、まだ立つこともおぼつかなそうな赤ちゃんがおんぶ紐で背負われている。父親のがなり立てるような大声に驚いたのか、あるいは人ごみに揉まれたせいなのか、赤ちゃんは激しく泣いていた。

「お願いだ！　デニスは肺病なんだ！　聖人には奇蹟の力があるんだろう!?　それともたいそうなのは見た目だけで、神の教えは嘘《うそ》っぱちなのか！」

ユーフェタリア教において、神を疑ったり、試そうなどというのは最も愚《おろ》かで恥ずべきこととされる。案の定、周囲の信徒たちから怒号が上がった。

「なんだこいつは。不敬にもほどがあるだろう！」

「衛兵！　衛兵はいないのか！」

「うるせえ！　子供の命がかかってるんだ、なりふりなんかかまっていられるか！」

肺病のわが子を救ってほしい、その一念が彼を駆り立てているのだろう。

もちろん気持ちはわかる。でも――。

（赤ちゃんが落ちちゃいそう……！）

方尖柱《オベリスク》の先端近くまでよじ登った男の背で、赤ちゃんが激しくむずかりのけ反《ぞ》っていた。あれじゃあ何かの拍子《ひょうし》におんぶ紐の中からすっぽ抜けてしまう！

なんとか近づこうにも、人が多くてわたしの場所からはどうにもならない。

「誰か赤ちゃんを助けてあげて！」

わたしは思わず叫んでいた。衛兵が人波を掻《か》き分けて方尖柱へ近づこうとしているが、間に合わなくては元も子もない。

騒ぎに気づいたのか、部屋へ戻りかけていた猊下が振り返る。それを両脇の衛兵が制し、見せまいとしている様子だった。

バルコニーの周囲では、光る蝶たちが猊下を急かすみたいに飛んでいて――。

すると次の瞬間。衛兵たちを下がらせた猊下は、バルコニーの欄干《らんかん》に片手をつくと、想像外の身軽さでひらりと白い石柵を飛び越えた。

（えっ、そこ二階だよ!?）

ギャラリーのどよめきをよそに、猊下はまるで空気の階段を下るみたいに一歩一歩と宙を歩いてみせる。宮殿の垣根を越えると、優雅にわたしたちのいる広場の端へと下り立った。

一羽の蝶が、光る鱗粉を振りまきながら猊下の前を先導する。するとごった返していた人垣が、綺麗に左右に割れて道を作った。

「おいで、ユーフェタリアのいとし子」

方尖柱《オベリスク》の下方まで歩み寄り、猊下は声をかけた。両腕を広げ、穏やかな顔で男を見上げていた。

「助けて……くれるのか？」

男が怖々《こわごわ》と下を見た。猊下はただ、じっと彼の顔を見つめ返す。猊下の陽光のごとき柔らかなまなざしに、男の緊張感が一瞬ゆるんだかに思えた……のも束《つか》の間《ま》。

「あっ――」

両脚を踏ん張るみたいにして反り返った赤ちゃんが、ついに男の背から零れ落ちた。

その場にいた全員が、一拍後の惨劇に備えてヒュッ、と息を吸い込んだのが聞こえた。

しかし、どこからも悲鳴は上がらなかった。

宙に放り出された赤ちゃんは、輝く蝶たちに包まれてゆっくりゆっくりと下降していた。そのまま地上に立つ猊下の腕の中に、すっぽりと抱かれる。

あれほどぐずっていたはずなのに、その子はもう泣いてはいなかった。微笑みすら浮かべる赤子の小さな額に、猊下がそっと口づけを与える。

「無垢《むく》なる命に祝福を。春の精霊の慈しみが、お前の前途を照らすだろう。――実りあれ」

猊下と赤ちゃんの周りで輝くらせんを描いた蝶たちが、集い、弾けて、まばゆい光の粒子となって降り注ぐ。

それはまるで、美しい宗教画の一場面のようだった。

男は泣き崩れ、猊下の足元で何度も何度も神への感謝を唱えた。

猊下は彼の手を取って引き上げると、その腕に赤ちゃんを抱かせる。その表情の、一連のしぐさの、神々しさと言ったら。

今日この日の出来事は、きっと後の世まで語り草になるに違いない。

猊下の奇蹟はわたしの――いいえ、この場にいた全員の心をもやさしく照らしていた。その輝きは自然と、わたしにひとつの決意をもたらす。

(猊下に、恩返しがしたい。彼の導きでわたしが救いを得たように、わたしが彼の力になれるなら……)

そうよ。トイレが水洗になって、白湯の代わりに紅茶が飲めるなら、子づくり指南だってなんだってやってやろうじゃない。

たとえ当の猊下が、「人は花から生まれる」と思い込んでいる頭の中お花畑の童貞聖人だったとしても!

そして。

かつて伝説の毒婦と呼ばれたわたしが、本当はまだ男を知らない、正真正銘の処女なのだとしても。

# 第二章　子づくり指南係の奮闘

奇蹟《きせき》の一般謁見から一夜明け、わたしは午後から、宮殿の最奥に位置するアドニス猊下《げいか》の私室に招かれていた。

この部屋は聖皇《せいこう》にとって一番プライベートな空間である、そうなのだが……。

一面に敷かれた赤い絨毯《じゅうたん》は昨日の応接室と同等のものであるものの、家具は小さな丸テーブルに椅子が二脚。それにうたた寝用のカウチソファと壁づけの書き物机がぽつんと置かれているだけだ。

（シンプルというか……生活感がない）

奥の扉の先は寝室になっているそうだが、宮殿の構造から考えるにそれほど大きくはないだろう。

聖皇猊下の私室、という響きにものすごいゴージャス空間を想像していたわたしは、想定とはだいぶ異なる様相《ようそう》にある意味ほっとしていた。

もちろん、わたしがここへやってきた理由はひとつ。

今日から早速、子づくり指南係としての講義がはじまるから——だったのだけど。

「今日は講義はしません」

訪れるなり早々に休講宣言をしたわたしに、丸テーブルを挟んで向かいに腰かける猊下は「は

いた。

ちどころに癒す」。そんな伝承を思い起こさせる光景を、その場に居合わせた多くの人が目撃していた。

猊下は昨日、ひとりの赤ちゃんに祝福を与えた。「聖人は奇蹟の力を持ち、あらゆる傷や病をた
昨日の件とは言うまでもなく、あの一般謁見のことだ。

「昨日の件で、猊下がお疲れなのではと思ったからです」

「なぜだ？」

て」と小首を傾《かし》げた。


しかしながら当然、事態はそれだけで終わってはくれなかった。

奇蹟の現場を目の当たりにして、ならばわれにも救いを！　と人々が殺到したのだ。

おかげで猊下は、衛兵たちの誘導で広場から抜け出すまでかなりの時間、信徒たちにもみくちゃにされるはめになってしまった。

あの時、あの混乱を前に、わたしはただ呆然と立ちつくすのみだった。

そしてなぜか、とてもとても悲しくなった。

どうしてそう思ったのかは上手く説明できない。でも……、きっと猊下も似たような気持ちだったんじゃないかな、という気がしてならない。

「あっ、もちろんただのサボりではありませんよ！　講義に先立って、猊下にはいくつかお聞きしたいこともありますし」

そんなわけで、今日は講義前のヒアリングを兼ね、軽い雑談タイムにしてしまおうというわけだ。

じゃじゃーん！　と大げさなかけ声と共に、わたしは丸テーブルの上に籐《とう》かごを取り出す。

「ふふふ……実はわたし、この講義を行う対価として、聖教区内で白湯《さゆ》以外の色のついたお茶を飲む権利をニコライ枢機卿《すうききょう》に認めさせたのです！　ですから早速、猊下にもこの喜びを味わっていただこうと思いまして」

そう言っていそいそと目の前でお茶の準備をはじめるわたしを、猊下は少し面食《めんく》らった様子で眺めていた。

「はじめてだな」

「ご自分の部屋で紅茶を飲むのがですか？」

「ああ。それに、誰かに体調を気遣われたことも」

「えぇっ⁉　それはいけません。いくら猊下がご多忙な身の上でも、人間何ごとも適度な休息は必要ですよ！」

「だが――私は普通の人間ではない」

思わずティーセットを並べる手が止まった。

そうだ。彼は聖人であって、わたしのような普通の人間とは文字通り生まれからして違う。

「申し訳ありません。わたし、失礼なことを……？」

恐る恐る尋ねると、猊下はフッと目元を綻《ほころ》ばせた。

「いいや。私だって枢機卿たちに『勝手なことをなされては困ります！』などと長々説教されれば疲弊《ひへい》もするさ」

「昨日……そんなに怒られたんですか？」

「だいぶ絞られたよ」

整った眉尻を下げ、おどけた調子で肩をすくめる。

その様子が妙に人間くさくて、なんだか笑ってしまった。

（ふふ、なあんだ。いくら聖人だって、わたしたちと同じように疲れたりうんざりしたりすることはあるんだわ）

だったらきっと、猊下だって味のない白湯より紅茶の方がお気に召すに違いない。

せっかくだから紅茶の魅力にどっぷりハマっていただいて、今度から茶葉を聖教区の備品としてご購入いただこうではないか！

小さな野望を胸に、猊下のカップに紅茶を注ぐ。その前に輝く蝶《ちょう》が一羽現れ、ひらひらとテーブルの周囲を漂《ただよ》ってから消えた。

「いかがですか？　修道女のお小遣いで買った茶葉なので、最高級の味、とはいきませんけど……」

「不思議な味だ。……あたたかい」

猊下は白い指先をカップにかけ、上品な手つきで口に運んだ。ひと口目が少し熱かったのか、カップに向かってふうーと息を吹きかけている。

信徒のみなさん、猊下はどうやら猫舌のようです。

目の前で一杯の紅茶を一生懸命冷まそうとしている男性が、昨日大衆の前で奇蹟を起こしてみせた聖人と同一人物とは……なんだか不思議な気分だ。

晴れの日の午後特有の和《なご》やかな空気も手伝って、わたしはつい、ポロリと聞いてしまった。

「昨日の……あの赤ちゃんの病気は、猊下のお力で治ったんでしょうか？」

「それはわからない」

えっ、わからないの？

と、心の中でツッコんだつもりだったのが顔に出てしまっていたらしい。

猊下は少しだけ困ったように微笑《ほほえ》んだ後、輝くまつげを伏せ、カップの水面へ視線を落とした。

「聖人は花。乙女の祈りによって満ちる器だ。私はただ、ユーフェタリアの眷属《けんぞく》たる春の精霊の意思を代行したにすぎない」

「はあ……」

いまいちピンとこない私に、猊下は「だがね」と言葉をつづける。

「だが、たしかにあの時、赤ん坊の肉体に春の力が――草木が芽吹くがごとき生命力が宿ったのを感じたよ」

猊下のお言葉は時折、わたしのような凡人にはひどく捉えどころがなく難解だ。聖人は癒しの力を持つという言い伝えは本当なのか、結局のところよくわからなかった。

けれどその笑顔は慈《いつく》しみに満ちていて、こちらまでじんわりとあたたかくなるから不思議だ。

だからきっと、彼の聖皇としての本質は、奇蹟の力のあるなしに左右されるようなものじゃない。……そんな気がする。

「猊下は子供がお好きですか？」

「うーん……よくわからない、というのが正直なところだ。聖教区には子供がいないからね。私にとっては、人の子は老いも若きもみな等しくユーフェタリアのいとし子だ」

「ご自分の血を分けたお子さんでしたら、きっと特別に感じるのではないでしょうか」

「ああそうだな。過去の聖人たちもそう言っている」

「！　それって……」

今日、まさに問わねばならないと思っていた話題に猊下自身が触れた。

わたしは意を決して、神秘の片端に足を踏み入れる。

「猊下が……、過去の聖人たちの記憶をその身に宿しているというのは本当なのですか？」

アドニス猊下は聖人だ。聖人とは、二百年に一度咲く神花《しんか》からたったひとり生まれるという、貴き人の尊称である。

聖人は生まれ落ちたその瞬間から、人類の導き手たる資質をすべて備えていると言われている。

今から二十七年前、アドニス猊下がタリアの禁庭に降誕した時も、すでにその姿は少年であり、誰の手を借りることなく歩き、話すことができたのだと記されていた。

それは彼らが、過去に存在した歴代の聖人たちの記憶を受け継いで生まれてくるからだと、そう伝わっている。

「それをお前に説明するのは難しい。なにせ私には、普通の人間の感覚がわからないから」

白磁《はくじ》のカップをソーサーに戻し、猊下はうーん、と首を捻《ひね》った。

「だがそう……たとえるなら、頭の中に巨大な書庫があって、必要に応じて膨大な蔵書から過去の聖人の記憶を紐解くことができる――という感じだろうか」

「つまり伝承の通り、猊下は過去の聖人が得た知識や経験を、ご自分のものとすることができる――と？」

「そうだ」

「まっ、待ってください！」

わたしは思わず立ち上がっていた。

「……ってことは、子づくりの方法だってわかるんじゃないですか!? だ、だって過去の聖人には妻帯して、子をもうけたかたもいらっしゃるんですよね？」

講義に先立ち、聖教区の図書館で聖人について調べてわかったこと。

アドニス猊下の二代前――つまり今から四百年前に誕生した聖人は妻を娶《めと》り、その子孫は今も東方教会で大司教の座に就いている。

はっきりと現在まで系譜をたどれるのはその家系だけではあるものの、過去の聖人の中に女性を知っている人物が少なからず存在するのは間違いない。

「うーん……そのことなんだが……。秘匿されているのだよ、彼らに」

「へ？」

「彼ら――過去の聖人たちが記憶の書庫に並べているのは、あくまで本人が『共有してもかまわない』と思った記憶だけだ。つまり、彼らの人生のすべてではない。そしてなぜか彼らは揃《そろ》って、己が愛した者の具体的な記憶については共有されることを拒んでいる」

「あー……」

なるほど……。

たしかに、あけすけに性事情を覗き見られたくないという気持ちはわからなくもない。いくら歴史に名を残す聖人といえども、他人に踏み込まれたくない領域、プライバシーってものがあるのだろう。

「意外と不便なんですね、聖人ライブラリー……」

思わず零れた失礼すぎる本音に、猊下は「かもしれないね」とうなずいた。

「過去にたったひとりの番《つがい》を得た聖人はみな、『愛することは素晴らしいことだ』と私に語りかけてくる。なのに、どんなものをどのように愛したのかは教えない。……私には昔から、それが不思議でしょうがないのだ」

ふと、テーブルに置いていたわたしの左手に、大きな猊下の手が重ねられる。

驚いて正面を見ると、タリア湖の湖水より深い青の瞳が、じっとわたしを見ていた。

「だから、お前の講義でそれが知れるのではないかと期待しているんだ」

講義以外の時間は、今まで通り修道女としての役務をこなすのがニコライ枢機卿との取り決めだ。

夕暮れ時、わたしはひとり宮殿の裏庭の隅に来ていた。この時刻は、白を基調とした聖都の建物は、どこも夕日が赤く照り映えて美しい。

「あ～もう！　猊下の顔が麗しすぎるせいで、いちいち無駄にドキドキさせられて心臓に悪いったらないわ……」

誰に聞かせるわけでもない愚痴《ぐち》をぶつぶつと零すと、足元の黒猫はにゃ～んと答えてくれた。

ニコライ枢機卿に餌《え》づけがバレてしまったので、あの後、餌箱《えさばこ》の位置を少しだけ変えた。

だがこの人懐こい黒猫にとっては特に問題なかったようで、小声で「ご飯だよ～」と呼べばいつものように姿を現してくれる。さすがに五年のつきあいともなれば、互いに勝手知ったるものだ。

小皿のミルクを一滴残らず綺麗に舐《な》め取ろうとする猫を見ながら、わたしは人知れずハア、とため息をついた。

（「子づくり指南」――ただセックスの方法を説明したら終わりってわけにはいかなそうね）

過去の聖人たちが、どのようにたったひとりの女性を運命の伴侶《はんりょ》とし、愛したのか。

猊下はそれを知りたいのだとおっしゃっていた。

「そんなこと言われたって、いち修道女が聖皇猊下に愛のなんたるかなんて語れるわけがないでしょ……不敬が打ち首レベルすぎる」

わたしには男女の愛なんてわからない。恋だってろくにしたことがないんだもの。

もっと言うなら、肝心のセックスのことだってわかっていない。

それでも、猊下にしあわせになっていただきたいと願っているのは本心だ。

この先、猊下がどんな女性と縁組みされるかはわからないけれど、ふたりには肉体だけでなく心も結ばれてほしいと思う。生まれてくる子供だって、愛されて、望まれてこの世に生を受けてほしい。

だとしたら――やっぱり、もうちょっと根本的な性教育が必要な気がする。

「そうね。そうと決まればやってやるわ……！　めざせオール水洗！　汲《く》み取《と》り便所撲滅《ぼくめつ》！」

夕日に向かってガッツポーズすると、にゃ～んと猫が呼応して、足元にすり寄った。


そしていよいよ、本格的に子づくり指南係としての生活がはじまった。

座学の初日、わたしは参上するなり用意した資料をドサドサッと丸テーブルの上に積み上げる。

「猊下にはまず、植物が子孫を残す仕組み――いわば花の『子づくり』について学んでいただきたいと思います！」

宣言と共に広げてみせた資料はすなわち、大判の植物図鑑である。

かくしてはじめの数日、猊下には問答無用で「植物の繁殖の仕組み」をじっくりしっかり学んでいただくこととなった。

「いいですか。花の中心部は図解するとこうなっていて……これをおしべとめしべと言います」

「めしべの尖端はこう。おしべについている花粉が、風や虫に運ばれることでめしべに付着して」

「これを『受粉』と言います」

なんでこんなことを……と不満のひとつも出るかと思いきや、猊下はとても熱心に耳を傾《かたむ》け、真剣にわたしの授業を聞いてくれた。

（よしよし。これで第一段階はクリアね）

どうにか序盤の講義を消化できたことで、わたしはほっと胸を撫で下ろしていた。

この講義内容は、わたしなりにベストな方法を思案した結果だ。いわば、「子づくり指南」のための壮大な前フリである。

いきなり人間の性交について話すのは、猊下には刺激が強すぎるかもしれないと思ったのだ。

なにせ、人が花から生まれると思っている御仁なので……。

そのため、まずは植物を使って生殖の仕組みについて学んでいただこうという作戦だったのだ。われながら、なかなか悪くないプランだと思う。

予定通り数日後から、講義は第二段階へと移った。

その日はスケジュールの都合で、朝の礼拝の直後に講義の時間が割り当てられていた。

「さあ、今日から本題に入ります。昨日までは植物の生殖について学んでいただきましたね」

「ああ。とても興味深い講義だった」

「ありがとうございます。ですが猊下——ここまでは、あくまで植物の話にすぎません」

わたしは神妙な調子で声のトーンを落とすと、顔の前に右人さし指を立てる。そして、ある重要な事実を猊下に告げた。

「驚かないで聞いていただきたいのですが、実は、なんと、人間は……花ではなく人間から生まれるのですよ！」

「……らしいな」

そうです。らしいんです。

……って、「らしいな」って何よ!?

「なんですかそのつまらないリアクション！　『ええ〜っ！』とか『なんだってー!?』みたいなのを期待してたのに！」

「お前が驚くなと言ったのでは？」

われながら理不尽な物言いに、猊下は不思議そうに瞬《まばた》きする。それからふっと表情を緩めた。

「先日の、祝福を与えた赤子の父親から聞いたのだ」

「例の一般謁見の？」

「ああ。あの赤子を産んだのは彼の妻だ。そしてその妻は、産褥《さんじょく》の時に負った怪我が原因で亡くなったのだと」

「そうだったんですね……」

なんと、猊下はすでに自力で「赤ちゃんは母親から生まれる」というこの世の真理にたどり着いていた。

もちろん、それじゃまだ性知識五歳児レベルが十歳くらいになっただけだけど……。

(まあ、机上の知識として他人から詰め込まれるより、ご自身の経験で知見を得られたならいいことなんじゃないかな？)

感心感心、とばかりにうなずいていると、ややあってぽつり、と猊下が問いかけてくる。

「ミネット。人間の子づくりとは、時に命を失いうるほど危険なものなのか？」

「はい。たしかに出産は女性にとって命がけの仕事です」

正直に答えたら、猊下の表情が曇った。

「私は……。今後番《つが》うであろう相手に、そのような重荷を背負わせなければならないのか？」

わかりやすく眉をひそめた猊下に、わたしは己の失態を悟った。

しまった！　子づくりに対する嫌悪感を植えつけてどうする！

「いっ、いやあの、たしかに子供を産むというのは大変なことです。でも、愛し合った相手なら……愛する人の子供ならきっと大丈夫なんです！」

「……愛し合う……」

「そう、愛です。ラブがすべてを救うんです！　あの子が笑えば私も笑う。会えない夜が苦しくて、でもひとたびあの子が微笑めば、鳥は歌い花は咲き乱れ天には歓びの鐘が鳴り響き〜、……みたいな？」

「私は聖皇として、地に満ちる人の子すべてを等しく愛している。だが、そのことで鐘の音が聴こえた経験はないな……」

やけに真剣な表情で。

猊下は何かを見極めんとするかのように、じっとこちらに身を乗り出してきた。

いやあの、近い……。

「私の知る愛とお前の知る愛は、何かが違うのだろうか？」

「えっ、いやそれは……どうでしょう……」

「鐘とは聖堂の鐘のことか？　それとも何かの比喩《ひゆ》だろうか。どうして鳥が歌い出す？　花とはどんな種類の花が――」

「えーとそれはその………ええいもうしゃらくさい！」

神々しすぎる顔面の圧に耐えきれず、わたしはバン！　とテーブルを叩いた。

「四の五の言う前にまずは抱く！　抱いたら好きになる、情が湧く！　人間ってそういう風にできてるんですよ！　たぶん！」

こちとら恋愛経験ゼロに等しい処女なんですよ！　という内心の焦りを声のデカさでごまかし、力技で結論へ持ってゆく。

猊下は少し考え込むそぶりを見せたが、やがて静かに頭を縦に振った。

「……わかった。ではその先を――人間の子づくりの方法について聞かせてくれないか」

「よくぞ聞いてくださいました！」

ようやく話が本題に戻ってきたので、わたしはパッと表情を明るくした。

「それにはまず……猊下の猊下をスタンダップさせる必要がございます」

「私の、……なんだって？」

任せなさい。ここからの流れはすでにシミュレーション済みだ。

わたしはまるで舞台に上がった役者のごとく、すらすらと考えてきた口上を述べる。

「ここまでの講義で、植物が繁殖するためには『受粉』する必要があると申し上げましたね」

「ああ。おしべの花粉がめしべに付着して、それがやがて実になり、種子になると……」

「じつは、あるんです。猊下にも――おしべが！」

「……一体どこに……？」

勢いで乗り切るつもりでいたのだが、猊下の反応があまりに深刻そうなせいで恥ずかしくなってきた。わたしは目線を明後日の方向へ泳がせつつ、ゴニョゴニョと台詞のつづきを口にする。

「ゴホン。えーその……猊下のおみ足の間にある……三本目のおみ足ですね……。普段は排泄《はいせつ》などで使われる……」

こちらを見つめる青藍の瞳が、みるみるうちに大きく見開かれた。

猊下はしばらく沈黙してから、おもむろに己の脚の間を見下ろしては数秒静止し――やがて一度も瞬きしないまま、ふたたびこちらへ視線を戻す。

――あの、できればソレと見比べないでほしいのですが。

「この部分が、子づくりに必要なのか？」

「そうです」

「だが、私の身から花粉は出ないぞ……？」

「花粉は出ないけど子種が出るでしょう。……えっ、まさか出たことないんですか？」

今度はわたしの方が目を見開いた。

思わずソコを凝視してしまい、それから猊下の顔を見る。

「よくわからない。それは自分の意思でどうこうできるものなのか？」

「や、意思というか……性的興奮を覚えるとソチラがその、反応しますよね……？」

「ここが、か？」

「はい。……ってもしや猊下、ムラムラしたことないんですか!?　今まで一度も!?」

猊下は答えず、不可解そうな表情を浮かべるだけだ。

(いやいや待って、この展開は想定にないぞ?)

だって、そんなことあり得る!?

いくら清廉潔白《せいれんけっぱく》な聖職者で、性知識が五歳児並みといえども……。カラダはどう見ても健全な成人男性そのものなのに?

それとも単に、自分の下半身に起こっている生理現象を正確に把握していないだけ?

途端にわたしの講義計画は虹の彼方に吹っ飛んでいってしまった。

「し、失礼ながら、自慰《じい》のご経験は……!?　性的な快感を得たことも一度もない!?」

「快感?」

猊下の眉間《みけん》にぐぐっと皺が寄る。

「つまり、子種を得るには快感が必要なのか?」

「ええ、はい、その、……おそらく」

「そうなのか……」

猊下は少しの間うつむきがちにしていたが、そのうち「うん」と何かに納得した様子で視線を上げる。肩から零れた銀の髪を掻《か》き上げると、それはそれは晴れやかな笑みでこちらを見た。

「――なら、実践《じっせん》してみせてくれないか?」

え?

この人―― 今なんて言った？

硬直するわたしを前に、猊下はやおら椅子から立ち上がると、ほら、とばかりに両手を広げてみせた。微笑を湛《たた》え、あらゆる罪を赦《ゆる》すがごときそのお姿はまさに慈愛を司る聖像そのもの。

「性的な快感とは、どんな快感なのかを教えてほしい」

だが言っていることはただの変態である。

「な、ななな何何何を言ってるんですか朝っぱらから!?」

「朝はだめなのか？」

「時間の問題じゃないんです！」

「そうか、ならよかった」

「まったくよくない！」

そのまま慈愛のポーズでじりじりと距離を詰めてきたので、わたしも思わず立ち上がって後ずさる。

「ミネット」

猊下の長い腕がわたしのパーソナルエリアを易々とすっ飛ばし、がしっと両肩を摑《つか》んだ。

「ミネット、私は知りたいのだ。私は人なのだろうか？ 私は……子を生す資格があるのだろうか？」

「な、何をおっしゃってるんですか。猊下は人ですし、子づくりするのに資格なんていりません」

「言いかたを変えよう。私にはそのための機能がきちんと備わっているのだろうか？」

たしかに、と言いそうになって口をつぐんだ。

たしかに……一度も鞘《さや》から抜かれたことのない剣《ソレ》が本番の戦《アレ》で役に立つのか、という点については一考の余地がある。

みなさん勘違いしないでいただきたいのだが、一考の余地があると言っただけで、「じゃあ試してみますか！」とは言っていない。断じて。

――そ・れ・な・の・に！

気づけば猊下はお昼寝用のカウチソファにゆったりと腰かけていて、わたしはその前で床に膝を折らされていた。

（ナンデコウナッタ……ナンデ……）

これぞいにしえより伝わりし聖人マジックというやつである。

そもそも、この天下の至宝に笑顔で「お願い♡」されて断れる人類がいるならお目にかかりたい。決してわたしがチョロいんじゃない。決して！

聖皇の位階を示す黒緑色の法衣《ほうい》。その前身頃を留《と》めている共布のくるみボタンを、わたしはひとつ、ふたつと上から外していた。

ええ、もちろん用事があるのは下半身であって、意外と厚い胸板やうっすら割れている腹筋は、この際まったくご開帳いただく必要はないのですが。

さすがに聖皇の法衣を下からベロンとまくり上げるような勇気はなかったので許していただきたい。聖職者の衣服がだらしなく着崩されようとしている背徳感やら、黒っぽい布地の合間からちらちらと白い肌が覗くというコントラストやらで、かえって煽情的《せんじょうてき》なお姿になってしまっているように見えるのは気のせいったら気のせいだ。

（ああ神さま、全世界の信徒のみなさん。お願いだから刺し殺さないで……）

いろんな意味で恐れ多くて手が震える。不慣れ丸出しの手つきでズボンの留め具を外そうとするわたしを、猊下はまるで少年のようにキラキラした目で見下ろしていた。

「猊下、何をニヤニヤなさっているんです」

「うん。一体どんなことが起こるんだろうかと思ってね」

（こ、この男……！　わたしがこれほど恥ずかしい思いを押し隠して職務をまっとうしようとしているのに、純粋にたのしんでいる……！）

――絶対に後悔させてやる。

謎《なぞ》の決意が胸の奥から湧き起こった。

「よろしい。ではじめましょう」

半分ヤケクソでがばっ！　と下着ごとひん剝《む》いて、下腹部を露出させる。

一旦顔を背《そむ》けて立ち上がると、わたしは部屋の隅に壁づけされている書き物机の方へ向かった。

そして机上に並んでいた小瓶のうちのひとつを手に取る。

「これは聖水ですよね？」

「ああ。祈りの前に部屋を清めるための……、何に使うつもりだ？」

猊下の問いに答える代わりに、きゅぽん、と瓶の蓋を抜く。

「聖水って何からできてるんでしたっけ」

「禁庭の泉の水を祈り清めたものと、ネリの香油を――、っ!?」

彼の前に戻ってくるや、断りなく股座《またぐら》に小瓶の中身を垂らした。

「ネリの香油が肌にいいってご存じでしたか？　……聖水で清められた猊下のこちらも、滑りがよくなっちゃいますねぇ……」

ここまできたら経験豊富なお姉さま――もとい、痴女になりきるしか道はない。

猊下の前に膝をつくと、ご立派な三本目のおみ足が、てらてらと濡れた状態で目の前に鎮座していた。緊張で思わず、ごくりと喉が鳴る。

(冷静になるな。なったら負けだ。こんなこと、勢いでやらなきゃ絶っっっっっ対に無理でしょ！)

(いやいや。感情を挟まず、あくまで淡々と事務的に……これは仕事ぞ？)

両極端な思考がぐるぐると渦巻き、頭の中でキャットファイトする。わけのわからぬテンションのまま、わたしはおもむろに猊下の性器に手を伸ばし、触れた。

悲しいかな、実はわたしは殿方のモノを握らされるのはこれがはじめてではなかった。元夫のたいそう残念な――いや、これは思い出したくない。

少なくとも、あの時の身の毛のよだつような嫌悪感は今はなかった。

「ゆっくり動かしますね……」

最大限の丁寧さで両手で包む。潤滑剤《じゅんかつざい》代わりの聖水に助けられつつ、ゆるゆると上下に動かしはじめる。技術なんてあるわけない。ただがむしゃらにやるだけだ。

「……っ!?」

猊下が困惑の様相でびく、と戦慄《おのの》いた。漏れた吐息は明らかに艶《つや》めいており色っぽい。

ピクリともしなかったらどうしようかと不安だったけど……大丈夫ってことかな……。

手の中で熱を持つそれが、ぬるりと芯を持ちはじめていた。

「ふ、…………ぁ」

「どうですか？　猊下の猊下、触ってもらえてうれしいみたいですよ？」

「っ、よく……、わから、ない……」

「そうですか……。じゃあ、もっとしっかり扱いてあげないといけませんね？」

この場の主導権を握ったのをいいことに、手に込める力を少しだけ強くした。

にゅく、にゅく、とぬめった水音がして、猊下の吐息混じりの声がかすかに上ずるのがわかる。

かまわずつづければ、熱の塊はみるみるうちに硬く膨張し、隆起して天を衝《つ》く怒張《どちょう》と化した。

(え!?　ちょっと待って。これ……)

どくどくと熱く脈打つそれは、あっという間にわたしの両手では包み込めないレベルの豪槍に変貌していた。

大きく張り出した先端の肉笠。赤黒い皮膚に浮き出る血管。虫を殺したこともないであろう聖皇猊下の下半身から、とんでもなくヤバげなフォルムの凶器が露出している。

「あ、あの猊下。本当に今まで一度も――」

――こんな風になったことないんですか？

思わずそう問いかけて、見上げたわたしは固まった。

赤らんだ頰。とろんと潤んだ瞳。

悩ましげに息を吐き出せば、汗ばむ首筋で喉仏が上下する。

「ミネット……？」

銀のまつげが震えていた。世界一貴く美しい人が、欲に濁《にご》りきった目でわたしを見ていた。

途端に本能が警鐘を鳴らした気がして、わたしは上下させる手を速める。

早く終わらせなければ、という焦りと、もっと猊下を追い詰めたい、という支配欲が同時に背筋を駆け上がった。

ぬち、にゅち、といやらしい音が部屋に響く。猊下のくぐもった息が周囲の温度を上昇させる。

とてつもない熱と興奮に包まれて、夢中で両手を動かしつづけていた。

いつしか両手に収まりきらない剛直の切っ先から、つぅ、と透明な雫《しずく》が滲《にじ》んで垂れる。

その時わたしは何を思ったか——本当にどうかしていたのだが——その露をぺろりと己の舌で迎え入れていた。一心不乱《いっしんふらん》に舐め取ると、猊下の手の重みが頭に乗り、慈しむように髪を撫でられる。

「はぷぅ!?」

口を離そうとしたら突然、撫でていた手が後頭部を摑んできた。

そのまま無理やり押さえつけられるような恰好で、有無を言わさず一物を口内に咥《くわ》え込まされる。

(ちょ、力つよ……っ！)

節くれだった指が私の髪を乱し、摑んだまま離さない。渾身《こんしん》の力で抵抗するが、両手でがっちり

ホールドされてしまってびくともしない。

もはや猊下は快楽の虜《とりこ》だった。完全に理性がトンでいた。とてつもない質量を喉の奥までねじ込まれて、息苦しさで目蓋の裏が白黒する。

「あ、……っは、……、ぁ………！」

やがて、猊下はか細い喘ぎと共に白い喉をさらけ出す。

全身をせつなげにぶるりと震わせて――。

わたしがえずいて吐き出すほどの、大量の子種を放出なさったのだった。


それから。

(終わった……わたしの修道女人生、完っっ全に終わった……！)

裏庭の植え込みの隅で、わたしはうおおおお、と頭を抱えてしゃがみ込んでいた。

あの後、わたしは混乱のあまり、「けっこうなお点前《てまえ》でした！」などという意味不明な捨て台詞を残して猊下の部屋から逃げ帰ってしまったのである。

「あの穢《けが》れを知らないアドニス猊下に、自涜《じとく》を教えてしまった……」

ユーフェタリア教の価値観では、子孫繁栄に寄与しない子種の垂れ流し（つまりは自慰）は黄金を大海に投げ捨てるがごとき愚行とされている。

しかもそれが世界にただひとりの聖人の子種ともなれば、価値は黄金どころの話ではない。

(わたしはそれを無駄撃ちさせたどころか、ヴォエッ！　とやってしまったあぁ……！)

いやでもあの量は普通に無理だった。

おかげで、午後の勤労奉仕は一から十まで上の空《うわのそら》である。

（どうしよ〜！　枢機卿にバレたら破門じゃ済まない。火あぶりだよ、火あぶり！）

落ちつきなさいミネット、あの事件が起こったのは密室だ。わたしが自ら暴露するようなヘマをしない限り、外部の誰かがそれを知るすべはない。

ただ、あんまり焦っていたせいで去り際に猊下に口止めするのを忘れていた。さすがに自分の精通体験を意気揚々《いきようよう》と誰かに話すだなんてこと、しないだろうとは思うけど……。

（……やりかねないな、あの人なら……）

煩悶《はんもん》するわたしの横で、黒猫がにゃーん？　と気遣わしげに鳴き、すり寄ってきた。

よしよしと背を撫でて、首の辺りをあやしてやると、満足そうに横向きになってゴロゴロ喉を鳴らす。黒猫なのにおへその周りだけ白いのがこの子のチャームポイントだ。

「うう、ありがとね。お前だけが頼りだよ……」

思えば、この子にはこれまでもずいぶんと助けられてきた。

わたしが聖都にやってきてすぐの頃、病気やノミだらけでガリガリになっていたのを拾ってから、誰も言えない愚痴や弱音をいつも聞いてもらっていた。

「シスター・ミネットは常識やぶりで恐れ知らず」だなんて同僚たちからは言われているけど、それは五年前に修道女になった時に、毎日を大切に生きようと誓ったから。

一度は捨てたも同然の命を、わたしは聖都タリアで拾われた。そういう意味では、わたしとこの猫の境遇は似たようなものだ。

今日できることを明日に任せず、一日一日を後悔せずに生きる。

それが、わたしなりの女神ユーフェタリアへの仕えかたなのだ。

まあ、そんなわたしが午後のお勤めでは心ここにあらずの状態だったせいで、「あのシスター・ミネットがおとなしい……」と逆に周囲を怯えさせてしまったけれど……。

「それにしても明日からの講義はどうしよう……どんな顔して猊下に会えばいいの……」

わかってる。こういうのは何ごともなかったかのように振る舞うのが一番だって。

変に意識してギクシャクするより、平然と、堂々としているべきだ。だって、あれは子づくり指南に必要なことだったんだもの。

「……って、理屈ではわかってるんだけどさあ！　わたし、そんなに器用じゃないんだってば！」

思わず頭を掻きむしったその時、後方の茂みががさがさと音を立てた。

まずい、誰かが来たと思って、わたしはとっさに猫と餌箱を背中に隠し——。

「ミネット」

「げっ、げ……！」

西日を映す銀髪に、緑の葉っぱを載せた状態でローレルの木陰から現れたのは、悩みのタネであるアドニス猊下ご本人だった。美しい唇をしぃーっと尖《とが》らせ、人さし指を立てている。

「猊下、ど、どうやってここを」

裏庭はこんもりとした茂みや低木が迷路のように生えていて、宮殿の回廊からは見渡しにくくなっている。以前餌箱を隠していたのが猊下のお部屋の真下だったとわかってから、場所を移したばかりなのに。

「どうやって、と言われても……お前のいる場所はだいたいわかるよ」

猊下は悪戯《いたずら》を咎《とが》められた子供みたいな顔でちらりとななめ上方を見る。その視線の先で、輝く蝶が一羽、ひらひらと舞っていた。

「本当はすぐに声をかけに行こうと思っていたのだが、あいにく午後は忙しくてね。こうして、折を見てこっそり抜け出してきたんだ」

いやいやいや。あなたみたいな歩く発光体、どれだけ忍んだところで即バレだと思います。

こちらへやってくる猊下と同じ分だけわたしが後ずさると、彼の聖人オーラにあてられたのか、猫がふぎゃっ！　と植え込みの中に引っ込んで隠れる。

「おや……嫌われてしまっただろうか」

「いえ、あの子は少し用心深いだけなので……」

「猫ではなく、お前に嫌われてしまったのではないかという心配をしているんだよ」

「ま、まさか。わたしが猊下を嫌うはずがありません！」

あわてて否定の意味で両手を振ると、その腕の片方を猊下がぐい、と引いた。

あっという間に、ふたりの距離がワルツを踊れそうなくらいまで縮まる。

「今朝はすまなかった。私はどうやら、お前を傷つけてしまったようだ。精霊たちからいたく抗議されてね。……怒っている？」

「イエ……キチョウなケイケンをサセテイタダキマシタ……」

「あの後いろいろ考えたのだが……。もしかして、アレはあまりおおっぴらにやることではなかったのかな？」

当たり前でしょうがぁあ！　——と内心では荒れ狂いまくっていたが、実際のわたしにできたのはただ、羞恥《しゅうち》をこらえてコクリとうなずくことだけだった。

わたしの無言の首肯に、猊下はほっとしたような笑みを見せる。

「そうか、よかった。あんな顔、他の誰にも見せたくないと……そう思ってしまったんだ」

「……それはそうでしょうね……」

そりゃあ誰だって、さんざん快感を享受した末に絶頂する自分の顔を、大衆に晒《さら》したいとは思わないでしょう。

あの時の色っぽすぎる猊下のお姿が脳裏をよぎってしまって、もう顔を上げられそうにない。

すると猊下は身を屈《かが》め、そっとわたしの耳元へささやきかけた。

「うん。だから他の者に同じことをしてはいけないよ？　——あの時のとても淫靡《いんび》で愛らしかったお前の顔は、私だけの胸にしまっておくから。ね？」

「……へ？」

きょとんとするわたしの横髪をさらりと撫で、「ではまた明日にね」と猊下はその場を去っていく。

植え込みに隠れていた猫が顔を出し、にゃーんと小さく鳴いた。

結局、その夜は目が冴《さ》えに冴えてしまってあまり寝られなかった。

翌日になっても一向に気持ちを切り替えることができず、わたしは午後の講義の時間になってもまだ、猊下の部屋の前で右往左往していた。

(なんて言って入ればいい？　明るく爽やかに「やっほー元気ぃ？」とか？　いやでももし「元気ぃ？」の部分が「(今日も下半身が)元気ぃ？」みたいな意味に取られたらどうするのよだいたい猊下のアレがデカすぎるのが悪いでしょ大は小を兼ねるとか言うけどあの美しいお顔の下にあんな規格外の暴れん棒がいるとか予測不能すぎて女神さまもひっくり返るレベルだし待ってそもそも)

この通り、完全にテンパっている。

いくらわたしが周囲から「メンタル鋼鉄シスター」と呼ばれていると言っても、さすがに昨日あんなことをやらかしたばかりの現場に足を踏み入れるのは少々勇気がいる。

だがしかし、今日は絶対に休講にするわけにはいかない事情があるのだ。

扉をノックしようと拳を握り、う〜やっぱりまだだめ、と腕を下ろし——。

そんなことを数回くり返していたら、左に抱えている籐かごの中身が痺れを切らしてもぞもぞと動いた。

「しぃーっ、ごめん……！　もうちょっとだけおとなしくしていて」

わたしはかごの中身に向かってひそひそと話しかけ、ひと呼吸置いてからようやく扉を叩く。

コンコン、と澄んだ音が廊下に響き、扉の向こうから返ってくるのは、「どうぞ」という穏やかな彼の声。

「ご、ごきげんよう猊下」

「やあミネット」

ぎこちない動作で両開きの扉を押し開けると、緊張ぎみのわたしとは打って変わって、朗《ほが》らかな表情で丸テーブルの前に腰かけている猊下がいた。

きっちりと着こんだ黒緑の法衣も、部屋に流れる清涼な空気も、何もかもがいつも通りだ。

「どうした？　早く入りなさい」

「はっ、はい」

促《うなが》されるまで入口で棒立ちになっていることに気づかなかった。あわてて扉を閉めると、ふと、わたしの前に一匹の輝く蝶が現れ、光の粉を落とす。

——とその瞬間、にゃあああ！　と籐かごから飛び出したのは黒猫だ。

猫は華麗に絨毯の上に着地を決めると、光る蝶を追いかけて猊下の足元まで駆けた。猊下の椅子の周囲を一周したかと思うや、今度はごろーんと腹を見せて蝶と戯《たわむ》れはじめる。

突然の珍客に、猊下は銀のまつげを瞬《しばたた》かせた。

「お前が裏庭で飼っている猫……か？」

「も、申し訳ありません。宮殿に猫を入れたらダメなことは重々承知してるんですけど、その……」

「ふふ、ユーフェタリアの教えにそんな決まりはない。聖都の門はあらゆる命の前に開かれている」

だが、どうして？　と問われて、わたしは正直に今の心情を吐き出すことにした。

「昨日の件を、猊下は胸にしまっておくとおっしゃってくださいましたが……。その、わたしのような精神修養の足りない凡弱《ぼんじゃく》修道女にはそれが少々難しく……。変に意識してしまって、今日の講義で場がもたないようなことがあったら気まずいな～と思いまして……」

「それで猫の力を借りようと？」

「はい。以前、猊下が『猫を撫でる方法を知りたい』とおっしゃっていたので、彼女がいてくれれば場が和むかもしれないなどと……」

「ふふふ」

猊下が苦笑したので、一気に顔まで血が昇る。自分の子供じみた思考が急に恥ずかしくなって、わたしは勢いよく頭を下げた。

「ごっ、ごめんなさい！　あまりに浅はかな考えでした！」

「いいや、馬鹿にしたわけではないよ。……互いに同じようなことを考えているなと思ってね」

「えっ？」

きょとんとして顔を上げると、猊下は椅子の上から少し屈んで、猫のへその辺りを撫でていた。

「実は私も、お前と打ち解けるための手助けが欲しくてね。紅茶に合う菓子でもあればお前が喜ぶと思って、用意させたんだが……」

ほら、と猊下が目配せする。いつもの丸テーブルの上に、シンプルな絞りのクッキーが盛られた小皿があった。

「うーん、午前中は聖句の朗誦《ろうしょう》だったから喉が渇いたな……。誰かがお茶を淹れてくれたら、ひと息入れられるのだけど……」

猊下はわざとらしく伸びをして、それからちらりとこちらを見る。

そのとても自然でスマートなお茶の誘いかたがおかしくて、わたしは笑いをこらえながら「はい」とうなずいていた。

猊下の用意してくれたクッキーは素朴でやさしい甘さだった。おそらく、食堂の調理場で作られたものだろう。

一方の黒猫はこの部屋に最初から住んでいました、というくらい堂々とした様子で、猊下に触れられるとうれしそうに喉を鳴らしていた。

「なぜか昔から、犬や猫には怯えられてしまうことが多い。だからこうやっておとなしく触らせてもらえたのははじめてだ」

黒猫を膝に乗せ、その手触りを堪能しつくした猊下はご満悦だ。

「それって、猊下のだだ漏れ聖人オーラに驚いてしまってるんじゃないでしょうか。動物は神霊の気配に敏感だと言いますし」

「そうなのか。興味深いな……。いっそのこと、今日はお前に猫の生態について教えてもらう講義に変えてしまおうか」

「そうしたいのは山々なんですが……、実は、そうもいかなくなりまして」

猊下のかわいらしい冗談を淡々と受け流すと、その反応を意外に思ったのか、猊下はおや、と小首を傾げる。

わたしは静かに息を吐き、飲み終えたカップをソーサーに戻した。

「猊下には今日明日のうちに、子づくりの基本を頭に叩き込んでいただかないといけなくなりました」

突然のスパルタ教育宣言。そして助っ人の力を借りてでも猊下にお会いしなければならなかったその理由は、今日の午前にさかのぼる。

◇◇◇

まだ世間では大通りの店も開いていない早朝。朝の祈りを終えたわたしは、ニコライ枢機卿に呼び出されていた。

(もしかして昨日の件がバレた!?)

昨日の件とは、もちろん昨日のアレである。

いやそんなはずはない。あれは完全なる密室で起こった突発的犯行であっていくら枢機卿が祭壇の隅のノミみたいなホコリすら見逃さないいえげつない神経質さの持ち主といえどもまさかそんなごめんなさい許して火あぶりだけは!

戦々恐々としながら彼の執務室に赴《おもむ》くと、その第一声は予想とはだいぶ異なる内容だった。

「聖教区内の食堂や応接室に紅茶葉を常備することになりました」

「へ?」

全身から滝のように流れていた汗がぴたりと止まった。

「貴女《あなた》からの提案――『白湯以外の色のついた茶を飲みたい』という意見を枢機卿会議で発議したところ、トントン拍子に決まりまして。これまで誰も意見しなかっただけで、みな心の中では貴女と同じ気持ちだったということでしょう」

「……あの、ハイ。ありがとうございます」

「便所を水洗にするという件については、なにぶん今日明日にというわけにはいきませんから、聖教区内の大規模修繕計画に組み込んで五年十年というスパンで――」

ニコライ枢機卿はすらすらと流れるような調子で「トイレ改修計画」について持論をぶった。どうやら本当に昨日の件は関係ないようで、わたしは火あぶりを免《まぬが》れたらしい。

「やけにおとなしいですね。腹でも壊したのですか？」

「いえ。本当に実行していただけるんだなあと思って……」

「失敬な。聖職を預かる者として、交《か》わした約束を違《たが》えるようなことはしません。それは貴女も同様でしょう？　シスター・ミネット」

「えっ？」

「貴女は自由奔放《ほんぽう》だし規律に従順ではないが、与えられた務めをおろそかにしたことはない」

ニコライ枢機卿……わたしのことをそんな風に評価してくださっていたんですか!?

床磨き用ワックスで、あなたの頭頂部をペンペン草すら生えない不毛の大地にしたわたしを!?

謎の感動を覚えるわたしの熱視線に気づいたのか、枢機卿はゴホン、とごまかすような咳払《せきばら》いをする。

「子づくり指南計画のレポートを拝見しました。……貴女、意外とこういう事務作業がお得意なんですね……。進捗は順調とは言いませんが、まずまずといったところでしょうか」

枢機卿が手にしているのは、わたしが提出した「子づくり指南係」に関する報告書だ。

当然ながら、レポートに記載したのは単なる講義計画とその実施状況であって、細かい会話内容だとか猊下のプライバシーに関わる部分——特に昨日の「猊下の猊下が暴発事件」辺り——は省《はぶ》いてある。

「この、植物の交配から人間の生殖について学ぶというのはいいアイデアですね。養護院《ようごいん》などで子供に性教育を行う際に使えるかもしれない」

褒められるのはとても光栄なんだけれど、省いた部分に闇が多すぎて胃が痛い。

わたしの緊張をよそに、枢機卿は柄つき眼鏡《めがね》を手にして、報告書の上から下までじっくりと目を通した。

「何か不都合な点やトラブルはありましたか？」

ありまくりです、だなんて言えるはずがないでしょう！

「ええ……その……大っ変に困難極まるお役目ではございますが、幸いアドニス猊下ご自身がとても勤勉かつ意欲的でいらっしゃるので……」

「それは僥倖《ぎょうこう》」

枢機卿は眼鏡を机に置くと、座り直して執務椅子の背に身体を預けた。

「ここだけの話ですが、実は私は懐疑的だったのです。聖人であられるアドニスさまに——常人と同じような生々しい欲望や、女性を抱きたいと思うお気持ちなどあるのだろうかと」

「？　猊下は至って普通の、健康な成人男性ですよ？」

なんなら常人より立派なモノをお持ちである。

わたしの受け答えに、枢機卿は少しだけ驚いたような顔をした。しかしすぐに帽子《カロット》を正し、いつも通りのしかめっ面で口を開く。

「三日後に、アドニスさまのお相手を選定する儀を行うことになりました。すでに各支部から推薦された三名の女性がこの聖都に向かっていて、当日は指南係である貴女にも同席していただく予定です」

「なるほど、承知しました……。って三日!?」

◇◇◇

お相手候補の集結が予定よりも早まったことを、ニコライ枢機卿は謝罪していた。

まあたしかに、もう少し早く期日がわかっていれば、あんなにのんびりとした講義計画は立てなかったろうと思う。

しかし今さら決まってしまったことをどうこう言ってもしょうがない。

そんなわけで残りの三日間、わたしはかなりのハイペースで、猊下に閨《ねや》の知識を叩き込んだ。

と言っても、ベッドへの誘いかただとか、女性をその気にさせる方法だとか、そんな艶っぽいところまでは手が回らない。……そもそも教えられないけど……。

結局、「女性のここに猊下の例のモノをこの間みたいに元気な状態でお入れあそばして子種を出すと子どもができますよオーケー？」的なことを非常にあっさりと説明するに留《とど》まった。

猊下はえらく神妙な顔で、時々深くうなずきながら話を聞いていた。

もっと理解に時間がかかるかと思っていたけど、なにぶん擬似体験したというのが大きいようだ。

性行為がどのようなものなのか、おおよそイメージはできる、というレベルにはなったと思う。

つい最近まで人は花から生まれると思ってたかたが、ここまで成長したんだから大進歩だよね？

もっと褒めてあげればよかった！

惜しむらくは、とにかく最低限のことは教えないと、という焦りの方が大きくて、少しピリピリとしてしまったことか。それまでずっと和やかな雰囲気だったから、急に態度が変わったみたいで申し訳なかったな……。

大真面目に人体図を広げて「ここが女性の陰部です」と示すことに恥ずかしさを覚える余裕もなかったので、ある意味助かったと言えるかもしれないけど。


そしてあわただしく三日が過ぎ、ついにお相手の選定のための顔合わせの当日。

わたしがはじめて猊下と拝謁したあの応接室が、物々しい空気に包まれていた。

黄金の蔦《つた》装飾が施《ほどこ》された椅子に腰かけるアドニス猊下。そしてその後ろをぐるりと取り囲むように控えるのは、ニコライ枢機卿を含めた十一人の枢機卿である。

彼らの向かいに横一列に並んでいるのが、今日この日のために集められた猊下のお相手候補たち。それぞれ落ち着いた色味の衣服に身を包んだ、三人の女性だった。

ちなみにわたしは部屋の隅で壁に一体化して気配を消している。

これだけそうそうたる面子が一堂に会すれば、わたしのようなモブ修道女の存在感など、三回お代わりした後の出がらしの紅茶よりも薄い。

（ところで……候補の女性のひとりに見覚えがあるように感じるのは気のせいかしら……？）

三人のうち、猊下から見て一番左に立つダークブロンドの女性。どこかで見たような気がするんだよなぁ……。

「では、ひとりずつ猊下にご挨拶なさい。──そちらから」

ニコライ枢機卿が右手を示す。すると右端に立っていた女性が静かに一歩、前へ進み出た。

白い肌に長い黒髪が美しい、楚々《そそ》とした印象のお嬢さんだった。

「東方教会よりまいりました、レメディス子爵家《ししやくけ》の次女クローディアと申します。歳は、先月十九となりました」

落ち着いた声で名乗り、シンプルなドレスの裾《すそ》を摘まんで貴族式にふわりと礼をする。最後にぎこちないながらも微笑んでみせるのを忘れないところからして、なかなか芯のある女性みたいだ。

クローディアさんが元いた位置に下がると、枢機卿のひとりが彼女のプロフィールを補足した。

「レメディス家は代々、信仰に篤《あつ》い清廉潔白な家系です。クローディア嬢は幼い頃から東部の修道院で花嫁修業をしており、もちろん本人も他の模範となる敬虔《けいけん》な信徒です」

昔は娘が結婚適齢期になるまで修道院に入れる、という貴族が一定数いたそうだけど、最近はあまり聞かない。つまり、クローディアさんは今どき珍しい深窓の令嬢というわけだ。

なるほど、これには貞淑《ていしゅく》さを好む枢機卿《おじさま》がたもにっこりである。

少しの間を置いて、今度は真ん中の――わたしと同じ修道服を着た女性が進み出た。

この大陸ではやや珍しい赤毛に、健康そうに日焼けした肌。まだあどけなさの残る、少女と形容してもさしつかえのない見た目だ。

「西方教会よりまいりました、修道女のラナです！　歳は……あの、あたしは孤児なので正確にはわかりませんが、十八です！」

「シスター・ラナはまだ乳飲み子の頃、西方教会の養護院に拾われました。なんと、彼女は臀部《でんぶ》に聖痕《せいこん》があり、精霊を視《み》ることができるのです！　まさに神に愛された娘と言えるでしょう！」

シスター・ラナの後見人はフランコ枢機卿のようだ。ふくよかなお腹とつぶらなたれ目がなんとも愛嬌《あいきょう》のある、いかにも博愛主義者らしい見た目の中年である。

彼の熱のこもった紹介っぷりに、おお、と他の枢機卿たちがざわめいた。

聖痕とは、神に特別愛された者がその身に授《さず》かると言われるありがたいお印のことだ。聖痕がある人は、なんらかの不思議な力を身につけていることが多いと聞いたことがある。

（へ～、すごいなぁ……。でも臀部《おしり》の聖痕《あざ》ってそれ――いわゆる蒙古斑《もうこはん》とは違うんだよね……？）

一抹の不安を覚える中、最後に進み出たのが、さっきからわたしの記憶のどこかにひっかかってしょうがないダークブロンドの女性だった。

背はすらりと高くスタイルがいい。他のふたりより、少し年上に見える。

「ハリエッタ・デズモンド・テンプルトン。北方教会からまいりました。歳は二十一です」

（あ〜〜〜〜〜〜っ！）

思わず叫び出しそうになって、あわてて両手で口を押さえた。

名前を聞いてようやく、記憶が繫がった。

どうりで既視感があると思ったら——元・親戚！

ハリエッタ・デズモンド・テンプルトン。彼女は私の元婚家であるテンプルトン侯爵家の長男の娘だ。つまり、元夫の死後にわたしを愛人に仕立てあげようとした、あのイカレ男の娘である。

いかんせんあれから五年も経《た》っていて、さらに彼女とは元夫の葬儀で一度顔を合わせたきりだったので気づかなかった。おそらく向こうも同様だろう。

まあそもそも、今の私は壁と一体化しているので、存在自体が認識されてないかもしれないけど……。

（あれ。でも彼女ってたしか——）

「ハリエッタ嬢は由緒正しい侯爵家の令嬢です。彼女の父君であるテンプルトン侯爵は大変な篤志《とくし》家《か》で、北方教会の神殿改修の際には多額の寄付をしておられます。また、ハリエッタ嬢は類《たぐ》いまれな才媛であり、昨年までエトルエンデの隣国であるイラーヴァ共和国へ留学を——」

（そうだ！　思い出した！）

このハリエッタ嬢、五年前の元夫の葬儀の直後に、男と駆け落ちしたんだ！

自称、多数パトロンを抱える人気吟遊詩人《ぎんゆうしじん》とかいう怪しすぎる男と運命の恋に落ち、彼の「海の見える町に劇場を建てて、毎晩君に捧げる愛の歌を歌いたい」などという甘い言葉に乗せられて！

そのまま彼女は、土地の権利書やら宝石やら父親の財産を手当たり次第かっぱらって逃亡。相手の男と海辺の町の寂《さび》れた宿でしっぽりやってたところを、追っかけてきた父親に捕まったのだ。

あまりに外聞《がいぶん》が悪すぎて、そのまま隣国へ留学というかたちにしたんじゃなかったっけ。

当時、彼女の父親がわたしに財産をよこせと執拗《しつよう》に迫ってきたのは、娘のやらかしで金銭的に困窮していたことも一因になっている気がする。

ん？　ちょっと待って。

ということは、つまり彼女は――。

「さあ猊下。お選びください」

枢機卿のひとりが、猊下に決断を促した。

「この女性たちは、聖都を囲むエトルエンデ王国のすべての信徒の中から選ばれました。いわば乙女の中の乙女、ユーフェタリアの最も忠実なしもべである純潔の娘です」

「そうか……」

さあ、さあ、と背後から圧をかけられて、猊下は少し困った顔で小首を傾げる。

「純潔というのはつまり、男の■■■《バキューン》を自分の■■■《ズバーン》に■■《ピー》されて■■■■《ドドドド》したことがないという意味だろうか？」

「ちょっ……！」

猊下の涼しげなご尊顔からとんでもなくお下品な単語が次々に飛び出して、壁であるはずのわたしは思わず声が出た。

(猊下あぁ！　言葉がストレートすぎ！　覚えたての言葉を使いたい子供かーっ！)

よく考えたら、この三日間は知識を詰め込むのに精いっぱいで、人前で口にしていい話題かどうかとか、そういう一般常識を教えるのを忘れていた。……なるほど、そうきますか猊下……。

「ええ、はい……、単刀直入に言うとそういうことになりますかな……」

ほらー、枢機卿たちもドン引きしてるじゃん……。

ニコライ枢機卿がこちらを睨《にら》んでいるのが恐ろしすぎる。

部屋に流れる微妙な空気。それをまるっと無視するかたちで、猊下はひとりの女性をスッと指さした。

「ならば、この娘」

その相手はハリエッタだった。

おお、と数人の枢機卿から声が上がる。

ハリエッタの頬が興奮で一気に紅潮していた。自分こそが選ばれたと思ったのだろう。

しかし、つづく猊下の言葉は彼女の期待するものではなかった。

「この娘は純潔ではない。……そうだね？」

突然の爆弾発言に、場が凍りついた。

「つな……、何を根拠にかようなことをおっしゃるのですか!?」

「ここにいる乙女はみな厳しい選別を受けており、もちろん処女検査もその中に含まれています。特にハリエッタ嬢は北方教会の大司教が推薦を――」

「なぜと言われてもな……」

猊下はぴくりと片眉を跳ね上げる。不快が顔に出たというより、どのような言葉で説明すべきかを考えあぐねているようだった。

そして少しの逡巡《しゅんじゅん》の後、真顔でこう答える。

「一度でも他者と交じり合ったことのある魂は色が違う」

誰も何も反論できなかった。

聖人である猊下には、わたしたちには見えない何かが視えているのだ。

息をするのすらはばかられるような沈黙の中で、ただひとり、当のハリエッタだけがプルプルと肩を震わせている。

そう、猊下の見立てはおそらく正しい。

だって彼女は五年前、自称吟遊詩人の詐欺師《さぎし》と駆け落ちして、宿屋で「しっぽりしているところ」を取っ捕まったのだ。その後どういう生活を送ってきたかはわからないけれど、少なくとも処女ではない。

（一体どうやって猊下のお相手候補の中に潜り込んだんだか……十中八九お金の力でしょうね）

金と名誉が大好きだった彼女の父の、下卑《げび》た笑みが頭をよぎる。

「し……、失礼しますっ！」

結局、ハリエッタは針のむしろに耐え切れずに部屋から走り去ってしまった。

これだけ偉いかたが集まる中で、あの聖皇猊下から面と向かって非処女だと暴露されたんだもの、そりゃ傷つくでしょう……。猊下をだまそうとしたのは浅はかだが、少しだけ同情してしまった。

――とまあ、それはそれとして。

(この空気、どうしてくれるのよ……！)

動揺を隠しきれない枢機卿たち。猊下はあれきり言葉を発そうともしない。

残されたふたりの女性は怯えた表情で、完全に萎縮《いしゅく》してしまっている。

あ～も～～。だめだ、耐え切れない。

重石のような沈黙の中、わたしはついに痺れを切らして壁であることをやめた。

「失礼ながらっ！　猊下の指南係として意見したく存じます！」

「お、おお。なんだ、言ってみなさい」

渡りに船、とばかりにひとりがうなずく。

わたしはこれ幸いとばかりに猊下たちの前に躍り出ると、あらん限りの大声を張り上げた。

「はいっ！　恐れながら――わたくしはアドニス猊下のお相手に、こちらのクローディア・レメディス嬢をご推薦申し上げます！」

わたしの謎の勢いに、枢機卿たちは完全に呑まれていた。

「う、うむ、そうか……なるほど……」

「ですがシスター・ラナも――」

「……いいんじゃないか？　それで……」

「ああ……どちらも選ばれた乙女であることに変わりはないのだし……」

「……ですな……」

ざわざわ、といくつかのグループで密談がはじまる。突然乱入してきたモブ修道女に対する反発は、不思議とほとんどなかった。

おそらく、候補者と何かしらの利害関係にあるのは彼らの一部だけで、おおかたの枢機卿にとっては結果さえ残せるなら相手はどちらでもかまわないのだろう。

彼らの中で意見が一方向へ定まるまで、それほど時間はかからなかった。

もうこいつの言う通りでいいんじゃないかな……という雰囲気になりかけたところで、ニコライ枢機卿が毅然《きぜん》と言葉を発する。

「アドニスさまのお考えをお聞かせください」

(そうだ。肝心の猊下のお気持ちは――)

全員の視線が集まる中、猊下は少し間を置き、それからゆっくりと瞬きをした。

「ミネットがそう望むのなら、従おう」

かくて、三人の候補（うちひとり脱落）の中から、レメディス子爵家の令嬢クローディアさんが聖皇猊下の子づくり相手に選ばれたのだった。

「いろいろと事前の心構えや支度も必要でしょう。本日はゆっくりと休養していただき、アドニスさまとクローディア嬢には明日から聖なるお勤めに励んでいただくこととしましょう」

ずいぶんと大仰な言いかただけど、要は早速明日からベッドインしてください、ということである。

これにて散会、と告げられて、枢機卿たちがぞろぞろと部屋を出る。

クローディアさんもそのひとりに伴《ともな》われて退室した。部屋を出る前にもう一度、猊下へ向かって礼をすることも忘れない。

(うん、彼女なら大丈夫。本当にしっかりしたお嬢さんみたいだから)

わたしはその姿に、「どうか猊下を男にしてやってください！」と祈りにも近い視線を送るのだった。

一方、もうひとりの候補シスター・ラナは、しばらくまごまごした様子で辺りを見回していた。

そこへ先ほど彼女を「神に愛された娘です！」と力説していたフランコ枢機卿が近づいて、何やら耳うちする。すると途端に、健康的な小麦色の頬がボッと赤く染まった。

おそらくこんなことを言われたのだろう。「ことと成りゆき次第では、まだお前にもチャンスがあるぞ」——と。

どこか後ろ髪を引かれるようにちらちらとこちらを振り返りながら、シスター・ラナも部屋を出ていった。

ふたりの候補者たちの足音が応接室から完全に遠ざかってから、それまで彫像のように動かなかったアドニス猊下がようやく、黄金の肘掛《ひじか》け椅子から立ち上がる。

「あ……」

何か、声をかけなければと思った。子づくり指南係として、この場を総括するような気の利いた言葉を言うべきだと思った。

でも「がんばってください」と激励するのもちょっと変だし、「余計な口出しをしてごめんなさい」と謝るのもなんだか違う気がして。

（どうしよう……何を言えばいいんだろう……）

その時、わたしの沈黙をかき消すみたいに部屋に現れたのは、いつもの光る蝶だった。

二匹の蝶は互いに近づいては離れをくり返しつつ、猊下の周りにくるりと輝く円を描く。まるで番のように戯れ合って飛ぶ蝶の姿に、これまでどこか硬かった猊下の表情が、ふっと緩んだのがわかった。

アドニス猊下がこちらを見る。彼は何も言わず、ただ目だけで微笑んでいた。

その笑みが、ひどく儚《はかな》げに見えたのはなぜだろう。

猊下は蝶たちを連れたまま、衣擦《きぬず》れの音だけを残して部屋を後にした。

急にがらんと広くなった応接室に、わたしとニコライ枢機卿だけが残される。

「あの……差し出がましい真似をして申し訳ありませんでした……」

頭を下げると、ニコライ枢機卿は思いのほかやさしい声で答えてくれた。

「正直に言って助かりました。われら枢機卿がどちらかを指名すれば角が立ちますし、かといって猊下も決めかねているご様子だったので。あの場で発言するのはずいぶんと勇気がいったでしょう」

猊下の最後の笑顔が頭にちらついて、ええ、まあ、とあいまいに笑うことしかできない。

「なぜ、シスター・ラナではなくクローディア嬢を推薦したのですか」

「それは、ニコライ枢機卿がわたしを子づくり指南係に指名した理由と同じです」

「……貴族家の出身だから、ですか」

はい、と小さくうなずいた。

「クローディアさんは修道院のお育ちだと伺いましたが、花嫁修業と称する以上、いずれは殿方に嫁ぐものとして最低限の閨の教育を受けているだろうと思いました」

「ふむ」

「あいにく、猊下にはまだ十分な知識をお授けできたとは言えませんので……。欠けたところをやさしく補ってくれるような女性こそが、猊下にはふさわしいのではないかと……」

猊下はまだ、自分から女性をリードできるほどの知識や経験がない。

だからその時、淑女《しゅくじょ》として教育を受けているクローディアさんならさりげなくフォローできるのではないか——。そんな風に思ったのだ。

「アドニスさまには欠けたところがある、貴女はそうお考えなのですか」

「へっ!?　まままままさかそんな！　あの偉大なる聖皇猊下に欠けたところなど！　ただちょっと天然も度が過ぎると思っただけです、ええ！」

ヤバい、不敬罪で火あぶりだ！　とお叱りを覚悟したのだが、ニコライ枢機卿はふう、と小さく息をつくだけだった。

「貴女はこの短い間に、アドニスさまのお心に深く寄り添っていたようだ」

「い、いえ、そんな大それたことでは……。でも、猊下にはしあわせになっていただきたいと思っています」

わたしの答えに、枢機卿は目を細める。

「しあわせ、ですか。……われわれは聖人の血を遺すことにばかり固執して、アドニスさま個人の幸福までは考えていませんでした」

後半はぼそぼそと独り言めいていてよく聞き取れない。「え？」と思わず聞き返したら、枢機卿は珍しく、聖職者らしい含みのない笑みを見せた。

「いえ、貴女の言う通りですシスター・ミネット。アドニスさまがしあわせになられるのなら、それに越したことはない」

「はい！」

「では、万事が上手く運ぶことを神に願いつつ——。貴女の『子づくり指南係』の任は、一旦ここまでとしましょう」

——ご苦労さまでした。

そう告げられるまで気づかなかった。猊下が無事目的である子づくりを果たしたなら、指南係《わたし》の役目はもう終わりなんだと。

「これが最後になるなら、しっかりご挨拶《あいさつ》くらいすべきだったたな……」

応接室を出て、扉を背にぼそりと独り言ちる。

子づくり指南係改め凡弱一般修道女に返ったわたしは、何かすっきりしない思いを抱えたまま、いつものお勤めへと戻るのだった。


その日の日没、わたしは例のごとく自分の夕食から少しだけ分けておいた干し肉とミルク、そしてお小遣いで購入したカリカリの餌を隠し持って、いそいそと裏庭に向かっていた。

あの後いろいろ考えてはみたのだけど、やはり、本来の役目である性教育も万全とは言えないまま猊下を送り出してしまったことが、心に引っかかったままだ。

もちろん、急なスケジュール変更というやむを得ない事情が一番の要因ではあるんだけど……。

「もうお目通りする機会もないいんだろうなあ」

当たり前だ。わたしはただの修道女で、猊下は猊下。本来の立場が違いすぎる。

いくら同じ聖教区に暮らしていると言っても、これまでの五年間ではお顔を見たことすら数えるほどしかない。

「猊下のお相手を勝手に決めてしまったこと、あれでよかったのかな……」

最終的な決定権は猊下自身にあった。けれど彼は「ミネットが望むなら従う」とおっしゃったのだから、わたしが決めたも同然だろう。

ニコライ枢機卿には偉そうにもっともらしい理由を述べてはみたものの、時間が経つにつれ本当にあのやりかたが正しかったのか、気持ちが揺らいでくる。

私は猊下と、そしてふたりの女性の人生を変えてしまったかもしれない。

クローディアさんはもちろんだけど、シスター・ラナだって、きっと素敵な女性だからこそ候補に選ばれただろうに。

それをあんな、本人たちの、何より猊下の意思を差し置くようなかたちで出しゃばって……。

『私にとっては、人の子は老いも若きもみな等しくユーフェタリアのいとし子だ』

『私は聖皇として、地に満ちる人の子すべてを等しく愛している』

猊下はあの時、自らお相手を選ぼうとする様子がなかった。

いや、彼の矜持《きょうじ》がそれを許さなかったのかもしれない。すべての生命を尊ぶべき聖皇が、ユーフェタリアのいとし子を「どちらがより女性として魅力的か選ぶ」だなんて。

(でも、だからこそ、あの場で猊下にふたりの優劣をつけさせるみたいなこと、させたくなかった)

猊下が望む望まないにかかわらず、最終的にはどちらかの女性があてがわれることになっただろう。だったら、その責任を引き受けるのは、子づくり指南係のわたしであるべきだ。

(後はもう、おふたりには明日から毎晩腰も立たないくらい「聖なるお勤め」に励んでいただいて、猊下が自慢の豪槍でクローディアさんをメロメロにするっきゃない……!)

ふたりにとっては義務からはじまる関係かもしれない。

でも、きっと大丈夫。……そんな気がする。

猊下はおやさしく、情の深いかただ。

ご自分では誰かを特別に想う感情がわからない、という風におっしゃっていたけれど、わたしはそうは思わない。

一度肉体を交わしたならば、彼はその相手を慈しみ、大切に思うようになるだろう。

だから明日の夜、猊下はきっと――特別な愛を知る。

「惜しむらくは、もう猊下とお茶をする機会もないのかなー、なんて。ふたりで他愛もない話をするの、けっこうたのしかったんだよね……」

――ね、あなたもそう思うでしょ？

つい先日、猊下との講義に同席していた彼女にそう問おうとした。

けれどその日、猫は日が落ちても姿を見せなかった。

それどころか翌日も、彼女は裏庭に現れなかった。

餌箱の中身を残しておいたけれど、食べられた形跡がない。五年近いつきあいの中で、彼女が二日連続で裏庭に現れなかったことはこれまで一度もないのに。

（――やっぱりおかしい）

二日目の夜更け、わたしは居ても立ってもいられずに自分の部屋を抜け出した。

とうに消灯時間は過ぎているので外は暗闇《くらやみ》だ。おまけに夜空は雲がかかって月明かりもなく、しとしとと細かい雨が降っていた。

小さな角灯《ランタン》を片手に、大きな裏庭を捜索する。茂みや植え込みの中をしらみ潰しに覗いてはみたけれど、湿《しめ》った土の匂いがするだけで、いつもならにゃ～んとまとわりついてくる彼女の姿はなかった。

「どうしちゃったんだろう……」

じっとりと顔を濡らす小雨を袖で拭《ぬぐ》い、星のない空を見上げる。

すると明かりが消されて真っ暗な宮殿の窓から、一室だけ、わずかな光が漏れていた。

「……猊下の、部屋……」

以前餌箱を隠していたアジサイの植え込みの真上。深夜になっても灯されている、猊下の部屋の明かり――。

その意味を理解した瞬間、冷え切っていたはずのわたしの頬はカッと熱くなった。

(そうよ。今夜は猊下とクローディアさんが「聖なるお勤め」に臨《のぞ》む最初の夜――!)

別に、部屋の中を覗き見たわけではない。それでも形容しがたいいたたまれなさのようなものが、胃液と共に喉元までせり上がってくる。

聖教区の一角で密やかに行われるであろう艶事。生々しい想像が脳裏に浮かぶのに耐え切れず、わたしは逃げ帰るように裏庭を後にした。

そのまますぐに頭から布団を被ったけれど、気がかりばかりで眠れそうにない。

懊悩《おうのう》したり微睡《まどろ》んだりをくり返しているうちに、いつしか雨は上がり、日の出を前に空が白みはじめていた。

性懲《しょうこ》りもなく、わたしは猫を捜すために裏庭へ出ることにした。

まだ朝の祈りの時間には早いので、すれ違う同僚もほとんどいない。一縷《いちる》の望みを胸に、いつもの餌箱を置いた茂みへと近づく。

「ねえ、そこにいるの? 昨日は寒かったから、お腹が空いているんじゃない?」

恐る恐る声をかける。すると餌箱の陰から、いつもの黒い尻尾が覗いていた。

わたしはあわてて駆け寄り、植え込みの緑の葉を掻き分けて……そして目にする。

彼女は——クローバーの群生に囲まれて、眠るように死んでいた。

そこから何をどうしようとしたのか、記憶がはっきりしない。

わたしは猫の亡骸《なきがら》を抱いて、ひとり裏庭に突っ立っていた。

彼女の身体は濡れてはいない。どこかで雨露《あめつゆ》をしのぎ、夜明け近くに雨が上がってからここへやってきたのだろう。何かに襲われたような痕はない。目に見える怪我や異常もない。

ただ、思えばこの子とはもう五年のつきあいで、出会った頃にはすでに子猫の大きさではなかった。

寿命。老衰《ろうすい》。

胸によぎった言葉はどれも、自分に都合のよい言い訳のように感じた。

(がんばって生きたんだね。苦しまず安らかに逝《い》けたんだね。そう言ってあげなきゃいけないのはわかってる。……でも……)

心が真っ黒に塗り潰されたようだった。抱きしめた彼女の身体は軽く、まだほんのりあたたかくて、しかしそこにある死の気配は重く冷たかった。

わたしの孤独を置き去りにしたまま、徐々に太陽が姿を現す。東の空に明るさが増す。

ひとつの命が地上から失われても、こうしていつもと同じように一日ははじまるのだ。

その事実が、今はただ苦しくて、どうしようもなく恨《うら》めしかった。

「ミネット!」

その時、わたしの心に一条の光が差した。

はばかりもなくがさがさと草木を揺らす音を立て、まばゆい光の主が現れる。

「げい……か……?」

アドニス猊下だった。

迷路のような植え込みを、長い脚で迂回《うかい》もせずに踏み越えて、最短距離で向こうからやってくる。

白いチュニックシャツとズボン。いつもの法衣とは異なる砕けた軽装だったが、それでも彼の生まれ持った神々しさは少しも損なわれていない。

「猊下、どうしてここに?」

「お前が、……いや、精霊が呼んだから」

「……? あの、例の『お勤め』は……」

「それはもう済んだ。そんなことより——」

もう済んだ。

そのひと言の衝撃が大きくて、後につづく言葉は頭に入ってこなかった。

(そっか。猊下は無事お役目を果たせたのね)

おめでとうございます、と言うべきかもしれない。でも、今のわたしには言祝《ことほ》ぎを紡《つむ》ぐことができそうになかった。

わたしは虚《うつ》ろな表情のまま、腕の中の小さな亡骸に視線を落とす。

「猫が、死にました。おそらく、ほんのついさっき」

猊下は驚かなかった。起こった出来事を淡々と伝えるわたしの言葉にじっと耳を傾けて、ただ静かに銀のまつげを伏せる。

「そうか。やはり……」

「やはり、とは」

「先日この者に触れた時、残された時間は少ないのだろうと感じた。だがそれは神の御心のままにあるべきことだから、お前には言わなかった」

つまり、これは定められた命の期日である——と。

暗にお前のせいではないのだよと慰められても、沈んだ心は軽くはならなかった。

「何か、私が力になれることはあるだろうか」

穏やかな労りのお言葉だった。頑《かたく》ななわたしはそれすらも無下にして、黙って首を左右に振る。

すると猊下はなぜか、悲しみと安堵《あんど》が入り混じったような顔でふっと笑った。

「言わないのだね、お前は」

「え……？」

「『生き返らせてほしい』と。聖人であるお前には奇蹟の力があるのだろう、なぜ使い惜しむ、なぜ救ってくれないのだ、と」

「……それは……」

きっとこれまで何度も、何十回も、猊下は誰かの死に立ち会い、そう乞《こ》われたことがあるのだろう。もしかしたら彼には、本当にそれが可能なのかもしれない。

（でも……）

わたしはもう一度、首を横に振っていた。

「猊下にそのようなお力があるのかどうか、わたしにはわかりません。けれど、命には必ず終わりがあります。ユーフェタリアの定めた天命を……覆《くつがえ》すようなことはしません……」

「お前は賢い子だね、ミネット。命は有限だからこそ尊いことを、お前は知っている。そこまで理解していて……なぜ泣いているんだ？」

猊下の長い指が、わたしの目尻の涙をそっと拭う。その時はじめて、わたしは自分が泣いているのだと気づいた。

「……、わたし……！」

その手が、声が、あんまりやさしいから。

これまで胸の奥に押し込んでいたさまざまな感情が、心の堰《せき》を切ってあふれ出した。

「わたし、この子に、名前をつけなかった！　名前のない者は死者の河を──アケオースの河を渡れない。わたしのせいで、この子の魂は冥界へ行くことができません……！」

聖都へやってきてから今日まで、わたしは一度も泣いたことがない。なのに今さら、五年分の涙は一気に滂沱《ぼうだ》となって押し寄せた。

涙と共に零れ落ちたのは恐怖。失望。諦念。義憤。そして何より、とてつもない後悔だ。

「怖かったんです。名前をつけて、愛情をかけて、それでもし、ある時ふらりといなくなってしまったら。だって、どんなにまごころを尽くしても、気持ちが通じたと思っても、みんなわたしを愛さない。いつか必ず、『お前なんていらない』と……わたしを、突き放すから」

両親、妹、テンプルトン侯爵家の人々、かつての友人、みんなみんな。

誰もがわたしを煙たがった。助けようとはしなかった。あの時、わたしの涙の川はたしかに一度枯れたのだ。

わたしはもう、誰かに見捨てられることに耐えられなかった。

だからこの子に名前をつけなかった。

餌を与えて、避妊手術を受けさせて、毎日世話をして、五年近くも共に過ごして、それでもなお、いつこの子が気まぐれにいなくなっても傷つかないよう、心に予防線を張っていたのだ。

この子はこうやって、最期の時にわたしの元へ戻ってきてくれていたのに。

震えるわたしの肩をふと、何かが包む。背に回された、猊下の大きな手だった。

猊下はわたしをそっと片腕で抱き寄せて、物言わぬ猫の身体に触れる。

「大丈夫。この猫の魂は春の精霊の導きを得て、迷うことなく冥界へと渡るだろう。私がその助けとなるよう、神へ祈りを届けよう」

「猊下……」

「さあ、名前をつけなさい。魂にしるべを与えなさい。それがお前がこの子にしてやれる、最後の贈り物だ」

「…………、…………ノワ…………」

ずっと頭の中に思い浮かびながら、一度も呼ぶことのできなかった名を口にした。

はじめは弱々しく頼りなげに。そして次第にしっかりと。

腕の中の猫《ノワ》に、届くように。

「あなたの名はノワ。あなたの名前は……、ノワ」

「古代語で『黒』か。……よい名だ」

猊下が微笑んだ。わたしの額に祝福のキスをした。タリア湖の水より青い両の目を閉じ、すぅっと息を吸い込む。

その瞬間、周囲の音がすべて消え、ただ清浄さだけがこの場に満ちた。

「《春の乙女の名の下に集いし精霊よ。冥界の扉を開き、死者の魂を安らぎの地へと導きたまえ》」

猊下の口から紡がれた聖句は古代語だった。

わたしには言葉の大意しか摑めない。それでも、猊下の御身に宿るあたたかい力が、ノワの身体に乗せられた左手を通じて流れ込むのをはっきりと感じた。

「《アケオースの河へ架かる虹となれ。天へと翔ける翼となれ。かの者の名はノワ。無垢《むく》にして従順、悲しみの底にあって乙女をたすく者なり》」

詠《うた》うような猊下の祈り。その声に惹かれて、光る蝶が姿を現す。

二羽、三羽、次第に増え、輝きを増し——。

「《実りあれ》」

蝶は弾けて、ノワを包むあたたかな光の雨になった。

その後、猊下はノワを一旦大聖堂に安置し、タリアの共同墓地に葬ればいいと言ってくださった。わたしは小さな亡骸を彼女のお気に入りだったガーゼケットで包み、籐かごに収めた。

生前にもっとしてあげられることがあったんじゃないかという後悔は、きっとこれからも残りつづける。だから——せめて埋葬の時には、棺《ひつぎ》にたくさんの花と、カリカリの餌を入れてあげたい。

(ありがとうノワ……)

離れがたくていつまでも安置室の扉の前で立ち尽くすわたしを、猊下は急かすこともせず、ずっと隣にいてくださった。彼の沈黙はどんな慰めや励ましよりも、誠実で雄弁にわたしの心に刻まれた。——きっと、ノワにも。

大聖堂裏の勝手口を出ると、いつの間にか太陽は完全に地平から離れ、あたたかな朝の陽光が広がっている。

まもなく礼拝の時間だ。猊下もこんなラフな恰好でそこらをウロウロしているわけには——。

そこでハッとあることに気がつく。

「猊下！　もしかして……クローディアさんをほっぽってきてません!?」

(そうよ、猊下は今後生涯を共にするかもしれない女性と愛を交わしたばかりでしょ!?　こんなところでモブ修道女にかまってる場合じゃなくない!?)

これじゃあまるで、わたしがふたりの恋路に割り込んでるみたいじゃないか。

ようやく周囲の状況まで気が向くようになって、一気に血の気が引いた。

動揺丸出しで隣のご尊顔を見上げると、当の猊下はまるで今思い出しました、と言わんばかりの表情でななめ上方へ視線を送る。

「ああ……。それはもう済んだからいいんだ」

「ば……っ、」

ば・か・や・ろぉおおおお〜〜〜！

ひとりで勝手に聖者タイムを迎えてるんじゃなぁーーい！

「いっ、今すぐお戻りください！　寝起きのおのろけピロートークとか、イチャイチャきゃっきゃからの二回戦とか……してきてください！」

女の子にはアフターケアが大事なのよ⁉

それをヤるだけヤってベッドに放置とか最低すぎるでしょ⁉

今すぐ戻って、昨夜のご乱行を恥じらいあったりしつつ目覚めのモーニングティーをご一緒しろぉおおおお！

早く戻れ、とにかく戻れ、とぐいぐい猊下の背中を押す。

しかし見た目以上に体幹がつよつよなのかテコでも動かない。しまいには「んもう！」と不敬の極みグーパンを背に叩き込みはじめたわたしを、猊下は「だが……」と困った様子で見下ろした。

「あの娘なら、『勤め』を降りると言って早々にいなくなってしまった」

「……は？」

クローディアさんが勤めを降りた？　早々にいなくなった？

……何度反芻《はんすう》してみても事態がよく呑み込めない。

(何がどうしてそうなった……？　そもそも、肝心の「子づくり」はちゃんとできたの？)

こんな重大事件、子づくり指南係として看過できるわけがなかった。


で、現在。同日の真昼時である。

午前の役務である宿舎の清掃を終えたわたしは、猊下の部屋の真ん中で仁王立ちしていた。

その前に、しゅん……と頭《こうべ》を垂れていつもの木椅子に座っている猊下がいる。

「なぜそのような事態になったのか、順を追って説明してください」

ただならぬわたしの気迫に、さすがの鈍感聖人もやや気まずさを感じはじめたらしい。先ほどから己の銀の毛先をもじもじともてあそんでいる。乙女か。

「うん。昨日の夜……ちょうど廊下の明かりが落とされる頃だったかな。あの娘は枢機卿たちに言い含められた通りに、私の寝室へやってきた」

「ふむ……その時何か変わった様子は？」

「甘い香りがした。ジャスミンの花のような……。ああそういえば、何か酒瓶のようなものを持参していて、蜂蜜酒《ミード》を飲みませんか、と誘われた」

「えっ！」

(それはね猊下、蜂蜜酒《ミード》っていうのは古代から強壮作用があるとされていて、新婚夫婦に贈られる縁起物だからですよ……！）

つまり「蜂蜜酒《ミード》を飲みませんか？」というお誘いは、「私と甘い夜を過ごしませんか？」という意味に他ならない。クローディアさん、清楚な見た目に反してなかなかの攻め手である。

「ふほほ。それで、ふたりの熱い夜に乾杯を……？」

思わずエロ親父みたいな笑いを漏らして尋ねると、猊下はゆっくりと首を左右に振る。

「いや、私はあまり酒を飲まない。それに、彼女が肌が透けるくらい薄い夜着を着ていたのが気になってね。風邪を引いてはいけないと思ったから、すぐに布団の中に入れた」

なんと、いきなり前置きをすっ飛ばしてからのベッドへなだれ込み!?

猊下ってばケダモノ……！

「そ、それで？　どうなったんです？」

思わず身を乗り出すと、猊下はけろりと吐いてのける。

「それだけだ」

「は？」

「何も起こらないからそのまま寝ようと思った」

脳を大量の「？」が埋め尽くし、わたしは口を開けたまま固まった。

そして数秒の硬直ののちに、溜め込まれた疑問が一挙に暴発する。

「なっ、何も起こらないってなんなんですか！　ナニカとは起こすものでしょう!?　そもそもあのクローディアさんが、おとなしく食われるのを待ってるだけの据え膳でいたとは思えません！　なんかこう、彼女の『おでこ五回ぶつけてアイシテルのサイン♡』みたいなのを見逃したんじゃないですか!?　本当はドキドキえっちなハプニングみたいなのがあったんじゃないんですか!?」

怒涛の勢いでまくし立ててから、ぜーはーと肩で息をする。だが、肝心の猊下は不思議そうな顔をするばかりだ。

「……言われてみれば、広い寝台なのにずいぶんこちらに寄ってくるな、とは思ったな。それにこう……、下腹部の辺りをもぞもぞ、とされたような気が」

「そこまでされてなぜ抱かない!?　あなたの股間の聖像は飾りですか!?」

「だが……本当に何も起こらなかったんだ……」

「だーかーら！　何も起こらないだなんてそんなこと――」

「スタンダップしなかった」

（あ、そういうこと……？）

ここにきてようやく察する。

何も起こらなかった、というのはつまり、「猊下の下半身に何も変化が起こらなかった」という意味なのだと。

握った拳を下ろしたわたしは、傷心の猊下に深い憐《あわ》れみの目を向ける。

「それはその、思い至らずすみませんでした……。えっと……、あまり気落ちなさらないでくださいね？　はじめての時は緊張して勃たないって、よくあることみたいですし……？」

最大限言葉を選んだつもりだったのだが、過ぎたやさしさは時に人を傷つけるらしい。猊下は少しムッとした様子で口を尖らせた。

「違う。彼女に昂ぶりを覚えなかったと言っているんだ。あの時の、腹の底から突き昇ってくるような——お前が私の股間をしゃぶ」

「は～～～～いなるほどありがとうございましたぁっっ！　失敗は誰にでもありますから、これを糧《かて》に次こそはがんばりましょうねっ！」

とんでもないことを言い出しかけた気配がしたので強引にお言葉を打ち切る。

気まずさを押し隠したいのと頭をクールダウンさせたい気持ちとで、わたしはゴホン、とわざとらしい咳払いをした。

「つ、つまり、猊下とクローディアさんは昨夜は『子づくり』に至らなかったと……。そこまでは理解できましたが、そこからどうしてクローディアさんがお勤めを降りるなんてことに？」

彼女だってそれなりの覚悟を持って聖都まで来ているはずだ。それがたったひと晩上手くいかなかったからって、お勤め自体を早々に投げ出そうだなんてただごとじゃない。

わたしの至極もっともな問いかけに、猊下はうーんと首を捻《ひね》る。

「少し経ってから、彼女が眠れないと言い出した。『もっと貴方《あなた》のことを知りたいのです、何か猊下のお話を聞かせてください』と」

(ほらー！　クローディアさん諦めてないじゃん！　今夜いきなり抱き合うのが無理なら、せめて少しでも親しくなって次回に繋げようっていう、いじらしい乙女心じゃない！)

クローディアさんのガッツに感動して、わたしはついつい身を乗り出す。

「それで、猊下はどんなロマンティックなお話を？」

「聖教書の第十七巻、聖人ユリシーズの言行録を紐解いた。神との対話とはいかなるものか、高潔な精神の修養と実践、霊魂と精霊はどこから生じ、何をもって定義されるのか、それから――」

「ワァ……」

なんでベッドの中で説法をはじめてるんですか。そこは過去のヤンチャとか現在の趣味や嗜好《しこう》とか将来子供は何人くらい欲しいねとかそういうことじゃないんですか。

ドン引きするわたしをよそに、猊下はとつとつと説法《ピロートーク》のあらましについて語りつづける。

「半刻は語っただろうか……。彼女は突然さめざめと泣き出したかと思ったら、『わたくしでは猊下をオスにすることができない！』と叫んで部屋から飛び出していってしまった。――それきり、戻ってこなかった」

ようやく全容を明らかにし終えて、猊下はフゥ、とひとつ大きなため息をついた。

「なぜだろうな」

「……なんででしょうね……」

あなたがクローディアさんの女としてのプライドをバッキバキにご粉砕あそばしたからですよ、とは言えなかった。

なぜかちょっぴり、ほっとしている自分がいるということも。

# 第三章　子づくりプロデューサーの爆誕

（わたしの教育が行き届かなかったばかりに、クローディアさんを傷つけてしまった……）

猊下《げいか》に昨夜の顛末《てんまつ》を洗いざらい白状させた後、わたしはその足でまっすぐニコライ枢機卿《すうききょう》の元へと向かっていた。

「ええ。クローディア嬢でしたら『自分に猊下のお相手は荷が重かった』という言伝を残して、今朝早々にタリアから出国してしまったようです」

「ああああやっぱり……」

いつも通り淡泊な枢機卿の言葉に、やはりもう取り返しがつかないのだと悟る。思わず膝から崩れ落ちてしまった。

（本当に申し訳ないことをしてしまった……）

まだ年若く、敬虔《けいけん》な信徒でもあるクローディアさんにとって、聖皇《せいこう》は尊崇の対象だ。

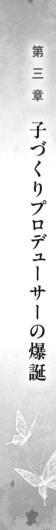

その上、アドニス猊下は見た目は——見た目だけは完全無欠の、全世界の女性が憧れてやまない存在なのだ。

その相手に、まるで自身の女性としての魅力が欠けているかのような態度を取られるだなんて、一体どれほどのショックだったろう……。想像するだに胸が痛い。

これは、子づくり指南係のわたしの落ち度でもある。

「ニコライ枢機卿。クローディアさんがお役目を辞退された今、残るお相手候補は……」

「シスター・ラナひとりということになりますね。彼女には早速、アドニスさまの寝所に侍っていただくことになるでしょう」

「そのことなんですが」

床に膝をついたまま、発言の許可を求め片手を上げた。枢機卿が「どうぞ」とうなずいたので、よろよろと立ち上がる。

「おふたりに『聖なるお勤め』に臨《のぞ》んでもらう前に、少し猶予《ゆうよ》をいただけませんか？」

「と、言いますと？」

「今回のクローディアさんとの失敗をくり返さないためにも、猊下には単なる性行為の知識だけではなく、女性の身体と心についてもっと学んでいただく必要があると思うんです」

「ふむ……。たしかにそれは一理ありますね」

さすがに一夜にしてふたりの仲が破綻したことについては、枢機卿も思うところがあるらしい。

ならば、とわたしは勢いよく九十度に腰を折り頭を下げた。

「わたしにもう一度猊下に教鞭《きょうべん》を執《と》ることをお許しください！　そしてできれば、シスター・ラナの不安や悩みを和《やわ》らげるためのお手伝いもさせていただきたいと思います！」

「子づくり指南係への再任を希望する、と」

「いいえ」

決意を新たに、わたしは固く拳を握って天井へと突き上げた。

「ただ子づくりを指南するのではなく、悩める男女の心に寄り添い、いい感じの方向へ導く……。つまり『子づくりプロデューサー』になりたいと思います！」

「貴女《あなた》はまたそういう奇想天外《きそうてんがい》なことを言い出す……」

並々ならぬやる気を滲《にじ》ませるわたしを前に、枢機卿はハァ、と大きく嘆息すると、皺の寄っている眉間《みけん》を揉んだ。

「……わかりました。明日緊急の枢機卿会議が開かれるので、それまでに貴女の計画をしたためておきなさい」

ニコライ枢機卿の熱い後押しを受け、わたしはその日のうちに原稿用紙三枚に及ぶ壮大な『アドニス猊下の子づくりプロデュース計画』の企画書を書き上げた。

その概要はこうだ。

**一、アドニス猊下には引きつづき性教育を行う。ただし、ただ人体の構造や生殖の仕組みを学ぶだけではなく、寝室でのマナーや女性への接しかたなど「子づくり」を円滑に遂行するための実践《じっせん》的知識を身につけてもらう。**
**二、お相手候補であるシスター・ラナにヒアリングを実施。同性にしか話せない悩みや不安があれば話してもらい、その解消に努める。**

**三、アドニス猊下への講義と並行して、おふたりが共に過ごし、互いへの理解と愛情を育むための時間を設《もう》ける。**

一に関しては、今のわたしには手に余る、というのが正直なところだ。男女の実践的なアレソレをお教えできるような知識や経験が、処女のわたしには不足している。

しかしこれが猊下の今後のために絶対に必要なことなのは間違いなかった。

そして今さら、わたし以外の誰かに譲れる役目だとも思わない。

だったらもう、手探りでもやるっきゃないのだ。

二については、あくまでシスター・ラナが望んでくれるなら……というかたちにはなるだろうけど。

仮に「聖なるお勤め」について踏み込んだ話まではできなかったとしても、気を張っているであろう彼女の茶飲み相手くらいにはなれたらいいなと思う。

そして三。これが最も重要だ。

そもそもの問題として、枢機卿たちが揃《そろ》いも揃って筋金入りの童貞おじさまなせいか、あまりにも男女の機微《きび》について配慮がないのが気になる。

普通に考えたら、ほぼ初対面みたいな状態でいきなり夜を迎えさせるのはハードルが高すぎるでしょ!?　ふたりがお互いを知って、歩み寄るための時間くらいあってもいいはずだ。

これについては少なくとも二か月——祝花祭《しゅくかさい》の頃までは猶予が欲しい、と記させてもらった。

その間に、猊下とシスター・ラナにはおおいに親睦《しんぼく》を深めてもらう。そしてできれば、互いに好意を持った上で結ばれてほしいなと思うのだ。

これぞ名づけて、「デートでラブラブ大作戦☆」である！

「問題はやっぱり項目の一よね……。わたし自身がもっと知識をつけないと、猊下に講義なんてできないわ」

書き上げた企画書を読み返しながら、わたしはフゥ、と独り言《ご》ちた。

いつまでも「本当は処女だから」「経験がないから」なんて言い訳をしているわけにはいかない。わたしは猊下とシスター・ラナの極めてプライベートな事情に首を突っ込もうとしている。よくも悪くも他人の人生を変えかねない立場なのだ。

だったら、わたし自身だって変わらなきゃいけない。真剣にこの問題に取り組まなければふたりに失礼だ。

とはいえ、世俗から切り離されたこの環境でそんな艶っぽい知識を得るのはなかなかに至難だ。

『ねえ、コーンス伯爵《はくしやく》が奥さまと別居されたってご存じ？』

『舞踏会の夜、奥さまと間男が真っ暗な庭園で睦《むつ》み合《あ》っていたって……きゃ～！』

なんて、結婚前は、耳年増の友人たちから社交界のあられもない男女の恋愛模様を吹き込まれることも多かったのだけれど……。どうせ貧乏伯爵家のわたしには、恋愛はおろかロクな結婚もできないのだからと、遠い世界の話のように聞いていたのだ。

あの頃、変に達観せずにああいうゴシップもたのしんでいれば、今頃はもう少し男女の恋の駆け引きのなんたるかを理解できていたのだろうか。

人生、どこでどんな経験が役立つかわからないものである。

(アプローチ手段が限られるのはこの際しょうがない。今からでも大人の男女の恋愛について、学んでやろうじゃないの……！)

今一度企画書を手にして、うん、と大きくうなずいた。


その日の夜。就寝前に各自が静かに己と向き合い、神への感謝と祈りを捧げるための時間帯。

わたしはこっそりとある同僚の部屋を訪ねていた。

修道女宿舎でわたしの部屋のみっつ隣にある、三歳年下のシスター・メアリの部屋である。

廊下に響かぬようできるだけ小さな音でノックすると、やや間を置いてからそーっと扉が開く。

「シスター・ミネット、……どうしたの？」

分厚い丸眼鏡《まるめがね》におさげ髪。いかにも内気そうな風貌《ふうぼう》のシスター・メアリは、おどおどとした表情でドアの隙間《すきま》からこちらを見ていた。彼女が胸元で大事そうに抱えているのは、一冊の革表紙の本。

「メアリ、お願いがあるの。──あなたの持ってる官能小説、全部貸して」

「え……」

わたしの神妙な告白に、童顔のシスター・メアリは眼鏡の奥のつぶらな瞳をぱちぱちと瞬《また》かせた。

そして次の瞬間、思いもかけぬ素早さで廊下の左右を見渡すと、わたしの腕を取り部屋の中へ引っ張り込む。

バタン！　と扉が閉まって、彼女の部屋特有の古い紙の香りがした。

「エヘヘ……シスター・ミネットも、ついにあたしの蔵書に興味が……？」

「ええ。いつもみんなが回し読みしてるのを側で見ていて、興味が出たというか」

「んほっ、本当に!?」

新たな同好の士の出現に、途端にメアリの鼻息が荒くなった。

シスター・メアリはいわゆる本の虫だ。あまりに本が好きすぎて、世間の目を気にせず存分に本を読める環境を探し求めた結果、聖都の修道女になったというちょっと変わった背景を持つ。

そんな彼女が特に愛好するのがいわゆるロマンス小説である。乙女の夢と憧れが詰まった、ファンタジックな恋愛ものだ。その延長で、きわどい性描写が含まれるお話も嗜《たしな》むらしい。

「デュフッ、官能小説っていうことはその、男女が魂のぶつかり稽古の末にくんずほぐれつの肉弾戦に至る、そういうのが読みたいってコト……？」

「そうね。肉弾戦……そうね……」

「せっかく興味を持ってくれたんだから全部貸してあげたいのはやまやまだけど、ああいうのはホラ……他のシスターたちにも人気があるから、貸しちゃってて手元にないものも多くて……。それに、この間の事件のせいでコレクションが減っちゃったから……」

メアリはちらりと部屋の奥へ視線を送る。簡素なベッドと机があるだけの狭い部屋の一角で、大量の本が石積みの塔のようになっていた。

実は彼女、つい半年ほど前に、本を溜め込みすぎたあまりに重みで部屋の床が抜けてしまうとい

う事件を起こしたばかりだ。当然、管理人の司教に大目玉を喰らい、泣く泣く蔵書の何割かを手放したという経緯がある。

「そんなに減っちゃったの？」

「……官能小説と呼べるものはほんの五十冊くらいしかないわ……」

それだけあれば貸本屋が開けそうな気がする。いえ、すでに彼女のコレクションは聖都の修道女の間で数少ない娯楽になってるわけだけど……。

全部貸して、とは言ったもののさすがに五十冊は無理そうだ。

「じゃあ、その中からメアリのおすすめを何冊か見繕《みつくろ》ってくれない？　初心者にも読みやすい王道で、恋愛の過程がしっかり描かれているものだとうれしいな。あ、あと、できればあんまり刺激的すぎないソフトめなやつをお願い……」

「任せて……シスター・ミネットをめくるめく官能の沼に突き落としてあげる、フヒュッ」

こうして、わたしはシスター・メアリの官能小説コレクションの中から、彼女が選んだとっておきの五冊を借りることになった。

いい大人が小説から男女の恋愛を学ぼうだなんて、世間のみなさんは笑うかもしれないけど。

あいにく、聖都には娼館も、女の子がお酌《しゃく》をしてくれるような店もない。そもそも酒類を提供する場すらないわけで、経験豊富な誰かに取材するというのは難しそうだ。

もちろん聖職者たちは品行方正で浮ついた話は皆無、聖教区の図書館にあるのはせいぜい人体図鑑か女神降臨図くらいのものである。メアリの蔵書がどこから仕入れられているのかは、本人のみぞ知る。

「ありがとうシスター・メアリ。これ、少ないけど本を貸してもらうお礼」

そう言って、わたしはこれまた本がみっちり積まれた机の隅に、琥珀色《こはくいろ》の液体が入った瓶を置く。

「これは……？」

「ふっふっふ。わたしが大聖堂裏の楓《かえで》の木から採取したメープルシロップよ。紅茶との相性は言わずもがな」

「ええっ、何それありがた怖い」

それでも聖都の修道女にとって、甘味はけっこうな嗜好品《しこうひん》である。メアリは早速瓶の蓋を開け、うっとりした様子でシロップの香りを嗅いだ。

その間におすすめの五冊を抱えてみたところ、どれもなかなか豪華な装丁のせいかずっしりと重い。腰を痛めないようにがに股歩きで入口の扉までたどり着いたタイミングで、メアリが背後から声をかけてきた。

「あっ、あのねシスター・ミネット。あたし……ううん、あたしたち、あなたに感謝してるの」

「？　なんで？」

「あなたが枢機卿を拳で脅して、聖教区内で白湯《さゆ》以外のお茶を飲めるようにしてくれたんでしょ？」

どこからどう伝わったのか知らないけど、えらくシンプルに暴力の話になってない？

「いや……うん……脅してはいないけど、かけ合ったのは事実よ」

「やっぱり……！」

わたしの首肯に、メアリは目を輝かせた。

「あのね、あたしたち月に一回集まって本の感想を語り合う会を開いてるの……。その時、せめて紅茶でもあれば素敵なティータイムになるのにねって、前から話してたのよ。だからそれが叶って、とってもうれしい」

メアリは本当にうれしそうに声を弾ませて、はにかんでみせた。

「ありがとうシスター・ミネット。よかったら次回の語り合う会にはぜひ、あなたも参加して！」

「ええ、たのしみにしてるわ。ありがとう」

元々は枢機卿を困らせようとしてふっかけた要求だったのが、こうして誰かに喜んでもらえているならわたしもうれしい。

子づくり指南係になってから失敗つづきだと落ち込んでいたけれど、シスター・メアリのかわいらしい笑顔に、ささくれ立っていた心が癒される気がした。

お誘いをにっこり笑顔で了承して、「じゃあ、おやすみ」と扉を閉めた。そしてすでに消灯時間を過ぎ暗くなっている廊下に出たところでふと気づく。

もしやわたしは、同僚たちの前で官能小説の感想を語らなければならないってことなのかな……？　と。


後日、わたしは緊急で開かれた枢機卿会議を経《へ》て子づくり指南係に再任された。

だが、なぜか子づくりプロデューサーという新名称だけは採用されなかった。

「だって……ダサいでしょう」とニコライ枢機卿がやれやれ顔で不採用理由を教えてくれたが、ぶっちゃけ納得いってない。

とまあ、紆余曲折《うよきょくせつ》はあったものの、わたしは気持ちを新たに猊下の部屋へやってきていた。

「本日からまた、子づくり指南係として教鞭を執らせていただくことになりました」

「ああ。またこうやってゆっくりとお前の話を聞く時間ができてうれしいよ」

よろしくお願いします、と頭を下げると、猊下はくつろいだ様子で微笑《ほほえ》んだ。

（そう言われて悪い気はしないけど、喜んでる場合じゃないんですよね～）

なにせ猊下のお相手候補のうち、残る女性はシスター・ラナただひとり。

わたしは「子づくりプロデュース計画」を遂行するための猶予を枢機卿たちから引き出した代わりに、二か月以内に結果を残す――。

つまり、ふたりに「聖なるお勤め」を果たさせるという厳命を受けていたのだった。

「――というわけで、今後はしばらくわたしの講義を受けるかたわら、シスター・ラナとも親睦を深める機会を持っていただきます」

無為に過ごすわけにはいかないが、焦ってもしょうがない。

結局わたしはいつも通り、講義の概要を説明しつつふたり分の紅茶を淹れる。いつの間にか、猊下の部屋には数種類の紅茶葉とかわいらしい小花柄のティーセットが常備されるようになっていた。

「いいですか。女性とお近づきになるためには、まず『私はあなたに興味があります、好ましく思っています』ということをアピールしなければなりません」

湯気の立つカップを猊下の手元へ差し出しながら、わたしは恋愛の秘訣を語ってみせる。

ええ、まるで百戦錬磨《ひゃくせんれんま》のごとく語っていますが、実はこれ、官能小説を読んで得たばかりの知識なんですけどね！

わたしはこの数日をかけて、シスター・メアリから借りた五冊を読破していた。

お話の筋はどれも大まかには同じだ。主人公の女性が理想的なヒーローと出会い、熱烈な求愛を受け、やがて心も身体も結ばれる――。

そこに身分差やら、横恋慕による妨害やら、多少の困難やトラブルがあるのはお約束だ。

官能小説、と聞くと眉をひそめる人は多そうだけど、せつないシーンにはホロリとさせられたし、ヒーローが情熱的に愛を告白するシーンは思わずキュンとしちゃったし、けっこう面白かった。

王道ロマンスの中になぜか一冊だけ「平凡な修道女が魔界の王にさらわれてぐちゃぐちゃに犯されまくったあげくに快楽堕ちする話」が交じっていたのはメアリのうっかりミスだろう。うん、そうに違いない。

……それまでのお話との温度差で風邪引くかと思ったわよ……。

とにかく、五冊を読み切って思ったのは、古今東西、女性が恋愛に何を求めていて、どんな時にときめくのかっていうのは案外共通するんじゃないかってこと。

小説のヒーローたちはとにかく積極的だ。自分の気持ちを隠さないし、一度こうと決めたらぐいぐい行く。そこが小気味いいし、女性が絆《ほだ》されるポイントな気がする。

（そりゃあ、現実は小説みたいにすべてが都合よくはいかないだろうけど）

あつあつのカップに一生懸命《いっしょうけんめい》息を吹きかける猊下を見ながら、わたしはずず、と紅茶をひとすすりした。

(猊下もぐいぐい――とまではいかなくとも、ちゃんと好意があることを相手にアピールしていければ、上手くいくと思うのよね)

互いの心を晒《さら》し合っての魂のぶつかり稽古、これすなわち肉弾戦《セックス》への近道である。

「猊下には圧倒的に言葉が足りていません。思っているだけでは相手に気持ちが伝わりませんよ。猊下の内心をつまびらかにし、言葉を尽くすべきだと思います」

「なるほど……。言葉の恩恵なくしてすべてを知ることができるのは全知全能たる神だけ。お前の言う通りだミネット」

だが、と猊下は美しい顔を曇らせる。

「興味がある……好ましい……そういう感情は、私には少し難解だ」

「いきなり異性として意識するのが難しいのでしたら、まずはお友達からはじめるつもりでお話ししてみては？」

「……お前は、私とあの娘が親しくなったらうれしいか？」

「はい！　猊下にとって気兼ねなく話せる人がひとりでも増えたら、わたしもうれしく思います」

「そうか……」

まあ、はじめはお友達でも、いずれがっつり子づくりしていただくんですがね！

……最初のハードルは低くするに限る。

「わかった。なら私は彼女に何を話すべきだろうか。……祈りの意義と解釈について？」

「あはは、聖人ジョークウケる～。――冗談ですよね？」

真顔で切り返されて、猊下はしゅん、と背筋を丸める。

相変わらず前途多難《ぜんとたなん》の予感に、わたしは内心で小さなため息を落とし、カップを置いた。

「ずばり、女性と仲良くなるのに一番手っ取り早いのは、褒めることです！」

「褒める？」

「そうです。褒められて悪い気のする人はいないでしょう？　それに、『あなたに関心を持っている』という意思表示にもなります。容姿、服装、髪型、しぐさ、あるいは身体のパーツなど、具体的であればあるほど説得力が増すでしょう」

「ふむ……」

「では早速実践です！」

善は急げ、とばかりにわたしは勢いよく椅子から立ち上がった。

「今からわたしを褒めてみてください。わたしのような平凡な女を褒められたら、他の女性はいくらでも褒められますよ！」

ほらほら、好きなだけ褒めてくださってかまいませんよ？　と胸を張ってみせたら、猊下はあからさまに困った顔で考え込んでしまった。

顎《あご》に手をやり、眉間にしわを寄せ、少ししてからようやく、苦しまぎれのひと言を絞り出す。

「……その修道服……よく洗濯されている。襟《えり》の白さがとても白い」

あ？　なんだって？

「……いえ、修道服はお仕着せなので修道女はみな同じものを着ていますし、わたしは洗濯当番じゃないのでそこを褒められても……」

「難しいな」

そりゃあ平凡な容姿だと自覚はしてますけど、そこまで悩まれるとさすがに凹《へこ》むんですが!?

「そのかたの個性的なところ、他のかたにはない部分を褒めてみるのがいいんじゃないでしょうか。もちろん、心にもないことを無理に言っていただく必要はないんですけど……。多少大げさなくらいの方が、女性は喜ぶと思いますよ？」

「例えばどのような？」

以前のわたしなら、ここで答えに窮《きゅう》していたかもしれない。

しかし、今のわたしはひと味違う！

「例えば『絹糸のような髪だ』とか『瞳は夜空の星のようだ』とか『唇のかたちがキュートだ』とか……。後は声とか手指の爪だとか？」

例の小説のヒーローたちがささやいていた歯の浮くような口説《くど》き文句を思い出しつつ、スラスラとそれっぽい台詞をあげてみる。どうですか、これぞ学習の成果です。

わたしのドヤ回答が腑《ふ》に落ちたのだろうか。それまでいまいちピンとこない様子だった猊下が、急に天啓《てんけい》を得たかのごとく立ち上がった。

「ああ。つまり、お前の美点を語ればいいのか」

言うなり、こちらに向かって身を乗り出してくる。

「ミネット。お前の髪は実りを育む大地の色。健康的で美しい」

「おっ、おお？」

（いきなり猊下の口が滑らかになったぞ!?）

突然のキャラ変に対応しきれないわたしに、猊下はずずい、と距離を詰めてくる。

「瞳の輝きは春の陽光に似ている。瞬《しばた》けばきらきらと光零れて、そのたびに世界に喜びが満ちるかのようだ」

「あっ、ハイ」

一歩近づき。

「柔らかそうな唇だ……。いつも触れてみたいと思っているよ」

「……ありがとう、ございます……？」

また一歩。

「私を呼ぶ声はコマドリのさえずりのようだ。心地よく愛らしくて、叶うならば鳥かごの中に入れて、ずっと聴いていたい」

「…………」

ほとんどゼロ距離になって、今度はしげしげと顔を覗き込んでくる。

「手指の爪は——あまりしっかり見たことがなかったな。見せてくれるか？」

そのままわたしの両手を摑《つか》んで指先を確認しようとしてくるのを、全力で腕を引っ込めて抵抗した。

「もっ……大丈夫です！　合格っ！　もういいですからっ！」

思いっきり振り払った反動で上体がよろけた。

後ろにひっくり返りかけたわたしの腰を、猊下の片腕が華麗にキャッチして引き寄せる。

「合格？　それはよかった」

（ぎゃあああああああああああ！）

久々に聖人スマイルを至近距離で直視してしまい、俗世の汚れに染まりきったわたしの目は潰れかけた。

「ふふ。私は優秀な生徒だろう」

「や、やればできるじゃないですか……」

三下悪役のような台詞を吐きながら、わたしはぜーはーと肩で息をする。必死に顔を逸《そ》らして、にこにこと屈託《くったく》のない笑みを向けてくる猊下を遠ざけた。

（あっっっぶな……！　素《す》で恋に落ちかけたわ）

元が規格外の美形なだけに、その口から甘ったるい台詞がぽんぽん飛び出てきた時の破壊力たるや。

これまでのつきあいでだいぶ慣れたつもりでいたが甘かった。練習だとわかっていなかったら、さすがのわたしも勘違いしてしまいそうだった。子づくり指南係の講義、まさに命がけである。

「その調子でシスター・ラナをぐいぐい口説いてきたらいいと思います！　はい、以上実践終わり！」

熱くなってしまった顔の温度を下げようと、パタパタと手で扇ぐ。するとなぜかふたたび、猊下がその手を摑んできた。

「ずいぶんと手が荒れているね」

「あ……」

普段から掃除などの水仕事をこなしているせいで、決して手入れが行き届いているとは言いがたいわたしの手。その手が今日はいつもに増してがさがさで、小さなすり傷ができていた。

「それは今朝、この手でノワを……共同墓地に埋めてきたからです」

共同墓地の隅に、大きなミモザの木が一本生えている。わたしは今朝、その根元にノワを葬った。墓標はないけれど、春になればそこに美しい花が咲く。

これから何年経《た》っても、ミモザの花が咲けばわたしは彼女を思い出せるだろう。

「すみません……。しっかり洗ったつもりなんですけど、爪の中に土が残っちゃってますね」

「この手は死者を悼み、慈《いつく》しんだ手。美しく、やさしい手だ」

さっきは恥ずかしくて強引に引っ込めてしまったのに、今はそのぬくもりを手放すのが惜しい気がした。

猊下はしばらくの間、無言でわたしの手を包み、荒れた指先を撫でた。

「あの、猊下……！」

一瞬、心地よさで眠気すら感じていたわたしは、あることを思い出してハッと背筋を正した。あわてて顔を上げ、猊下の大きな手を握り返す。

「この間は、ありがとうございました。ノワの魂を、祝福してくださって……。あの時は気が動転していて、きちんとお礼を申し上げていませんでした」

「お前の悲しみはお前だけのもの。泣きたいと思った時には泣きなさい。心の中で静かに涙するのも、声を上げて天に咆哮《ほうこう》するのでもいい。お前がノワの存在に心を寄せたその時間こそが、最大の手向《たむ》けになるのだから」

「猊下……」

寂しくないと言ったら嘘《うそ》になる。傷ついてないと言ったら嘘になる。泣きたい気持ちも、まだ胸の奥に残ってる。

（でも、わたしの心もノワの魂も、たしかに猊下によって救われた。だからもう、心配はいりません）

少しでもその気持ちが伝わることを願って、わたしは猊下の手を今一度ぎゅっと強く握る。そしてありったけのまごころを込めて笑った。

「大丈夫です！　猊下のおかげで元気になりましたから！」

すると猊下は、急にこちらを見たまま動かなくなった。

「……今」

ぽつりと何かをつぶやいて、驚いたように数度、青い瞳を瞬かせる。

「鐘の音が鳴った」

ん？　鐘の音？

大聖堂の鐘楼《しょうろう》の鐘が鳴るのは一日三回。正午の鐘まではまだ時間がある。

もしかして猊下——。

昼食が待ちきれないくらいお腹が空いている!?

しまいには「鳥が歌っている」などとヤバげなことを言い出したので、今日の講義は早めに終わることにした。

（鳥の幻聴が聞こえてしまうだなんて、もしや鶏肉が食べたいあまりに……？）

猊下の本日のランチメニューが山盛りのフライドチキンであることを願いつつ、わたしは御前を去るのだった。


子づくりプロデューサー、もとい新生子づくり指南係の仕事は思ったより多忙かもしれない。

そう気づいたのは、それからほどなくしてだ。

山盛りフライドチキン事件の翌日、修道女宿舎の談話室で、わたしはある人物と対面を果たしていた。

「はじめまして、シスター・ラナ。ミネットと申します。厳密には選定の儀で一度お会いしていますが……」

「……こっ、こんにちは……」

肩の辺りで揃えられた赤い髪。健康そうな小麦色の肌。わたしと同じお仕着せの修道服を身につけた、シスター・ラナである。

「何かお困りのこととか不安なことがあれば、同じ修道女としてご相談にのれるかもと思いまして。聖都での生活はいかがですか？」

わたしの問いかけに、シスター・ラナはただコクリとうなずくだけ。

先日の自己紹介のハキハキした話しぶりから快活《かいかつ》そうな印象を持っていたのだが、今は心なしかおどおどとして伏し目がちだ。どうも緊張しているらしい。

しかーし、心配はご無用だ。

こんなこともあろうかと、わたしは用意していた秘密兵器を満を持してテーブルの上に取り出す。

「じゃーん！　これが聖都タリアの隠れ名物、その名もアドニス饅頭《まんじゅう》です！」

「わあ……！」

麻紙の包みから出てきたのは、ほかほかの湯気が立つ饅頭だ。途端に、シスター・ラナの緑の瞳がきらきらと輝き出す。

ほーらね～、やはり修道女ってものは甘味に弱い生き物なのである。

「おいしそう……だけど、これを食べるんですか？」

「気にしない気にしない！　ほらっ、中にクリームが入っていておいしいんですよ～！」

そう言って猊下の似顔絵が刻印された饅頭を豪快に真ん中で割ってみせると、シスター・ラナも恐る恐るといった調子でひとつを手に取った。

「もう聖都内の観光はされました？」

「いえ、まだです……」

さっさと割ったうちの半分を胃に収めてしまったわたしに対し、シスター・ラナはちみちみと端っこから饅頭を味わっている。ウサギみたいでかわいい。

「せっかくだからいろいろ見学してみたい気持ちはあるんですけど、迷子になったり邪魔になったりしたら困るなあって思って……。朝と夕方の礼拝だけは参加させてもらってますが、知り合いもいないし、後はほとんど部屋でおとなしくしてます」

「ほほぉう！　では明日から、散策がてらアドニス猊下とふたりで聖教区を見て回ってはいかがですか？」

「えっ！」

わたしの提案に、シスター・ラナは驚いて饅頭を手から落としかけた。

「そそそそんな、恐れ多いです！」

「猊下とふたりきりになるのはいやですか？」

「そんなはずはありません！　ただその、聖皇さまはあたしの……ううん、全信徒の憧れで、神聖な存在っていうか……雲の上のかただから……」

「大丈夫。猊下はああ見えて気さくなかたですよ」

気さくというか、天然というか。……みなまで言うまい。

「でも、あたしごときが、せ、聖人のアドニス猊下と……」

「シスター・ラナは猊下のお相手としてたくさんの女性の中から選ばれたかたなんですから、もっと自信を持ってください！」

　これを機に猊下と親密になっちゃいましょう、と耳うちすると、彼女の顔はみるみるうちに真っ赤になった。

「聖皇さまとお話しできるだなんて、夢のようです」

　食べかけの饅頭に刻印された猊下の顔を見つめ、うっとりとため息を漏らす。その熱っぽいまなざしは、まさに恋に恋する乙女そのもので。微笑ましいと同時に、ふと、ある不安がよぎる。

「えっと……つかぬことを伺いますが、あなたと猊下にはいずれお話以上のこともしていただくんですが、その辺りの事情はご存じなんですよね……？」

　まさかこの子まで赤ちゃんはキャベツ畑から生まれるとか思っていたらどうしよう、と心配になってしまって尋ねたのだが、シスター・ラナは意外にも「はい」としっかりした顔でうなずいた。

「あたしのいた養護院《ようごいん》には、まれに身重の女性がやってくるんです。何度かお産のお手伝いをしたこともありますし、だからその……どうやったら赤ちゃんができるのかも、知ってます」

「なるほど」

　身寄りのない女性が妊娠した際に、最後の砦《とりで》として養護院を頼ることはままあるらしい。つまりシスター・ラナは、ハリボテの指南係のわたしとは違う、生きた経験や知識を持っているということだろう。

（わたしが教えられることは何もなさそうね……）

　何か力になれるかも、だなんて思い上がりもいいところだった。彼女が年下で純朴そうだからって、いらぬおせっかいを焼こうとしていた自分が恥ずかしい。

だとしたら私が他にできることはせいぜい、彼女が聖都に慣れるまで世間話の相手になりつつ、猊下との関係が進展するよう後ろから焚《た》きつけ——もとい、応援するくらいか。

なら、彼女にリラックスして心を開いてもらえるよう、わたしも純粋に彼女とのお茶の時間をたのしんだっていいわよね。

気持ちを切り替え、残り半分の饅頭を頬張った。

「シスター・ラナ、あなたに聖痕《せいこん》があるってお話は本当なんですか？」

「は、はい。おしりにあざがあるのは本当です……。教会の偉い人たちは、それを聖痕だって言いますけど」

いつの間にか、シスター・ラナは二個目の饅頭に手をつけている。

「小さい頃から、光の塊のようなものが空を飛んでいるのをよく見かけたんです。最初は誰も信じてくれなくて、嘘つきだってバカにされてました。ところが、ある時それをふと院長先生に話したら、西方教会の偉い人にまで伝わって、『この娘は精霊が見える！』って大騒ぎになって」

「へぇ～。精霊って光の塊なんだ……」

「田舎《いなか》の養護院からいきなり都会に呼びつけられて、大勢の大人の前でおしり丸出しにされたんですよ！　子供ながらに本当に恥ずかしかったんですから！」

はじめの頃の遠慮がちな食べかたはどこへやら、シスター・ラナはばくっ！　と豪快にアドニス猊下の顔を喰らう。そして案の定むせた。

「精霊ってそこら中にいるものなんですか？」

「げほっ、げほ。普段はどこかに姿を隠しているみたいなんです。でも、何かの力を発揮する時にはぶわ〜っと集まってきたりします」

コップの水を勢いよく喉に流し込みながら、「あたしも生態まではよくわからないんですけどね」と、やや決まりが悪そうに肩をすくめてみせる。

「そういえばつい最近、聖皇さまが奇蹟《きせき》の力で赤ちゃんを救ったという話を聞きました。その時、聖皇さまの周囲がまぶしく光り輝いていたってたくさんの人が証言しているとか」

「あ。一般謁見の時の……」

「それはたぶん、精霊の発した光です。真昼の光は見えなくても、それが寄り集まって大きな輝きになったら、多くの人が気づきますよね？　それと同じです」

「普段は見えない精霊の光が、集まって大きくなったことでみんなにも見えたってことですか？」

「はい。だから、あたし自身は特別とかそんなんじゃなく……人よりちょっと目がいいだけなんだって、そう思ってます」

「そっか、なるほど！」

ずっと不思議に思っていた謎《なぞ》が解けた気がして、わたしはポンと手を叩いた。

「猊下のお力が大きいから、その周囲に集まる精霊の輝きも大きい。だからわたしのような一般人にも目視できる……と。つまり、あの光る蝶《ちょう》は精霊なんですね！」

「……蝶、ですか？」

「ええ。あの、いつも猊下の周りを飛んでいるアレです」

こう、キラキラしてて、ひらひらふわふわ〜ってしてるやつ……とジェスチャーで表してみたのだが、シスター・ラナは不思議そうに眉根《まゆね》を寄せるだけだった。

「えっと……。あたしはそれ、見たことないです」

「あれ？　そうなんですか？　じゃあやっぱり違うのかなぁ……。新種の虫とか？　えっ、それとも目の霞《かす》み？　早すぎる老眼!?」

ごしごしと両目を擦り出したわたしを見て、シスター・ラナは声を立てて笑った。

「あはは。精霊は気まぐれだから、あたしも常に全部が見えてるわけじゃないんです。あっでも」

一旦言葉を呑み込んで、それからほんのり頬を赤らめる。

「これから猊下とお近づきになれたら、あたしにも見えるかもしれません」

……なぜだろう。

その時わたしの中で、何かがざわりと波立ったように感じたのは。


シスター・ラナとの面談をつつがなく終えたことで、かねてからの計画通り、アドニス猊下と彼女がふたりきりで過ごすための時間が設けられることになった。

かくていよいよ、翌日には「デートでラブラブ大作戦☆」が実行に移されたのである。

「猊下、初デートはいかがでしたか!?」

初回のデートを終えてすぐの講義の時間。

身を乗り出し気味で問うわたしをよそに、猊下はいつものようにふーふーと淹れたての紅茶に息を吹きかけていた。

「おふたりでどちらへ行かれたんですか？」

「大聖堂を見たよ」

「完全に観光者向けのチョイスですね……」

蟻《あり》の子の歩みのような小さな進展かもしれない。それでも、これはふたりの関係を前進させるための大いなる一歩だ。

当のシスター・ラナも、「聖皇さま自ら案内していただくなんて恐れ多くて……。で、でも大変勉強になりました！」と喜んでいたので、まずは成功と言っていいだろう。よかったよかった。

後はもう、ふたりが会う回数を積み上げながら互いへの好意を高めていくのを後押しするだけだ。

一応猊下には、「隙あらば手を繋いでみましょう」とか「肩を抱いてみましょう」といった、さりげなく距離を縮めるためのテクニックをお教えしている。

「猊下。今後シスター・ラナとデートを重ねてゆく中でぜひ達成していただきたい課題があります」

「なんだ？」

「それは――キスです」

銀のまつげがぱちくりと瞬《まばた》きする。

「キス？　彼女に祝福を与えよということか？」

「ノーノー。あの儀礼的なやつではなく、男女がこう……口と口で愛情を交《か》わし合《あ》うためのアレです！」

わたしが両手の人さし指の先をちょんちょんと合わせてみせると、猊下は整った眉をひそめた。

「唇同士を合わせると、なぜ愛を交わしたことになるんだ？」

「なんでって言われても……。結婚式でも、新郎新婦が誓いのキスをするでしょう？　愛し合う者同士がキスしたくなるのは自然なことです」

「ならばそういうものは、私がそうしたいと思った時こそが適切なタイミングだろう。誰かにしろと言われてするものではない。そう思わないか？」

「ぐっ、正論……」

至極的《まと》を射た指摘でやり込められそうになり、わたしはダン！　とテーブルを叩いた。

「そのタイミングがいつ来てもいいように備える必要があるんです！　キスのチャンスはある日突然やってくるんですよ！　ほらっ、練習！」

腰の重い猊下を、ほらほら、と引っ張って椅子から立ち上がらせる。

「いいですか。今からわたしをシスター・ラナだと思ってください」

「お前と彼女は違う」

「そんなのわかってますよ。シスター・ラナの方が若くてピチピチですもん！　練習なんですから我慢してください」

「そういうことではなく……」

「はいっ！　ではじめに、お互いが向かい合って立っていた場合を試してみましょう」

何やら不満げなつぶやきをさえぎって、わたしは強引に「シスター・ラナですからね」と念を押す。猊下の右腕を取ると、わたしの腰の後ろに回させた。

「まずはこう、腰に片手を回しますね。そのままぐっと引き寄せる」

「こうか」

「もう片方の手で相手の顎を持ち上げ」

「こう？」

「いだっ！　いたた！」

あろうことか、猊下はわたしの顔を正面からむんずと摑んできた。

ちょうどこめかみ部分に指がめり込んで超痛い。思わず大暴れして、反撃のチョップを繰り出したところでようやく解放された。

「ちょ……っ、なんでキスしようとして顔面にアイアンクローするんですか!?　ていうか猊下、なにげにめちゃくちゃ握力ありません!?」

「ふふふ、照れるな」

「褒めてません！」

人畜無害《じんちくむがい》な笑顔にだまされて、あやうく頭蓋骨《ずがいこつ》を陥没《かんぼつ》させられるところだった。

やはり事前の実践は大事……！

「まったく……。いいですか、『相手の顎を持ち上げ』っていうのはこうやるんですよ」

こうなればこちらがやってみせるしかない。

シスター・ラナの役は一旦脇に置き、わたしはロマンス小説のイケメンスパダリヒーローになりきるべくキリッと眉根を寄せた。猊下の両頬に手を当てて、顔を正面に向かせる。

「まず、顎の下に人さし指を置きます。こうやって……そっと、やさしくですよ」

「ふむ」

「口の下辺りに親指を添えて」

「ふむ」

「こう、クイッと上向かせる」

「…………ふむ？」

渾身《こんしん》の顎クイを披露したつもりだったのだが、わたしの方が背が低いことを失念していた。上向かされた猊下は天井を見つめるかたちになってしまい、絵面がだいぶ残念な状態になる。

「ここからどうするんだ？」

「……えーと……」

まっすぐ上を向いたまま猊下が尋ねた。

なお、わたしもここからどうしたらキスに持ち込めるのかがわからない。

束の間、ふたりして変なポーズのまま沈黙する。

「……よし！　じゃあ次は隣に並んでいるところからキスに持ってくパターンをやりましょう！」

秘技！　結論うやむやの術！

完全に行き詰まったのでごまかすことにした。猊下の顔からサッと手を離し、仕切り直しますよ

〜と言わんばかりに両手を叩く。「あら、さっきお昼ごはんを食べたばかりだと思っていたらいつの間にかもうおやつの時間ね！」くらいのナイス切り替えである。

猊下はしばらく不思議そうに首を捻《ひね》っていたけれど、見なかったことにした。……ごめんなさい。

「ゴホン！　えー、ではシスター・ラナが猊下の左に立っているとしましょう」

「うん」

「この場合はまず、相手の腕を引いて」

「こちらの腕を？」

「いっっ……ちょっと！　猊下ギブ！　関節固めないでください！」

結局、どのパターンを試そうとしても格闘技のようになってしまう点にやや不安が残るものの。

こんな調子で、実践教育の方も緩やかではあるが順調に進みつつあった。たぶん。

その後も猊下とシスター・ラナの「デートでラブラブ大作戦☆」は、猊下の日々の公務の合間を縫《ぬ》って快調に回数を重ねていた。

その都度、わたしはふたりに個別で聞き取り調査を行っているのだが――。

「今日は礼拝堂を見た」

「礼拝堂が造られた経緯など、ありがたいお話を教えていただきました！　聖皇さまとは、過去から今日に至るまでなんと気高く慈悲深い存在なんでしょう。あたし、感動しちゃって……」

「今日は博物館を案内した」

「女神降臨図の本物をはじめて見ました！　聖皇さまはあの絵に描かれた聖人と同じようにお生まれになったのですね……すごい……尊い……」

（う～ん。確実に打ち解けていってるようには見えるんだけど、なんていうかこう……）

愛を育む男女というより、引率の教師と生徒みたいになっているのは気のせいだろうか？

シスター・ラナが、うっとりと夢見るようなまなざしで猊下のことを語ってくれるのがせめてもの救いだ。

（もっとふたりの距離がぐっと近づくようなデートプランはないものかしら……）

悩みに悩んでいたわたしはふと、ある重要な事実に気がついてしまった。

――そもそも聖都《ここ》、男女のデートにちょうどいい場所なくない？　と。

なにせ聖都タリアは「貞潔、清貧、寛容」をモットーとするユーフェタリア教の総本山である。

若いカップルが心ときめかせるようなイケてるスポットがあるはずもなし、あったとしてもそこは女神のお膝元だ。ふしだらな行為は気が咎《とが》めるというもの。……これは由々《ゆゆ》しき事態だ。

困ったわたしは、ふたたび彼女の力を借りることにした。

誰ってもちろん、シスター・メアリ（の本）です。

シスター・メアリに借りた五冊を返却し、新たにピックアップしてもらったのは「官能控えめ、健全に愛を育む純愛セレクション」である。

なお、その際厳重に抗議したからか、今のところ前回の「平凡な修道女が魔界の王にさらわれてぐちゃぐちゃに犯されまくったあげくに快楽堕ちする話」のようなトンデモスケベ小説は紛れ込んでいなそうだ。心の底からほっとする。

「う〜ん……舞踏会、は聖都にはないし……。オペラを観劇っていうのも難しいなあ……」

その日の午後、わたしは修道女宿舎の裏手にあるミズナラの木陰で本とにらめっこしていた。何かよいデートプランのヒントはないものかと、物語のヒーロー、ヒロインたちのデート模様を探っていたのだ。

「森へ遠乗りねえ……。猊下って乗馬できるのかな……。あ、でも自然豊かな場所にふたりきり、っていうのはいいかも」

宿舎裏はほとんど人通りのない静かな場所だ。仮に誰かに見つかったとして、まさかこんな難しい顔をして、読んでいるのが官能小説とは思われまい。

パラパラとなめ読みでページをめくると、ちょうどお話の中盤、王子さまがヒロインを馬に乗せて森へピクニックに来ているシーンにさしかかる。


**「美しい森ですね」**

**微笑むリリアの耳元で、レオナールはささやいた。**

**「美しいのはお前だ、リリア」**

**レオナールはリリアを木陰に追い詰め、木の幹に手をつくと退路を塞《ふさ》いだ。リリアの細い顎を持ち上げて、矢のようなまなざしで縫い留める。**

**「お離しくださいレオナール王子……っ！　なぜこのようなお戯《たわむ》れをなさるのですか」**

**「愚問だリリア、俺がお前を所望した。他になんの理由がいる？」**

**「わたくしは貴方《あなた》にふさわしくありません！　わたくしは、なんの身分も持たぬただの侍女《じじょ》で……」**

**「身分など、燃え上がる愛の前では残灰にすぎぬ。さあ教えてくれ。お前の肌の熱さを。唇の柔らかさを。お前の零す官能の蜜が、どれほど甘いのかを」**

**レオナールはリリアを抱きしめ、情熱的に口づけした。逞《たくま》しい腕で彼女のロングスカートをたくし上げると、レースのパニエの下に隠された純潔の花園を**

「わーっ違う違うそうじゃない！　健全なデートのしかたを知りたかったのに！」

ほのぼのピクニックデートだと思って読み進めていたら、突然真昼の森の中で情事がおっぱじまってしまったのであわてて本を閉じた。

(くぅ、タイトルはいかにもメルヘンぽく『花愛《め》でる王子』なのに……花は花でもそっちの花ですかい……！)

ひとり心の中でツッコミを入れていると、さぁあ、と風が吹いて頭上の梢《こずえ》が揺れた。

ふと視線を周囲に巡らせると、一羽の光る蝶が光の粉を振りまきながら飛んでくる。

「……猊下？」

蝶に先導されるみたいにして、ふらりと現れたのは猊下だった。いつもの黒緑の法衣《ほうい》に——頭の上に、立派な花輪のようなものを載せている。

「どっ、どうされたんですかこんなところに！　今日この時間は、シスター・ラナとお会いになっているのでは？」

　とっさに本を木の陰に隠して立ち上がる。修道服についた芝を払い落としていると、猊下は光る蝶を指に留め、悠々とした歩みでこちらまでやってきた。

「もちろん、ちゃんと会って共に過ごしてきた」

「そ、それはよかったです……。ええっと、今日はおふたりでどちらへ？」

「禁庭を見たいと言われた」

「禁庭……」

　禁庭とは、聖都タリアの聖教区の最奥にある禁足の庭で、かつて女神ユーフェタリアが降り立ったとされる地だ。四季折々の花が枯れることなく咲きつづける、豊穣の力に満ちた美しい場所であるという。その禁庭の中心に、聖人が生まれる神花《しんか》があるとされている。

（普通の人には入ることのできない特別な場所……しかも花いっぱいの庭園……！）

「あるじゃないですかとびきりロマンティックなデートスポット！」

　興奮で思わず法衣の袖を掴んでしまってから、不敬に気づいてあわてて手を離した。

「でも、禁庭ってその名の通り立ち入り禁止なのでは？　とても神聖な場所なんですよね？」

「隅々まであますところなく、というわけにはいかないが……。入口くらいならば」

「へえ……！　そ、それで、禁庭でおふたりでどうすごされたんです？」

　ま、まさかさっきの本の王子のように、白昼堂々お戯れを……？

　あらぬ妄想が脳裏をよぎりまくってごくりと固唾《かたず》を呑む。真剣な面持ちでデートの成果を問うわたしに、猊下はわずかに顔を綻ばせた。

「あの娘が、子供の頃によく花冠を作ったと言うから共に作った」

「じゃあ、頭のそれは」

「彼女が作ってくれたものだよ」

「ひゅ〜……超純愛……！」

猊下の頭を飾る手作りの花冠を見上げ、わたしは内心で拍手喝采《はくしゅかっさい》した。

そりゃまあ、子づくり指南係としてはもうちょっといやらしい雰囲気になっていただかないといけないような気もするけど、これまでの聖都巡礼ツアーみたいな内容にくらべたらまさに理想的なデートじゃない⁉

ふたりが仲睦まじく花を編むさまを想像して、わたしは相好《そうごう》を崩《くず》す。

「ふふふ、よくお似合いです。猊下の作った花冠はシスター・ラナにさしあげたんですか？」

「どうやら私はあまり器用ではないようでね。何度やりかたを教わってもバラバラになってしまって、上手く冠に仕立てることができなかった」

「あら。それは残念でしたね」

わたしがあんまり凝視していたからか、猊下は頭から花冠を外して近くで見せてくれた。

シスター・ラナの力作を覗き込んだわたしはそこでふと、ある違和感に気づく。

「摘んできたばかりなのに、もう枯れそう……？」

色とりどりの花で編まれた豪華な花冠は、つい今しがたまで猊下の銀の髪によく映えていた。

ところがパンジー、クローバー、ゼラニウム、マリーゴールド……。今はすべての花がくったりと力なく萎《しお》れている。というより、まさに目の前で急激に枯れようとしている。

驚いて触れかけたら、パリ、と乾いた手応えがして編み込まれていた葉の一枚が崩れた。

「禁庭の花が咲きつづけることができるのは、土に根づくユーフェタリアの豊穣の力があるからだ。手折《たお》られれば、力の恩恵を失い枯れてしまう」

「知りませんでした……。だからこそ、外界から閉ざされているんですね」

「――私と同じだ」

口元では柔和な微笑みを浮かべたまま、猊下は静かに目をつぶる。

「誰知らぬ禁庭の奥で生まれ、聖都の土を離れては生きられない。……そういう定《さだ》めだということだ」

(あ……)

アドニス猊下は生まれながらの聖人で。

民衆を導く使命を持って女神に遣わされた特別な存在で。

彼はきっと、その役目を厭《いと》うてはいない。

それでも、想像することくらいはあるのだろうか。

もしも自分が何に縛られることなく、自由に生きかたを選べる立場だったなら――と。

「……大丈夫」

世界でただひとりの聖人が抱える孤独。

それに対して、凡人のわたしが口にできたのは、ありきたりで陳腐な言葉でしかなかったけれど。

「大丈夫ですよ。禁庭の花が禁庭でしか咲けないのなら、こちらから足を運べばいいんです。摘み取って花瓶に飾ることはできなくても、美しい景色は心の中に残しておけるでしょう？」

陳腐でもまっすぐ、猊下の心に届けばいい。

わたしの言葉を後押しするみたいに、二羽、三羽と輝く蝶が現れる。

蝶たちがひらひらと辺りを舞うと、猊下の銀のまつげはゆっくりと瞬いた。

「猊下がこの地を離れられないから、信徒はみな聖都へやってくるんです。ここへ来ればいつでも猊下がいてくださると、そう知っているから」

聖都へ行けば、聖皇がいる。悠久の時を経てなお、変わらず存在する約束の場所がある。

それが人々にとって、どれほど救いになっていることか。

「ミネット……」

「わたしだって同じです。そこへ行けば猊下に会えると知っているから、お部屋を訪ねているんです。……いつも、何度だって」

――だから少なくとも、わたしがお側にいる間は。

聖都での日常を退屈だと嘆《なげ》く暇なんて与えない。そう思ったのだ。

「そうか。ならば私は果報者なのだろうな」

「はい！　ですから、またシスター・ラナを禁庭に誘ってさしあげてくださいね。誰も入れない花園で秘密のデートだなんて、すごくロマンティックでいい感じです！　この調子でぐいぐいいきましょう！」

ね！　と笑顔で念を押すと、猊下はまるでまぶしいものでも見るみたいに目を細める。

「お前も見たい？　禁庭の花が咲くさまを」

「そうですね。きっととても綺麗なんだろうなあって思います。……猊下がお生まれになったところですもの」

「そうか」

猊下はゆっくりとした動作で、枯れた花冠から一本の萎れた花を抜き取った。そして他の花と編み込んであった長い茎を、一本だけでくるりと丸め、花の柄の部分に結びつける。

何をしているんだろう、と黙ってその作業を見つめていたら、気まぐれに辺りを漂《ただよ》っていた光る蝶の一羽が、その花の上に止まり、羽を休めた。

「花冠はできなかったが、代わりに指輪の作りかたを覚えた。これなら花一輪でできるから、簡単だと教わった」

蝶が羽を震わせると、光の鱗粉《りんぷん》が枯れた花に舞い落ちた。

すると萎《しぼ》んでいた茎がみるみるうちに生気を取り戻し、美しい紫色の花弁が花開く。

猊下の手の中で咲いたのは、一輪のスミレでできた花の指輪だった。

「これはお前にあげる」

「えっ、なんでわたし……？」

「お前の、瞳の色だから」

そう言って、わたしの右手を取るなり胸の辺りまで持ち上げた。

まるでここに嵌《は》めるよ、と合図するように、猊下の長い指がわたしの薬指をすり、と一度撫で上げる。途端にかあっと首から顔に熱さが上ってきて、わたしはあわてて握られた手を引っぱった。

「いっ、いえいえ結構です！　わたしの手、すごく荒れてます……し……あれ？」

引っ込めようとした自分の指先からあかぎれの痕が消えていることに気づき、わたしは思わず見入った。

先日、ノワを葬った日にはがさがさで荒れ放題だったわたしの手。

あの日、猊下に労《いた》われて握られた時には、見せるのも恥ずかしいくらいの状態だったのに……。

いつの間にこんなに綺麗に治っていたんだっけ？

「ほら、お前にぴったりだ」

考えごとで気が逸れていたうちに、猊下がスミレの指輪をわたしの薬指に滑り込ませていた。その間《かん》わずかの数秒の犯行である。

驚いて顔を上げると、猊下の青い瞳の中に、ただわたしひとりだけが映っていた。

「……っあの、……あ……」

こんなの、子供のお遊びみたいなものだ。いちいち動揺なんてしていたら、伝説の毒婦《どくふ》の看板に疑義が生じる。

わかっていても、全身から羞恥《しゅうち》の熱が噴き出すのを止められそうになかった。

「よく似合うよ」

「あ、あああありがたきしあわせ！　では拙者《せっしゃ》これにて、んごっ御前失礼つかまつるでござるうっ！」

きっと熟れすぎのリンゴみたいな顔をしていたに違いない。噛《か》み噛みの時代がかった捨て台詞を残し、わたしはその場から全力で逃げ去った。


猊下からいただいたスミレの花は、夜になっても凛と鮮やかな花弁を閉じることはなかった。

次の日もその次の日も、その花はわたしの部屋で枯れることなく咲きつづけた。

うつむくことを忘れたスミレと、労働を知らない箱入り娘のように艶を取り戻したわたしの手。

ぼうっと眺めていると、なんだか時が止まったかのような錯覚に陥《おちい》る。そしてなぜか、胸がつきんと痛み出すのだ。

しかし、現実には日々は忙《せわ》しなく過ぎており、「子づくりプロデュース計画」を次の段階に移さなければならない時期が来ようとしていた。

枢機卿たちから与えられた猶予は二か月。すでにその半分近くが経過している。

期限を迎える来月には、女神ユーフェタリアの降臨を祝う一年で最も大きな祝日がある。聖都全体があわただしくなるので、あまり悠長にはしていられない。

ここしばらくはデート攻略法が講義のメインだったが、さすがにそろそろ本番の子づくりについてもう一度おさらいしなければならないだろう。

自然にベッドへ誘う方法、ムードを盛り上げる方法、そしてどのように行為をはじめるのか。

こちらが予期せぬタイミングで——もしかしたら明日にでも「その時」が訪れる可能性を考え、

備えておく必要がある。わたしにとっても未知の領域だけど、ここまで来たらやるしかない。

「問題はやりかたなんだけど……う～ん」

自室で悶々《もんもん》と知恵を絞るわたしの視界の端で、陶器の小皿の上に飾られたスミレの指輪は、いつまでも瑞々《みずみず》しく匂やかだった。

たまたま一般謁見などの予定が重なり、講義の間隔がいくらか空いたのは幸いだった。

わたしはその間、悩みに悩みぬき、ついに閃《ひらめ》いたある秘策を携えて、数日ぶりに猊下の部屋を訪れていた。

「……というわけで、今日は子づくりの神髄《しんずい》を猊下にお授《さず》けします」

「神髄とは」

「ずばり、子づくりを円滑に行うための導入――前戯についてです」

神妙なトーンで本日の講義について告げる。

すると猊下は、怪訝《けげん》な表情でわたしが抱いているものを指さした。

「……それはなんだい？」

「これは猊下のお相手を務めるシスターラナちゃん一号です」

「ほうきにはたきをくりつけて枕をぐるぐる巻きにしたものに修道服を着せた人形らしき物体ではなく……か？」

「はい」

大真面目にうなずくと、なぜか猊下はいやそうな顔をした。

ええ、たしかにこのシスターラナちゃん一号は少々不恰好で、性欲をそそる姿でないことは認めます。でもちゃんと身長は実物大だし、綿枕でできた身体の抱き心地は案外悪くない。

その上シーツを棒状に丸めて作った両脚もついているので、あんなポーズやこんなポーズも思いのままなのである！

「やはり口頭の説明では限界がありますので、猊下にはこのシスターラナちゃん一号を本物の女性だと思ってベッドインしていただきたいと思います。……そこのカウチソファで。そして、わたしがその横でひとつずつ指導をですね」

「その必要はないよ」

「へ？」

「私が本当に『人』ならば。相手を抱きたいと思えば、その先は本能が教えてくれるはずだ。人は遥か昔より誰に学ばずとも、交わり、栄えてきたのだから」

いやまあ、たしかにそうかもしれないけれど。

それができるなら、最初から子づくり指南係なんて指名されてはいないのだ。

「いつの間にそんな達観したお考えを？」

「私にだって思うところはある」

猊下はふい、と顔を逸らして窓の外を見た。

なんとまあ、その横顔の美しくもの憂《う》げなこと。今目の前に画家を連れてきたら、『聖人の憂《ゆう》つ』とかいうタイトルの名画が誕生するに違いなかった。

しかし、指南係としては大変困る。

「そう言わずに一回だけ練習しときましょ？　ね？　これはとても大事なことで、恥ずかしくなんてないですから」

周回遅れでやってきた反抗期は大変結構だが、こちらにも果たすべき役割がある。なんとか機嫌を直してもらおうと、ほら、とシスターラナちゃん一号を猊下の前に突き出した。

するとと猊下は彼女の豊満なボディを片腕で抱き――あろうことか、ぽいっと横に放って捨てる。

「だったらミネット。お前が練習の相手になってくれる？」

「……は？」

猊下が窓を背にして立ち上がったので、わたしの頭上に大きな影ができた。

（な、なんか、猊下の雰囲気がいつもと違う……？）

こちらに注《そそ》がれる視線は、まるで獲物を前にした狩人の矢のようで。

怒っているみたいに見えるのに、どこかたのしんでいるような気配が覗いているのだ。

野性の勘が危険を察知して、わたしはじわりと一歩下がった。そしたらなぜか猊下まで、一歩前へと距離を詰めてくる。

後退する。詰められる。後退する。詰められる。

何度か互いの間隔が開いては狭まるのをくり返しているうちに、わたしはいつの間にか壁際に追い詰められ――。

次の瞬間、猊下の長い腕がダン！　と壁を叩いて退路を塞《ふさ》いだ。

「ひぇ!?」

全身に緊張が走って肩を強張《こわば》らせる。目を真ん丸にして固まっていると、猊下のもう片方の手がわたしの顎にかかり、やさしい強さでぐい、と上向かされた。

(え!?　いつの間にこんなに自然な顎クイが!?)

……って感心してる場合じゃない！

「お、お離しください猊下！　なんでこんな……冗談ですよね？」

うろたえまくるわたしの頬に、猊下の銀の髪がさらりと落ちた。

「愚問だミネット、私がお前を所望した。他になんの理由がいる？」

「は……、えぇええ!?　い、いえでも、わたしはただの指南係で……」

「身分など、燃え上がる愛の前では残灰にすぎぬ」

「も、燃え上がるだなんてそんな…………、……ん？」

ちょっと待て。

(この台詞、どこかで聞いた覚えが)

思考を寸断するかのごとく、顎に添えられた親指が唇の端を撫でた。

「さあ教えてくれ。お前の肌の熱さを。唇の柔らかさを。お前の零す官能の蜜が――ええと」

急《せ》き立てるような声音が、はたと張りを失った。わたしを捉《とら》えて離さなかった青い瞳の鋭さが、みるみるうちに鳴りを潜める。

猊下は何度も忙しなく瞬きしだして、しまいにはう〜ん、とななめ上方を見やった。

「……次はなんだったかな」

「げ、猊下……もしかして……」

恐ろしい事実に思い当たり、わたしはぷるぷると身体を震わせる。

「読んだんですか⁉　『花愛でる王子』！」

「うん」

猊下はいつもの調子で、あっさりと肯定した。

「この間、お前がミズナラの木の下に忘れていったのを拾った」

（あ――――――っっっ！）

なんてことだ。あの日――猊下から禁庭のスミレをもらったあの日。

わたしは恥ずかしさで気が動転するあまり、読みかけの本をその場に置いてきてしまったのだ。

シスター・メアリからの借り物を、今の今まで失くしたことに気づいてすらいなかった……！

他人の大切なものをぞんざいに扱った上にすっかり忘れていたこと。

しかもそれを猊下に拾われて、読まれてしまったらしいこと。

（あんな……真昼の森の中で肉弾戦がはじまるようなドスケベ官能小説を……！）

一気に血の気が引き、またすぐにざああっと上ってきた。

「ひ、拾ってくださりありがとうございます。えっとそれ……友人から借りたもので……。返していただけます、よね……？」

かつてない動揺で口の端が引きつる。恐る恐る問うわたしに、猊下は極上の聖人スマイルでうなずいた。

「ああもちろん」

「よ、よかった」

「その本なら、隣の寝室にある」

……え？

「へ、へえ……そうですか寝室に……」

いや〜な予感がして顔を遠ざけようとする。が、後ろは壁だ。

「うん。では取りに行こうか」

「はぃい!?」

言うが早いか、猊下はわたしの身体を軽々と横抱きにした。そのまま奥にあるつづきの部屋の扉を、颯爽《さっそう》と蹴りで開け放つ。

（……お行儀悪っ！　いや問題はそこではなく！）

「待って、待ってぇぇえええええ」

猊下の肩越しに、遠ざかる居間に向かってわたしは叫ぶ。

しかし、その悲鳴を聞いていたのは床に放置されたシスターラナちゃん一号だけだった。

かくてわたしは、あっという間にアドニス猊下の寝室に連れ込まれたのである。

「はい。この本だろう？」

「アッ、アリガトウゴザイマス……」

猊下はふかふかの寝台の端にわたしを下ろすと、例の『花愛でる王子』をぽんと膝の上に置いた。

(あれっ、あっさり返してくれた)

もしかして、さっきのはただの冗談だった……？

まだ警戒を解くには早い、と少々身構えつつ、おっかなびっくり寝室の中を見回す。

絹琥珀《シルクタフタ》の天幕が四方にかかった広い寝台は、ちょうど部屋の真ん中にあった。

寝室全体の広さは隣の居室と同じくらい。クローゼットやサイドテーブルなどの家具は猫脚のローズウッドで統一されており洗練された印象を抱かせるものの、目につく範囲に私物らしきものが何もなく、なんだか殺風景だ。

「もしも猊下が拾ってくださらなかったら、友人に謝っても謝りきれませんでした。本当にありがとうございます」

「うん。それで？　子づくりの神髄は？」

(やっぱり冗談じゃなかったぁ――――！)

猊下はわたしの前で床に膝を揃えて折り、にこにことこちらを見上げてくる。

全身から一気に冷や汗が噴き出す心地がして、必死に視線を逸らした。

「こ、この本をご覧になったということは、わたしがお教えしようとした『前戯』がどのようなものか、もうおわかりなのでは……」

「――この本に描かれている子づくりの内容は真実なのか？」

その言葉に、横面を叩かれた気がした。曇りのないまなざしが、じっとこちらを見つめていた。

そうだ。猊下はまだ、フィクションと実際の行為の区別がつかない。

このままうやむやにしてしまっては、間違った知識を覚えてしまうかも……。

子づくり指南係としての責任感が、嘘やごまかしを許さなかった。わたしは逃げ出したい気持ちをぐっとこらえて、正面に向き直る。

「程度だとか、回数だとか、多少誇張されている部分もあるでしょうが、行為の流れについてはおおむね現実のものと合致していると思います……。キスをして、互いの肉体に触れ合って、それからその……、本番に至る、みたいな」

「『頭が馬鹿になるくらい何度もイク』とか『魂を揺さぶられるほど激しく絶頂した』と書いてあった。……本当にそんなことが？」

あ、これはガチで読み込んでるわ。

わたしはまだ、森でのご狼藉《ろうぜき》シーンのさわりまでしか読んでないのに！

聖人の口からポンポンと官能小説用語が飛び出してくる状況に、軽いめまいを覚える。

「女性の性感は体調や感情に左右されるところが大きいので、必ず快感を極められるわけではないのですが、ええ、その。上手く導くことができれば……おそらく」

「そうか」

膝の上で修道服を摑んでいた私の手を、猊下が上からスッと握った。

「なら、お前が手本を見せてくれる？」

「いやいやいや何言ってるんですか！　無理に決まってるでしょう!?」

上体を捻るくらいの勢いで、思いっきり手を振り払って引っ込める。

「わ、わたしはあくまで座学の講師で、そういう、肉体言語での講義は想定してないというか」

「では、今から想定に入れて？」

「無理です！」

「なぜ？」

「なぜってそんなの――！」

返す言葉に詰まって唇を噛む。ふいごで煽《あお》られた炉《ろ》みたいに耳まで熱い。

ほとんど涙目の状態になりながら、わたしはなけなしの本音を絞り出した。

「……恥ずかしいんです……」

少しの間、猊下の動きが止まった。どこか驚いたような顔をしていた。

かと思うや、一度大きく床に向かってため息をつき――。

数秒ののち、落とした視線をゆっくりと持ち上げながら、猊下はやおらに髪を掻《か》き上げる。

「ああ、どうしてかな……。そう言われたら、余計に見たくなってしまった」

指の隙間から零れる銀の髪。そこから覗く彼の顔には、うっすらと笑みが宿っていて。

思わず緊張を走らせたわたしの耳元に、猊下は顔を寄せた。

そしてそっと、内緒話みたいにささやく。

「ミネット。お前はさっき、これはとても大事なことで恥ずべきことではないと……そう言ったね」

「…………」

「この『花愛でる王子』、未知の驚きにあふれていてとても興味深かった。この本を読んでいる時、私が一体どんなことを考えていたと思う？」

近づいていた顔が静かに離れる。

「――私はね」

ちょうど互いに同じくらいの目線の高さで、猊下はまっすぐにわたしを見た。

「同じことをお前にしたらどんな顔をするかなって、そう思ったんだ」

（……あ）

今この瞬間まで、わたしはどう穏便にこの状況を切り抜けるかを考えていた。だけど。

（無理だ。たぶんこれ、逃げられない）

だけどたった今、説得は絶対に不可能だと理性が悟ってしまった。

猊下の青い瞳の奥に揺らめくのは情念の炎。口元に浮かぶのは酷薄な笑み。

（こんなの、こんなの完全に――知的好奇心という名の悪魔に取り憑《つ》かれた青少年の顔だよ！）

どう見ても聖職者が浮かべていいタイプの表情ではない。

動揺でベッドカバーの上を泳いだ手が、『花愛でる王子』の革張りの表紙に触れる。

わたしはその固い感触を指でたしかめ、ぎゅっと拳を作った。

「……絶対に誰にも言わないって、約束してくれますか」

「うん」

「これは一回きりの練習で、本番はちゃんと、あなたの愛すべき人と……お互いの愛と信頼の下《もと》で行うと、約束してくれますか」

「ああ。誓うよ」

「………わかりました」

わたしは静かに瞑目《めいもく》した。頭の中でみっつ数える。

ひとつ。心が凪《な》いでゆく。

ふたつ。不安に怯える処女のミネットを殺す。

みっつ。次に目蓋《まぶた》を開いた時には、わたしは「伝説の毒婦」だ。

「いいですよ。この間はわたしが猊下のかわいらしいところを見せていただきましたから、これでおあいこ。貸し借りなしです」

伝説の毒婦にふさわしい挑発的な態度で、ふてぶてしくわたしは笑った。

寝台の端に座ったまま、修道服のロングスカートを両手でがばりとたくし上げる。

「さあどうぞ」

別に心なんて痛まない。恥ずかしくもない。

伝説の毒婦は、これくらいのこと朝飯前にこなすのだ。

猊下の眼前に晒されたのは、特に卑猥《ひわい》でもなんでもない白いドロワーズ。平べったい腹と、ごく平凡な肉づきの脚。

これが老侯爵《ろうこうしゃく》を溺《おぼ》れさせた魔性の肉体だなんて、言い出したやつも信じたやつも本当に救いがたい大馬鹿者だ。

「本当は性器に触れる以外にも、キスだとか、胸を愛撫するとか、前戯の方法はいろいろあります。……でもごめんなさい。それは本番の時に、本能に教えてもらってくださいね」

『相手を抱きたいと思えば、その先は本能が教えてくれるはずだ』

猊下はそうおっしゃった。

だったらこの行為は、きっとそれとは別ものだ。

それでいいじゃないか。だって、これはただの講義なんだもの。

それが猊下のお役に立つのなら――。

じっと動かないわたしに向かって、猊下の手が戸惑いがちに伸びた。

「これを脱がせればいいのか？」

「……ご随意に」

わざとすげなく返す。彼の思い通りにことが運んでいくのが癪《しゃく》で、少しだけ意地悪をしたかった。

猊下はドロワーズの構造がわからないらしく、難解なパズルでも前にしたみたいにもたもたしている。その姿が情けなくてかわいらしくて、ちょっぴり溜飲《りゅういん》が下がる気がした。

それでもやがて猊下の手は、ウエストのリボンの存在にたどり着く。蝶結びの端を静かに解けば、簡素な作りのドロワーズは左右に開かれ、ただの布切れになってベッドの上に落ちた。

「よく見えない。脚を開いて」

「はい」

「膝を立てて。――触れてもいい？」

「……どうぞ」

よくもまあ、そんな破廉恥《はれんち》なお願いを堂々としてくれますね、と思いながらも諾々《だくだく》と従う。

言われた通りにベッドの上で開脚気味に膝を立てたら、腿《もも》に引っかかっていたドロワーズはあっさり取り払われてしまった。

「『秘密の花園に隠された乙女の花芽』とは、どこのことだろう……」

官能小説特有のまどろっこしい隠語が、これまでに教わった知識といまいち結びつかずにいるらしい。猊下の指がわたしの薄い下生えの表面を滑り、目的の部分を探り出そうとする。

そして。

「――っ！」

「ああ……ここなんだね」

鋭敏な刺激に身体が跳ね、わたしは声を噛み殺した。

猊下はようやく見つけ出した芯のかたちを、確認するみたいに何度も撫でる。

「……んくっ、……ふ……、ぅ」

親指と人さし指の腹でしごくように擦り上げられて、はじめての快感にわたしは戦慄《おのの》いた。

お腹の奥を電撃が貫いたみたいだった。たくし上げたスカートの裾《すそ》を噛んで耐えようとしたがこらえきれない。

膝が震える。声が、漏れてしまう。

「なんだか、濡れてきた。これが愛液……？　感じているの、ミネット？」

「せっ、生理現象です……」

「身体が、男を迎え入れるための準備をしているのか。……不思議だ。女神の起こす奇蹟よりもよほど神秘的だ」

わたしの教えた机上の知識が、確実に猊下の中で生きた情報に変わろうとしていた。

猊下はうっとりした様子で、わたしの身体からあふれた蜜を掬い取っては敏感な突起に塗りつける。

「すごく綺麗だ。まるで朝露に濡れた蕾《つぼみ》のような」

「っ、やさしく触れてくださ……、……ぁ、繊細な部分……っ、ですよ……」

「うん、そのつもりだ。そのつもりだよ。――でも」

猊下が笑う。聖皇らしからぬ、たいそう悪い顔で。

「そんな反応をされたら、もっと引き出してみたくなってしまう」

ぞわわ、と背を戦慄《せんりつ》が駆け抜けた。私の芽を擦り上げ、押し潰す力が強くなった。

猊下が平べったい指の腹で捏《こ》ね回すたび、くちゅり、くちゅりと水音がする。

押し殺したはずの恥じらいの気持ちを容赦なく煽られて、わたしはスカートを握りしめながら身悶えした。

「はぁっ、……ぁ……、んやぁっ、だめ、そんなぁっ……、ぐりぐりってしたらぁ……！」

「ああ……ミネット。お前がこんなに乱れるなんて。なんだかすごく……高揚する」

「つもぉ……や……っ」

「なぁに？　もっと聞かせて……」

「だ・か・ら！　さっきからやめてって言ってるじゃないですかぁあ――――っ！」

極大の羞恥に耐えきれず、わたしはとっさに摑んだ『花愛でる王子』で猊下を殴りつけていた。

ゴインッと重い手応えがして、側頭部にクリーンヒットした猊下は真横につんのめる。

「あっやば、つい……！　で、でも猊下が悪いんですよ！」

「つい」で聖皇を殴りつけた方が悪いに決まっているが、それはそれ、開き直った者勝ちである。

「ええと……うん。すまなかったね？」

「なんで疑問形なんですか。謝る気あります⁉　どうしてやめてくれないんですか……！」

「だって、とても気持ちよさそうな声で泣《な》」

「それ以上言ったらまた殴りますよ」

頭をさすりながら起き上がった猊下は、叱られた子供みたいにぼそぼそとつぶやく。

「……でも、その本には『女のダメは本当はダメじゃない』と書いてあった……」

「そういう時もあるけどそうじゃない時もあるんです！」

「難しいな」

そうよ。これはとてもとても難しい問題なのだ。

なのに――。

わたしは胸が苦しくなって視線を落とした。

「だから、なんです。前戯もセックスも、お互いの気持ちを汲み取《く》って、相手が本当にしてほしいことを見極めなきゃいけません。……だからこそ、想い合う相手とするべきなんです……」

心がぐちゃぐちゃの泥水みたいだ。何をしたいのか、どうしたかったのか、自分の気持ちがまったく見えない。

うつむくわたしの頬に、猊下が触れる。

泣いているとでも思ったのだろうか。下から表情を覗き込もうとしてきた。

「私が悪かった。許してほしい」

「べ、別にもういいですから……」

「次は注意深く、一分の変化も逃さないようにお前を見ているから」

や、それはそれでちょっと困る。

——っていうか、まだつづける気なの!?

「ねえ、『法悦にむせぶ蜜の洞穴』はどこにあるんだい?」

「……知りません」

「教えてくれないなら探り出さないとならない」

「ちょっとぉ!?」

有無を言わさず押し倒された。

衝撃はふかふかの寝台に吸収されて沈み込む。仰向《あおむ》けになったわたしの脚の間に、猊下はふたたび右手を這《は》わせた。

「猊下のバカぁっ」

「生まれてはじめて言われたよ。……罵倒《ばとう》すら心地がいいな」

猊下が寝台に乗った重みでスプリングが軋んだ。宣言通りに一分の変化も見逃さない構えでわたしの横に片手をつくと、竪琴《たてごと》でも爪弾《つまび》くみたいに濡れそぼる恥丘に指を滑らせる。

「……ぁ」

わたしが小さく呻《うめ》いたのと、くぷり、と水音がして猊下の指が秘部を探り当てたのは同時だった。

「以前の講義で、処女にとって身体を拓《ひら》かれることは、痛みを伴うものなのだと言っていたね」

猊下は慈しみすら感じさせる目でわたしを見下ろした。緊張で浅い呼吸をするわたしの額を、やさしい手つきで撫でる。

「この『花愛でる王子』の女も、はじめて愛する男を受け入れた時はつらそうにしていたよ。きっと、お前もそうなんだろうね……」

いいえ、そんなことはありません、と言わなければならなかった。

わたしは伝説の毒婦で、このくらいのことは慣れっ子なんです、と。

だけどあいにく、もうそんな軽口を吐く余裕は持てそうにない。猊下の長い指が、ゆっくりと胎内へ侵入を開始していた。

「あっ、……ぐ、う」

「……狭い。本当にここに、男の陰茎なんて入るのか？」

「い、たい」

「少しずつ慣らすから……。耐えてくれないだろうか」

「……痛い、です……」

「そうか。困ったな」

猊下は中指を第一関節くらいまで沈めたところで一旦手を止め、しゅんと眉根を下げた。

「私はお前が『魂が揺さぶられるほど激しく絶頂した』ところを見たい。でも、お前を痛みで泣かせたくはない……」

ねえ。表情だけは殊勝だけど、さらっととんでもないことを言ってません？

今まさに羽根をむしって捌《さば》かれようとしている鶏の気分になって顔が引きつる。

焦りを感じた脳が必死に逃亡の算段をしだしたところで、猊下は突然、くつくつと笑いを漏らしはじめた。

「……ふっふふふ。彼らもたいがい人が悪いな」

「きゅ、急になんなんです……？」

「聖人たちが知識を貸すと言っている」

その言葉の意味が、すぐには理解できなくて。

少ししてから、ハッと思い当たって青ざめる。

「知識を貸すって、まさか聖人ライブラ——、……は、っぁ……!?」

その瞬間から、与えられる刺激が明らかに変化した。

ただただまっすぐ奥へ押し込まれようとしていたものが、ぬるりと肉襞を撫でる動きに変わった。

猊下の中指は丁寧に、ゆっくりと、探るみたいにわたしの蜜口の感触をたしかめる。

そしてその指が内壁のある一点を押した時。

足の爪先からさざ波のような快感が走って、わたしの腰は弓なりに跳ねた。

「やっ、あぁぁん！」

これまで聞いたこともないような自分の嬌声《きょうせい》に、驚いて口を塞ぐ。

そこからはもう、取り繕《つくろ》えたものはひとつもなかった。

その箇所を、猊下はトントントンと指の腹で叩く。こちらを懐柔しようとするがごとき規則的な刺激に時折、内側から揺さぶるような意地の悪い振動が加わって。

「ひぐ……っ、……んぁ、っ、何それやだぁっ、だめ……ぇっ！」

「今の『ダメ』は、本当の『ダメ』ではない。……見ているからわかるよ」

熱っぽい吐息で猊下は微笑む。こちらを見下ろす青藍の瞳は、こんな時でもタリア湖の水のように澄んで美しかった。

——ああ、この人類の至宝たる麗しい聖皇猊下を。

引っぱたきたいくらい憎らしいと思うのは世界でわたしだけだ。わたしだけでいい。

控えめだった動きは次第に大胆になる。ぬち、ぬち、と淫《みだ》らな音がして心を乱す。

いつの間にか指は二本に増え、未だ頑《かたく》なな処女の狭隘を、強くやさしく押し拡げようとする。

「あ、あ、げいかぁっ！　も……じゅうぶん、ご……かく、ですからぁ……！」

「それは快感が大きいということ？　『イキそう』という意味かな」

「んっ、だから、やぁあ……、もう……っ!」

「ああ、いいよ」

猊下はくすりと笑った。ほんのり上気した頬が、普段は石膏像《せっこうぞう》めいた美貌を妖艶に見せていた。

「ならばそのまま、お前の『イク』を見せて？」

ぬち、にち、ぬちゅ。二本の指が肉襞を叩いて、撫でて、押して、服従させる。

そのたびにせつない痺れがお腹の奥で暴れまわるので、わたしの身体はぎゅうぎゅうと胎内の異物を締めつけては抗った。

でもそんなの、虚《むな》しい抵抗で。

(もうだめ。堕ちる——！)

そう感じた瞬間、真白の波が足元から駆け上がった。

「あっ、あ、あ、げいか、おねが……っ、見ないで、あ、やぁ……あ…………っ……！」

流されたくなくて、溺れるのが怖くて、わたしは猊下の法衣を掴んだ。

それでも途方もない快楽は怒涛のごとく脊髄を貫き全身を呑み込んで。

わたしの意識は、あっという間に溶けて沈んだ。

## 間章一　春の乙女の再来

法衣《ほうい》を握りしめていたミネットの手が、くたりと寝台に落ちた。

アドニスの指を食い千切ろうとするかのような胎内の痙攣《けいれん》はしばらくつづいて、やがて急激に弛《し》緩《かん》する。

そっと蜜口から引き抜いたのとは逆の手で、アドニスは意識のないミネットの額を撫でた。汗で貼りついた前髪を梳《す》いてやると、いやいやとわずかに身じろぎする。

「見ないで……か。かわいいな」

頬《ほお》が薔薇《ばら》色に上気している。薄く開いた唇は熟れた山桃のようで、思わず吸い寄せられそうな魔性を宿していた。

快活《かいかつ》で純情な彼女をここまで乱れさせ、追い落としたのが他ならぬ自分なのだと思うと、えもいわれぬ興奮が腹の底から湧き上がってくる。

もっと触れたい。触れてほしい。

身体中の血がはけ口を求めて一点に集まってきている。痛いくらいの激情が、今すぐ肉体の軛《くびき》から解放しろと迫ってくる。

身を焦がす熱を持て余して、アドニスは寝台に身体を投げ出した。隣で眠るミネットを抱き寄せて、胸に顔をうずめれば、かぐわしい汗と石鹸《せっけん》の香りが鼻腔《びこう》をくすぐる。

「柔らかい……」

腰は不安になるくらい細いのに、豊かな胸は女神のような慈悲深さで包んでくれる。女の肉体とは――いや、彼女の肉体は、アドニスにとって未知の神秘にあふれていた。

心臓の音に耳を澄ませば、至福の安らぎで満たされる。しかし同時に、ひどく暴力じみた衝動を運んでくるのだ。

「わからない。この欲求は……なんなのだろう」

知識としてはわかっている。これは「性欲」だと。

女の胎《はら》に子種を吐き出して孕《はら》ませたいという、生き物の最も原始的にして根本的な欲求。女神が与えたもうた実りの性《さが》だ。

でも、だったら、なぜその相手が、他ならぬミネットただひとりでなければならないと――そう思うのだろう。

性欲とは、生殖に適した女の肢体を目にすれば、自然と湧いてくるものではなかったのか？

つい先ほどまでは妙に協力的だった聖人たちが、今はすっかり沈黙している。まるで答えは自分で探せと言われているかのようだった。

「……ミネット……」

せつなげな吐息と共に名前を呼ぶ。猊下、と愛らしく答えてくれる声は今はなかった。

教会の選んだ女と番《つが》うよう告げられた時、アドニスは特に何も思わなかった。

選定の儀で三人の候補が現れた時も、正直誰が選ばれようとかまわなかった。

アドニスにとって人とは平等で、すべてが愛すべき女神のいとし子だ。

だから子づくりの相手が誰であってもそう大きな変わりはないし、自分はただ求められた役割をこなすだけだと、そう思っていた。

けれど、「それではあなたも相手もあまりに虚《むな》しく寂しい」と。

聖人の果たすべき義務に真っ向から異を唱え、心を砕いてくれたのはミネットだった。

彼女は、子づくりを――性交を、愛を伝えるための手段であると定義した。身体を重ね、心を通じ合わせたふたりには、特別な愛が芽生えるのだと教えてくれた。

だからあなたも、そう思える相手と結ばれてほしい、と。

『そう、愛です。ラブがすべてを救うんです！　あの子が笑えば私も笑う。会えない夜が苦しくて、でもひとたびあの子が微笑《ほほえ》めば、鳥は歌い花は咲き乱れ天には歓びの鐘が鳴り響き――』

ああそうなのか。

この娘の語る愛とは、なんと美しく輝かしいものなのだろう。

それはアドニスが知る神の愛とはまったく違った。

ミネットが笑えば自分も笑う。彼女が訪ねてこない日は落ち着かなくて、気づけば姿を探している。ひとたび彼女が微笑めば、くだらぬ憂《うれ》いはたちまち吹き飛び、鳥は歌い花は咲き乱れ天には歓びの鐘が鳴り響き――。

子づくり指南という名目でミネットとの時間を重ねるにつれ、アドニスが抱くようになった感情は、まさに彼女の言う「ラブ」に相違《そうい》なかった。

でも。

日々募ってゆく彼女への想いは、決して健やかなものばかりではない。やがて胸を苛《さいな》みはじめたどす黒く下卑《げび》た欲望に、アドニスは戸惑った。

触れたい。泣かせたい。怒らせたい。

困らせたい。傷つけたい。閉じ込めたい。


——抱きたい。


自分の中にこれほど多様な欲求があることをアドニスはこれまで知らなかった。

アドニスの中に住まう過去の聖人たちも、『花愛《め》でる王子』も、吟遊詩人《ぎんゆうしじん》の紡《つむ》ぐ歌も、聖教書だって、愛は素晴らしいものなのだと、みなが口を揃《そろ》えて言っている。

だったらやはり、この感情は愛と呼ぶにはあまりに汚れすぎていた。

こんなに独りよがりで浅ましい感情が、ミネットの語る美しく輝かしい愛と同一であるはずがない。

きっと自分はもう、清廉潔白《せいれんけっぱく》な聖職者ではいられない——。

そんな予感がたしかにあった。

けれどアドニスは、ユーフェタリア教の最高指導者たる聖皇《せいこう》以外の生きかたを知らない。聖人とは地上に生まれ落ちたその瞬間から、人類の正しき導き手であることを宿命づけられている。

それでも今は、この大陸に存在する何万という信徒より、ただミネットひとりの尊敬を失うことが怖かった。

「弱ったな」

自罰的な思考を断ち切ろうと目元を覆う。アドニスはその場でごろりと仰向《あおむ》けになった。

伸ばした脚の爪先が、何かを弾いて床に落とす。革表紙に金箔押しの花模様が描かれた、『花愛でる王子』だった。

気だるい身体を、しかたなしとばかりにゆっくりと起こして本を拾い上げる。

そしてぼそりと零した。

「ねえミネット。お前はこの話の結末を知っている？　身分差を憂いて身を引こうとした侍女《じじょ》を、王子は離宮に閉じ込めて囲ってしまうんだ。……愛があれば、そういうことも許されるのだろうか……」

ミネットを留めておくための鳥かごがあればいいのに、と思う。いっそ彼女の両脚がなくなって、どこへも行けなくなれば。

だがそれでは、彼女の春のごとき輝きはきっと陰ってしまうだろう。

『禁庭の花が禁庭でしか咲けないのなら、こちらから足を運べばいいんです』

そう笑った彼女の自由を奪うことなんて、できるはずがない。

ミネットを窮屈な檻《おり》に押し込めるのは、彼女の最も尊ぶべき美点を殺すことに等しかった。

「貞潔、清貧、寛容……か。この先ひとつとして守れそうな気がしない」

聖皇らしからぬ弱音を漏らし、アドニスは深く嘆息した。

友人からの借り物だという分厚い本をサイドテーブルの上に置いて、眠るミネットの顔を見下ろす。それから今一度、己の心に問いかけた。

これだけ彼女に執着してしまった今、義務とはいえ他の女を抱けるのか？

彼女以外の肉体に欲情し、吐精できるのか？

——答えは否だ。

「シスター・ラナにも枢機卿《すうききょう》たちにも悪いが、この計画は白紙に戻してもらわないといけないな」

教会の思惑《おもわく》にミネットを巻き込みたくはない。

それでももう、彼女以外の女には触れてみたいとも思えないのは事実だった。

もの憂《う》げに細めた視界の端で、きらきらと光の粒子が舞い落ちた。ミネットを気遣うかのように現れたのは、輝く一羽の蝶《ちょう》。

「春の精霊。ミネットを癒したいんだ、力を貸してくれるかい」

しかし、蝶はまるで知らんぷりとばかりに、ひらひらと部屋の向こうへ飛んでいってしまう。

「おや。怒っている？　……閉じ込めて囲うだなんて物騒なことを言ったせいかな……」

春の精霊は、その名のごとく草木を芽吹かせる春の生命力を宿した精霊だ。

聖人たるアドニスがその力を代行し、ふるったならば、まばゆい蝶の輝きはたちどころに傷を治し、病を祓《はら》う癒しの奇蹟《きせき》となる。

しかし、彼らはミネットのためにしか力を貸さない。

これまで蝶たちがアドニスの忠実なしもべであるかのように動き、つき従っているかに見えたのは、それがミネットの望みに沿うことだと彼らに思われていたからだ。

木製天蓋の天井の中央に彫られた神花《しんか》の蕾《つぼみ》。その周囲に、寄り添うように舞う蝶の姿が刻まれている。

その画をじっと見上げながら、嫌われてしまったかな、とアドニスは冗談気味に独り言《ご》ちた。


しばしの甘くせつない情事の余韻《よいん》ののち、アドニスはひとり寝室を後にしていた。ミネットが目覚めた時のためにサイドテーブルに書き置きを残し、喉を潤《うるお》すための水差しを添えて。

あれだけけいきり立っていた体内の熱も、ミネット以外の――特に今から訪ねる人物の顔を思い浮かべると、途端にすうっと引いていくから不思議だ。

「アドニスさま……!?　いかがされましたか急に」

案の定、執務室を訪れるとニコライ枢機卿は驚いた顔をしていた。

「うん、悪いね突然」

「使者をいただければこちらから伺いましたのに」

アドニスが適当に木椅子を引き出してくつろぐと、しばらくまごまごしていたニコライも元いた執務椅子に座り直す。が、どこか落ち着かなそうだ。

通常、なんらかの用事がある場合は聖皇が枢機卿を呼び出すのが慣わしなので、突然先触れもなく訪ねてこられて困惑しているのだろう。

アドニス自身は、わざわざ使者を出して他人を呼びつけるよりも、自分が赴《おもむ》く方が気楽でいいと思っている。しかし、体裁を重んじる枢機卿たちはそれをよしとしない。

誰かと話すのにも、いちいち形式張って体面を保たねばならない――。

聖皇という身分は案外窮屈だな、とアドニスは今さらながらに自嘲《じちょう》した。

「聖皇猊下《げいか》自らご足労いただくほど重要なご用件ということでしょうか」

「ああ。単刀直入に言おう」

アドニスは椅子にもたれていた背筋を伸ばす。そしてまっすぐニコライを見た。

「私の『子づくりプロデュース計画』とやら――つまりシスター・ラナと番えという計画を白紙にしてほしい」

「……と、おっしゃいますと」

「私は彼女を抱くことはできない」

ニコライは重たそうな目蓋《まぶた》をしぱしぱと瞬《しばたた》かせた。

「シスター・ラナが何か失礼なことをしましたか？」

「いいや、彼女はとても真面目で模範的な修道女だよ。将来は各地に養護院《ようごいん》を増やし、自分のように親のない子供を少しでも支援したいと言っていた」

「では彼女の素行に問題があったわけではなく、ただ単純に女性として魅力を感じないということでしょうか」

「……有り体《てい》に言えばそういうことになるのかな……」

し……んと部屋に沈黙が満ちる。

ニコライはしばらく沈痛の面持《おもも》ちで何かを考えていたが、やがて頭の帽子《カロット》を取って執務机の上に置くと、ゆっくりと目頭を揉みはじめた。

「そうですか……。非常に残念ですが、ほかならぬアドニスさまご自身がそうおっしゃるのでしたらしかたありますまい」

「もっと大騒ぎするかと思っていたよ」

「寝所に呼びつけておいてから『やはり無理だ』と告げるよりは誠実でしょう」

ニコライが言っているのは、先日のクローディア・レメディスとの一件だろう。

「その件は、本当に悪いことをしたと思っている。あの時は私もまだ、褥《しとね》を共にするということの真の意味をよくわかっていなかった」

「それはわれら枢機卿とて同じです。若い男女を同じ寝所に押し込めておきさえすればよいと——女神ユーフェタリアの慈愛の精神にもとる、浅ましい考えでした」

帽子《カロット》をしっかりと被り直して、ニコライは机上に落としていた視線をアドニスに向けた。

「三日後に定例の枢機卿会議がありますので、そこで計画の中止を発議いたします。つきましては、アドニスさまご自身の手による意見書を頂戴したく」

「私も同席する。私自身の言葉でなければ反発もあるだろう」

「ああたしかに……。シスター・ラナの後見人であるフランコ枢機卿は、一筋縄ではいかないかもしれません」

他の枢機卿に事前に根回ししておくべきだろうか……、などとぶつぶつつぶやきながら、ニコライは今後のことを算段しはじめる。彼が筆頭枢機卿の座に就いているのはその信仰心の篤さはもちろん、教会内の派閥を上手くまとめ上げた政治手腕による。

「次は候補者の選定をエトルエンデ王国の外に広げ、大陸中からふさわしい乙女を募《つの》ってまいりますので――」

「それは不要だ。無駄骨になると思う」

驚いた顔でニコライがこちらを見たので、アドニスは静かに首を左右に振った。

「私は、この先お前たちが選んできた娘を抱く気はない。……抱けそうにない」

「しかしそれでは！」

「お前たちが教会の未来のために私に子を残させようとしていることは理解しているし、それに反発しているわけではないよ。ただ」

一度言葉を切り、嘆息して。

アドニスはついに、赤裸々《せきらら》に本心を明かした。

「心が定めてしまったんだ……。己にとってたったひとりの『女』とは誰なのかを」

「そこまでおっしゃるのなら、その女性の名を明かしていただかねばこちらとて承服しかねます！」

できれば彼女を巻き込むことなく済ませたかった。しかしそれではニコライを納得させられないだろう。

　アドニスは観念して瞑目《めいもく》した。

「………シスター・ミネットだ」

　ニコライの目が大きく見開かれる。かと思うと加齢で皺がちな頬は、みるみるうちに焼いた鉄のように真っ赤になった。

「なぜよりによって彼女なのですか……！　シスター・ミネットには婚姻歴があり、アドニスさまのお相手としてふさわしい資質を備えていません！」

「私が一方的に彼女によこしまな欲求を抱いているだけで、それをどうこうしたいだとか、お前たちに望んだつもりはない」

「もしや、誘惑されたのですか!?　伝説の毒婦《どくふ》の手管《てくだ》で……！」

「口を慎《つつし》みなさいニコライ。それに、ミネットはドクフ？　ではないよ。……彼女は処女だ」

　ニコライは一瞬だけきょとんとしたが、すぐさま執務椅子をひっくり返す勢いで立ち上がる。

「あっ、ありえません！　現にシスター・ミネットは未亡人《みぼうじん》で、そもそももしそうならこれまでの子づくり指南は一体どうやって――。そ、そうだ、ここに彼女を呼びましょう。彼女に直接問いただせばよろしい」

「ミネットなら私の寝室で寝ているよ」

「は？」

「無理をさせてしまったから、しばらく休ませてやりたい」

「ま、まままままさかすでにお手つきにしたのではありますまいな!?」

どうやら、先ほどのミネットとの一件は、一般の感性では秘すべきことらしい。

口角から泡を飛ばす勢いで詰問されて、さすがのアドニスもまずかったな、と気づいた。同時に、

「絶対に誰にも言わないって約束してくれますか」とミネットに念を押されていたのを思い出す。

「――いや。体調が悪そうだったから寝台を貸しただけだ」

生まれてはじめてついた小さな嘘《うそ》は、自分でも驚くほどスムーズに舌から転がり出ていた。

しかし、ニコライ枢機卿の動揺はそれだけで治まりそうにない。

「アドニスさま、貴方《あなた》は彼女にだまされているのではないですか。シスター・ミネットはかつて、エトルエンデ貴族の間では眉をひそめるような醜聞《しゅうぶん》が――!」

「――聖人オライオンの言行録、八章の三節」

「はい?」

「聖オライオンの八の三だ。唱えてみなさい」

語気を荒らげたニコライに、アドニスはまるで子供を諭《さと》すような具合で穏やかに告げた。

ユーフェタリア教のナンバーツーである筆頭枢機卿に聖教書の暗唱を命じるなんて、それこそ聖皇でなければ許されなかったろう。

それでも真面目なニコライは、素直にアドニスの言葉に従って指定された章句を諳《そら》じはじめる。

「《真実は森に似ている。狩人にとっての楽園が旅人には恐ろしい迷宮となるように、真実はたやすく移ろい姿を変える。その者のまことの心を見定めんと欲するならば、公正の火を絶やすことな

く点し、曇りなきまなこで見定めよ――》」

そこまで唱えたところでニコライはハッと瞠目《どうもく》した。

この章句が示す教えはただひとつだ。「真実は人の数だけあるのだから、他人の意見に惑《まど》わされることなく、己の目で見たことを第一に信じよ」と。

つまり――ミネットの悪評はいわれなき風聞《ふうぶん》にすぎない、と。

「ニコライ枢機卿。お前はミネットと接してきた五年の間に、お前自身の目で彼女の善なる本質を見抜いていた。だからこそ『子づくり指南係』に指名し、私の指導役に据《す》えた。――そうだろう？」

「それはそうですが……。し、しかし、そもそもなぜアドニスさまがシスター・ミネットの極めて個人的な……、要はその、純潔であるか否かをご存じなのですか」

「……なぜと言われてもな……」

説明に困って、アドニスは美しい顔を少しだけ傾《かたむ》ける。

「この前の選定の儀でも言った気がするが、一度でも他者と交じり合ったことのある魂は色が違う」

「つまり、彼女が子づくり指南係として最初に拝謁した時からわかっておられたと!?」

「そういうことになるね」

そう。たしかにアドニスは、ミネットが処女であることをはじめから知っていた。

知ってはいたが、特にそのことを話題にする必要が生じなかったから言わなかっただけだ。

あんまりあっさり肯定されて気が抜けたのか、ニコライは机に両手をついてがくりと項垂《うなだ》れてしまった。

「ええ、たしかに彼女は……シスター・ミネットのような自由闊達《じゆうかったつ》な女性は、われわれ聖職に人生を捧げてきた者にとってはまぶしく映るのでしょう。ですがアドニスさまのお気持ちをしかと聞いてしまった以上、今後は彼女をお側に仕えさせることはできません」

「ミネットを子づくり指南係から下ろす？」

「それだけで済めばよいのですが。……場合によっては彼女に職位を与え、聖都から遠方の教会へ永久派遣することを検討します」

「それは無理だ。精霊たちが許さない」

アドニスがきっぱりと断言したので、ニコライは怪訝《けげん》な様子で顔だけを持ち上げる。

「精霊……？　なぜ精霊が関係あるのです？」

「彼女が『春の乙女』だからだ」

「……は……？」

濃緑の法衣の詰め襟《えり》の下で、骨と皮の目立つ喉元がごくりと動いた。

これまでで一番長い間を置いてから、ニコライは絞り出すように尋ねる。

「今――、なんと？」

「ミネットは私の春の乙女だ」

今度こそ本当に、ニコライは衝撃で膝から崩れ落ちた。


**――むかしむかし。**

神花から生まれた聖人は、あらゆる怪我や病をたちどころに癒す奇蹟の力を持っていました。

しかし人々の望むままに癒しの力をふるいつづけた結果、やさしい聖人はひどく疲弊してしまいました。曰《いわ》く、

「地に満ちる人の数には限りがなく、また人の欲望にも限りがない。すべての願いを叶えるには私の身はあまりに小さく、どんなに大きく広げようとも腕は二本しかありません。私は人々を癒しつづけることに疲れてしまいました」と。

すると女神は言いました。

「では、あなたを助ける者を生み出しましょう。癒しの奇蹟を無限に行使しつづければ、人々は命の尊さを忘れてしまいます。これからはただ、あなたとあなたが己の腕に抱くことのできる限られた者のためにだけ、その力を使いなさい」

こうして生まれたのが「春の乙女」です。

春の乙女は癒しの力の根源たる春の精霊に愛され、架け橋となり、聖人はその力を代行する。

聖人は己の抱える大きすぎる使命を、半身たる乙女と分け合うことにしたのです。

しかし、これまでの長い歴史で、春の乙女と巡り合えた聖人は多くありません。

春の精霊は気まぐれで、また乙女を深く愛するがゆえ、この世界のどこかでひっそりと生まれては死んでゆく乙女たちを、平穏な暮らしのうちに見守りたいと望むのでしょう。

ですから今も聖人は、禁庭でたったひとり、あるとも知れぬ乙女の訪れを、ずっとずっと待ちつづけているのです。

――この逸話《いつわ》は、歴代の聖皇と枢機卿たちの間で口伝でのみ語られるものである。

教会は「春の乙女」の存在を公《おおやけ》にしていない。

なぜなら聖人は女神に遣わされた人類の導き手であり、生まれ落ちたその時から、何ひとつ欠けたところのない完成された存在でなければならない。

その聖人が、存在すらあやふやな乙女の助けなしには癒しの奇蹟を行使できぬなどと、おおっぴらにするわけにはいかないからだ。

「……信じられません……まさかそのような……」

ニコライは机の上で拳を握った。そのこめかみには青筋が立ち、全身はぷるぷると小刻みに震えている。

「そのような教会がひっくり返りかねない重大事を、なぜ黙っておられたのですかっ！」

「……聞かれなかったからだが？」

ごく正直に答えただけなのに、なぜかニコライはハァ――とタリア湖よりも深いため息をついた。

「……いつ頃から、シスター・ミネットが春の乙女であるとお気づきに……？」

「五年前、彼女が聖都にやってきた時から」

ああ女神よ……、と思わず祈りの言葉を唱え、ニコライはしばし天を仰《あお》いだ。

「――で、あれば。シスター・ミネットが春の乙女であると枢機卿たちに明かすのが近道でしょう。春の乙女が再来したとなれば、枢機卿たちも他の女性をあてがうのを諦めざるを得ません。過去に妻帯した聖人のうち、幾人かは春の乙女を妻にした、と伝わっていますから……」

「これは私の問題だ。ミネット自身が自覚していないことを、勝手に免罪符《めんざいふ》のように持ち出すのは気が進まない」

「しかし、それでは――」

「第一、話したとて信じるとは思えない」

「ええ、まあ……私とて信じきれません……」

聞かれなかったから明かさなかっただけで、アドニスとしては隠していたつもりはない。

だがもしも五年前、ミネットが聖都へやってきた時に誰かに打ち明けていたとして。

当時の枢機卿たちは鼻で笑って一蹴しただろう。

なにせ、春の乙女に関する公的な記録はほとんどない。二百年に一度、聖人が生まれた時には春の乙女もこの世のどこかで生を受けているはずだと言われているが――その実在を確認するすべはどこにもないのだ。

「たしかに、シスター・ミネットが春の乙女であると証明する方法はありません」

「そう。だからこの話はこれで終いだよ」

春の精霊はアドニスとミネットにしか見えていないようだから、彼らの存在をもってミネットを春の乙女であると証拠立てることはできない。

シスター・ラナのような聖痕《せいこん》が、ミネットの身体にあるわけでもなさそうだ。

それにアドニスはまだ、ミネットへの想いに名前をつけていなかった。

名を持たない魂が死者の河を渡れないように――名を持たぬ想いは、このままでは羽ばたくことも死ぬこともできない。

「ニコライ。実を言うとね、私自身も信じていなかったんだ。春の乙女が聖人を助ける者であると。そんな都合のよい存在が、本当にこの世にあるものかと」

だからミネットが聖都へやってきた時、春の精霊を連れてこの地に現れた時、アドニスは気には留めども特段関わりを持とうとはしなかった。

アドニスは心のどこかで決めつけていた。諦めていた。

聖人として宿命づけられた己の生涯が、ひとりの娘の存在で変わるはずなどないと。

「結果的にミネットは私を変え、私はミネットに惹かれた。だが、それは彼女が春の乙女だからではない。ミネットに春の精霊の加護があってもなくても――私は彼女に、春の陽光を見出していただろう」

格子窓から降り注ぐ陽の光に彼女の笑顔を重ね、アドニスは柔らかく目を細めた。

ニコライはその横顔を、何かを推《お》し量《はか》ろうとするようにじっと見ていた。

「はぁ……頭が痛い……。今日だけで十は老け込んだ気がします」

「すまないね。春の精霊に、お前の偏頭痛《へんずつう》を治せるか聞いてみようか」

「いえ、これは心因性のものなので……」

ニコライはこの日何度目になるかわからないため息をつき、禿頭に滲《にじ》む汗を白いハンカチで拭《ぬぐ》った。

「わかりました。三日後の枢機卿会議で、シスター・ラナをお相手候補から外し、計画を一旦白紙とするところまではお約束します。……その後についてはまた改めて」

「頼りにしているよ」

この時、アドニスは入口の扉の向こうで何者かの気配が動くのを感じた。注意深く廊下の方へ意識を向けていると、すぐにコンコンと扉がノックされて、修道士の少年が郵便を届けに現れる。

きっとこの少年の気配だったのだろうと思い直して、それ以上追及することはしなかった。

# 第四章　子づくり指南係の裏切り

「ん……」

ほんの少しの倦怠感《けんたいかん》と共にわたしは目覚めた。

浮上する意識に合わせて薄目を開けると、見慣れない景色が視界に映る。

（なんか、柔らかい……）

ふんわりとした何かが頭を支えてくれていた。

シルクのカバーがかかった枕かな。すっごくいい寝心地ぃ……。

まるで王さまとか聖皇《せいこう》さま辺りが使っていそうな贅沢《ぜいたく》な――。

「……って待て待て待て！」

霞《かすみ》がかっていた思考が急にクリアになって、わたしは飛び起きた。

そこは猊下《げいか》の寝室の猊下の寝台。ふかふかの羽根枕の上に、しっかり布団をかけられた状態で寝かされていた。

あわてて辺りを見回すも、肝心のアドニス猊下の姿はない。

よかった……と言いかけて、いや全然よくないわ！　と心の中でツッコんだ。

（いくら指南の一環とはいえ、猊下にアレをコレされた上にあんな……あんな醜態を……！）

鉄砲水が流れ込むみたいな速度で、この寝室でしでかした一部始終が脳内によみがえってくる。鮮明に思い出そうとすればするほどあの時の自分はどうかしていたとしか思えなくて、わあああと広い寝台を転げ回りそうになる衝動を必死に抑えた。

（ととととりあえず現状確認よミネット！　お前はどんな状況でも冷静に対応できるクレバーな女でしょう！）

被せられていた布団を剝《は》ぎ、自分の身体を確認する。

服にも寝台にも、目立った皺や乱れはなかった。それに、あれだけ汗やら何やらいろいろな汁を――そう、いろんな体液を垂れ流したにしては、肌に不快感がない。

もしや、拭《ぬぐ》ってくれた……？

そもそも自分で布団に入った覚えはないから、誰かが意識のないわたしを動かして寝かせたということになる。

（まさか、人を呼んで……!?）

なにせ猊下のことだ。女が下半身すっぽんぽんで寝台にひっくり返っている状態でも、さも当然とばかりに悪気なく世話係を部屋に入れて片づけさせた可能性がゼロとは言えない。

寝ている間に誰かにシモのお世話をされていたとしたら羞恥《しゅうち》プレイすぎて死にたい。

わたしは焦ってがばりと修道服のスカートをまくった。

「ドロワーズ穿《は》かされてる……でも待って、前後が逆……」

剝ぎ取られたはずの下着が、懇切丁寧に穿かし直されていた。しかし前と後ろがあべこべな上、固定用のウエストリボンが背中でくちゃくちゃの固結びになっている。

——十中八九、猊下の犯行だわ。

どうやら、すべて彼が自らの手でやってくれたようだ。想像するだに恐れ多すぎるのと妙な微笑《ほほえ》ましさが湧いてきて、口から変な笑いが漏れた。

ふと寝台の脇を見れば、サイドテーブルの上に『花愛《め》でる王子』が置いてある。その横にはガラスの水差しとグラスが並んでいた。

「これも猊下が用意してくれたのかな……」

急に喉が渇きを訴えはじめたので、遠慮なく頂戴しようと水をグラスに注《そそ》いだ。飲めば喉を通り抜ける清涼感が、火照《ほて》った身体を冷ましてくれる。

（あれ？　本に何か挟まってる）

『花愛でる王子』の革表紙の下から、一枚の白い紙が半分ほど覗いていた。引き抜いてみると、短いメモが記されている。

（綺麗な字……。わたし宛て？）

猊下の涼やかな美貌そのままの、流麗な文字だった。額に入れて飾れそうなくらいの達筆で「ミネットへ」と書かれている。

わたしはグラスを片手に持ったまま、宛名の下に書かれた、たった一行の書き置きに目を通して——。ぶほぉっ！　と口の中の水を吐き出しかけた。

**ミネットへ**

**よく休んで。叶うなら、お前のさえずりをまた聴きたい**

どうにか人間噴水にならずに留まったものの、喉に引っかけてげっほげほと咳込《せきこ》んでしまう。思わず空のグラスをサイドテーブルに叩きつけ、立ち上がっていた。

「こっ、これ、どういう意味⁉　お前のさえずり……？」

「いろいろやらかしちゃったけど、これまで通り気安く接してね☆」ってこと？

それともまさか、さっきのアレをまたしようって言ってる？

え？　この先も前戯の練習台になれって意味？

わからない。猊下の考えていることがまったくわからない。

わたしはそのまま『花愛でる王子』をひったくるように抱え——いえ、そのままだといたたまれないので、できるだけ痕跡を残さないよう寝台を綺麗に整えた後に寝室を逃げ出した。

後になってシスターラナちゃん一号をほっぽってきたままだと気づいたけれど、当然ながら取りに戻る勇気はなかった。

部屋を出た時にはもう夕方で、走り抜けた廊下には西日が差し込んでいた。数時間も猊下の寝台で気を失っていたという事実に、われながら空恐ろしい気持ちになる。

自分の部屋へ戻ってからもどこか心はそぞろで、夕食の時間をすっ飛ばしていることにすら気づかなかった。

心配したシスター・メアリが訪ねてきてくれたおかげで、借りっぱなしだった『花愛でる王子』はどうにか返すことができたけれど……。

『お前のさえずりをまた聴きたい』

ずっと例の一文が頭の中をぐるぐるしていた。

あんまり脳裏から離れないものだから、癪《しゃく》に障《さわ》ってその紙はくしゃくしゃに丸めて部屋のゴミ箱に捨てた。捨てたくせに、いつの間にか拾い直して、皺になった文字を読み返している自分がいる。

けれど何度読んでみてもやっぱり、猊下の真意はわからなかった。

消灯時間を過ぎて寝台に入った後も、わたしはひとり難しい顔で天井を睨《にら》みつけていた。

「……眠れない……」

愛用の枕をシスターラナちゃん一号の胴体に使ってしまったせいで、今この部屋には枕がない。

そう。眠れなかったのは、枕代わりにした聖教書が硬すぎたからで。

決して物思いだとか、そんな乙女みたいな理由じゃない。


そしてひと晩が明け、事件は起きた。

寝不足で完全に目が据《す》わっていたわたしの意識が否応なく揺り起こされたのは、早朝の礼拝堂での祈りの時間を終えた直後のことだった。

他の修道女たちと共に外へ出たところで、誰かが横からわたしの腕をぐいぐいと引っ張る。

「シスター・ミネット……！　お願いです、助けてください！」

そのまま礼拝堂の横手の物陰にわたしを連れ込んだのはシスター・ラナだった。

「シスター・ラナ？　どうしたんです？」

「どうすれば……っ、どうすればいいですか、あたし……！」

シスター・ラナは「どうしよう」「どうすれば」とくり返すばかりで、話は一向に要領を得ない。

まあまあまずは落ち着いて、と肩に手を置くと、小柄な身体は震えていた。

しばらくの逡巡《しゅんじゅん》ののち、緑の瞳を悲痛に潤《うる》ませ、弱々しい声で彼女が訴えたのは――。

「あ、明後日《あさって》の朝までに……。『アドニスさまと聖なるお勤めを果たしてこい』と命じられました」

「はあ!?」

シスター・ラナの説明を要約するとこうだ。

今朝、朝日が昇るよりも早く、彼女はフランコ枢機卿《すうききょう》から呼び出された。フランコ枢機卿は西方教会から派遣されてきたシスター・ラナの、後見人を務めている人物である。

その枢機卿に、突然こう告げられたのだそうだ。

「どんな方法を使ってもいいから、今日あるいは明日中に、必ずアドニス猊下と性交しろ」と。

「どうしてそんな急に？　だってまだ、約束の期限には一か月近くあるはずじゃ……」

「あたしもそう聞いていました！　でも、いつもは温厚なかたなのに、今日はとても焦った様子で……。『きちんとお役目を果たせたかどうか、確認のために身体検査をする』とまで言われてしまって……！」

「し、身体検査!?　つまりあなたの体内にその……、猊下の残存物があるかどうかを調べるってことですか」

「……はい……。その上、これを渡されて……」

シスター・ラナはおずおずと、先ほどから胸元で握りしめたままの両手を開いてみせる。その手に載せられていたのは、どぎつい桃色の液体が入ったガラス製の小瓶だった。

「なんですか？　これ」

「強力な媚薬《びやく》だそうです。『お前が飲むのでもアドニスさまに飲ませるのでもいいから、これを使って必ずアドニスさまの子種を得てこい』と」

「えぇぇ……」

初心者同士のカップルにいきなり媚薬プレイを命じるとは、なかなかハードな要求をなさる。相手が枢機卿だとわかっていても、嫌悪が顔に出るのを抑えられなかった。

(媚薬って聞くと、どうしても強壮剤を飲んでポックリ逝《い》った元夫のことを思い出しちゃうのよね……)

もちろん、そのテの薬すべてが身体に悪いものだとは断言できない。不摂生《ふせっせい》の塊だった元夫と違って、猊下もシスター・ラナも若くて健康なわけだし。

けれど目の前で泡を吹いて腹上死された経験のあるわたしとしては、あまりおすすめする気になれないのはたしかだ。

「その媚薬……、トイレに流して証拠隠滅するとかじゃダメなんですか？」

こっそり提案してみるも、シスター・ラナは思いつめた表情でふるふると首を左右に振った。

「この媚薬は合法のものである代わりに、安全の観点から特殊な仕掛けが施されているそうで……。飲んだ後はしばらく身体に印が浮き上がり、服用したかどうかがひと目でわかるようになっているんだそうです」

「あー、媚薬を使用した形跡の確認を含めての『身体検査』ってことね……」

あんのタヌキジジイ、蝿《はえ》も殺さなそうな顔をしてなかなかゲスなことをやってくれるじゃない。

さて、どうすべきか――。

頭の中で思考を巡らせはじめたわたしに、シスター・ラナがすがるように抱きついてきた。

「あ、あたし、どうすればいいですか。自分から聖皇さまをお誘いするなんて、そんな……！」

不思議なほど冷静だった。一度覚悟を決めると、心の中には音ひとつ、波ひとつ立たなかった。

わたしはしばらく、シスター・ラナを無言で抱きしめ、なだめた。そして少しの後に、そっと両肩を支えてしっかりと立たせる。

「シスター・ラナ」

呼びかけた声は穏やかだった。口には自然と微笑みが浮かんで、われながら聖母にでもなったかのようだった。

「あなたは猊下が好きですか？」

「す、好きだなんて恐れ多い……聖皇さまはすばらしいかたで……お慕《した》いしないわけがありません」

「彼がもし、あなたの理想の聖皇猊下とは少し違っていたとしても。あのかたのありのままを、受け入れてくださいますか？」

「え？　ええ……」

「わかりました。――では今日にも、『聖なるお勤め』を決行しましょう」

突然の宣言に、シスター・ラナは丸い目をさらにまん丸くする。

「ふぇっ、きょ、今日、ですか？」

「ええ。善は急げ、鉄は熱いうちに打てって言うでしょう？　こうやってわたしに打ち明けてくださったシスター・ラナの勇気が鈍らないうちに……ね？」

「は、はい。でも……」

まだもじもじと覚悟が決まらない様子なのを見かねて、喝《かつ》を入れるべく思いきり背中を叩いてやった。驚いて伸び上がった彼女を、「大丈夫！」と満面の笑みで鼓舞《こぶ》してみせる。

「も～っ、そんな深刻そうな顔しないで！　遠からず結ばれるはずだったおふたりなんですから、その予定が少～し早くなっただけですって！」

それからのわたしの行動は、驚くほど迅速だった。

シスター・ラナと打ち合わせをして、まずは気持ちと身体を整えるようアドバイスした。ゆっくり身を清めれば、心も自然と落ち着くはずだと。

そして約束の時間が来たら、ある場所で待つように指示してある。

狙うは午後、わたしの講義が予定されている時間だ。今日はその後、猊下に大きな予定がないことはあらかじめ把握していた。

そして。

（大丈夫。上手くやれる……）

わたしは猊下の部屋の扉の前で深呼吸をしていた。

講義の時間より少し早く来たのはわざとだ。ぴったりに現れるより、リアリティがあるだろうと踏んだのだ。

修道服のポケットに手を入れると、ちゃり、と指先に硬質なものが触れる。冷たい金属の感触をたしかめながら、今から自分がなんとしゃべり、どう動くのか、最後にもう一度頭の中で確認する。

さあ、ミネット。覚悟を決めろ。

――わたしは今から、猊下を陥《おとしい》れる。

「猊下！　大変なんですっ！」

勢いよく扉を開く。いかにも切迫したありさまで部屋に飛び込むと、案の定猊下はきょとんとしていた。

「助けてください猊下！」

「どうしたんだい？　いきなり」

「シスター・ラナが大変苦しんでいて……今すぐ猊下のお力が必要なんです！」

だいぶ脚色している。しかし嘘《うそ》はついていない。

薄っぺらいプライドと保身のために、わたしは一番ずるいやりかたを選んだ。

「具合が悪いのなら、私ではなく薬師を呼んだ方がいいのではないか？」

「猊下にしかできないことなんです。お願いです……！」

しおらしい顔で側まで駆け寄って、ぎゅうと置かれていた手を掴《つか》む。

猊下は少しだけ戸惑った様子を見せたが、やがてため息と共に椅子から立ち上がった。

「少し落ち着きなさい。……彼女は今どこに？」

わかっていた。猊下はきっと、わたしの頼みを無下にはしないだろうと。

今日までふたりの間に築かれた信用という財産を、わたしはこの場で投げ売ったのだ。

早く早く、と急き立てながら、強引に猊下の手を引っぱって部屋を出た。先導するわたしとそれに引きずられるかたちの猊下は、長い廊下を小走りで進む。

やがて、いくつかの角を曲がった突き当たりに大きな両開きの扉が見えてきた。

目的の場所にようやくたどり着いた小さな安堵《あんど》に任せて、わたしは流れるように扉を押し開ける。

「さあ早く、この部屋の中です猊下！」

そこは王族などが聖都に滞在する際に使われる貴賓室《きひんしつ》。豪奢《ごうしゃ》な絹張りのソファ、透かし彫りの大きなテーブルが整然と並ぶ広い部屋だった。

奥の壁沿いに備えられた広い寝台に、シスター・ラナがちょこんと所在なげに座っているのを見て取る。

目配せで合図してから、入口に突っ立ったままの猊下をさあさあと部屋の中に押し込んだ。

そして——素早くひとりだけ部屋から抜け出ると、わたしは間髪入れずに重い扉を閉めた。そのままポケットに忍ばせていた鍵を、外からかける。

ガチャン、と無慈悲な音がして、ここにひとつの密室が完成した。

「ミネット？　これはどういうことだ？」

締め切った扉のすぐ向こうから、困惑を隠さない猊下の声がする。

「よーく聞いてくださいい猊下。ずばり、これは『セックスしないと出られない部屋』です！」

「セッ……？　今なんと？」

「目的を達成するまでこの扉は絶対に開きません。今からあなたとシスター・ラナには、聖なるお勤めに励んでいただきます」

「なぜ急にそんなことを言い出す？　お前は私の意思を尊重してくれていたのでは？」

裏切り者。積み上げた信頼を盾に取って、純粋無垢《じゅんすいむく》な猊下を卑怯な手段で欺《あざむ》いて。

わたしの中の良心が、胸に刃を突き立てる。

途端に強い感情の波が押し寄せてきて、わたしはやけくそ気味に扉に向かって叫んだ。

「理由なんてわたしにだってわかりません！　でも、こうしないとシスター・ラナは罰を受けてしまうかもしれないんです！」

猊下が何かぼそぼそとつぶやいているような気配がするが、分厚い扉に隔《へだ》てられてその内容まではわからなかった。

「ミネット。私は――」

「いずれはこうなる予定だったんです！　来るべき時が少しだけ早くやってきたのだと思って、どうか——どうかシスター・ラナとお勤めを果たしてきてください！　お願いですから！」

一方的に会話を打ち切って背を向ける。しばらく中からドンドンと扉を叩く音がつづいたけれど、全力で無視を決め込んだ。

やがて諦めたのか、打音がやんで静かになった。

少しして猊下とシスター・ラナが何かを言い合っているらしい声がうっすらと聞こえてきて、わたしはずるりと崩《くず》れ落ちるようにしてその場にしゃがみ込む。

こんなところに一秒だっていたくない。

これからふたりが愛し合う一部始終を扉越しに聞かされるかもしれないと思うと、吐き気がする。罪悪感、嫌悪感、何かはわからないけど、とにかく不快な感情で胸はぐちゃぐちゃだった。

何も聞きたくない。何も見たくない。心を閉ざして目をつぶる、耳を塞《ふさ》ぐ。

逃げ出したい——。けれど、この場を離れることはできなかった。

なぜなら、この貴賓室は警備のために宮殿で唯一、外鍵で施錠できる部屋だ。そしてひとつしかない部屋の鍵は今、わたしのポケットの中にある。

シスター・ラナに身を清めてこの部屋で待つように指示したのもわたし。

猊下をだまして連れてきたのもわたし。

全部全部、わたしがやった。——だったら。

わたしには責任がある。ここに残り、無事に聖なるお勤めが果たされることを見届ける義務があるのだ。

（最後まで子づくり指南係のお役目をやり通す。そう誓ったはずでしょ）

シスター・ラナには、猊下に正直に事情を話すように言った。

猊下はやさしいかただから、彼女の置かれた状況を知れば見捨てるようなことはしないはずだ。

例のアレ——枢機卿から渡された媚薬の扱いをどうするか、という点についてはふたりでよく話し合ってもらわないといけないけど……。

案外、使ってみたらいいスパイスになって盛り上がるかもしれない。


「その時」が、いつどんなタイミングでやってくるかは誰にもわからない。

だからこそ、いつ何があってもいいように準備してきた。

そしてまさに今こそが、「その時」だったということだろう。

そうよ、わかっていたじゃない。

すべてははじめから決まっていたことなんだって——。


長い長い夜だった。

日が沈み、消灯時間が過ぎて宮殿中の明かりが消された後も、わたしはひとり暗い廊下にうずくまったまま、いつとも知れぬ終わりの時を待ちつづけた。

（そういえば、何年か前にもこうやって、扉の前にうずくまって過ごしたことがあったっけ……）

ぼんやりと、沈む自意識は記憶の断片をたぐり寄せてゆく。

あれはまだ聖都へやってくる前、ちょうど亡夫の遺産を巡る争いの渦中《かちゅう》にいた頃のことだ。義実家のテンプルトン侯爵家《こうしゃくけ》からの執拗《しつよう》ないやがらせに疲弊《ひへい》しきっていたわたしは、唯一の頼みである実家のアルバスロア家へ助けを求め帰郷していた。何度手紙を書いてもなしのつぶてで、耐えかねた末に返事を待たずに飛び出してきたのだ。

しかし、出迎えた両親はわたしが屋敷の扉をくぐることを許さなかった。

「ミリアの結婚を控えた大事な時期だ。どうかもう近づかないでくれ」

予想もしなかった両親の対応に、わたしはしばらく呆然と屋敷の前で立ちすくんだまま動くことができなかった。気づいた時にはもう日が沈みかけていて、とうに女がひとりで歩き回れるような時間帯ではなくなっていた。

その頃はちょうど秋から冬へ移ろうかという時季で、アルバスロアの土地はからっ風が吹いていて寒かった。

帰りの路銀が心もとないので宿を取ることもできそうにない。わたしはしかたなく、実家の車寄せの軒下《のきした》に座り込むしかなかった。

ほんの数か月前まで暮らしていたはずの、生家から漏れる明かりと家族の声。わたしはその輪に、もう戻れない。

時折使用人がちらちらと窓からこちらを覗いていたけれど、両親から関わるなと命じられていたようだ。かろうじて風はしのげても、心の方が凍えそうだった。

もういい、たとえ吹きさらしでもかまわないから、どこか別のところへ行こう——。

すべてを諦め立ち上がった時、裏の勝手口から駆け寄ってきたのは妹のミリアだった。

「お姉さま。……ごめんなさい」

たったひと言、短い謝罪と共に渡されたのは十枚の銀貨。あの辺りでは数日の宿代に足るくらいの金額だ。

ミリアはろくにわたしの顔を見もせず、逃げるように屋敷へ帰ってしまった。それきり今日まで、一度も会っていない。

あの時、わたしはあの銀貨を「もう関わるな」というミリアの意思表示、すなわち手切れ金なのだと解釈したけれど。

今にして思えば、アルバスロアは屋敷だけは古くて立派なくせに、常に貧困と隣り合わせだった。わたしの結婚で転がり込んだ支度金は借金返済に消えてしまっただろうから、当時ミリアが自由にできたお金なんて、きっとほとんどなかったはずで。

だからもしかしたら、銀貨十枚はあの時のミリアにできる精一杯の償《つぐな》いで、誠意だったのかもしれない。

もう、今となってはたしかめようもないけれど……。


——コン、コン。

控えめなノックの音で目が覚めた。

前日の寝不足が響いたのか、いつの間にか眠ってしまっていたらしい。

あわてて立ち上がって扉に耳をくっつけると、中から「開けてください」というシスター・ラナの声がした。

廊下の東側から日が差し込んでいる。まだ早朝、そろそろ朝の祈りの時間といったところか。

急ぎポケットから鍵を取り出して開錠しようとするが、焦りのせいかなかなか上手く鍵穴に差し込めず、もたついてしまった。

重い扉を押し開けると、隙間《すきま》からシスター・ラナが顔を出す。

「おはようございます」

「おはようございます……」

ぎこちない挨拶を交《か》わし、ちらりと部屋の奥へ視線をやると。

「猊下は、どちらに……？」

猊下の姿がなかった。

「アドニスさまは、隠し通路を使って部屋から出ていかれました」

「隠し通路？　そんなものがあるんですか!?」

「なんでも、宮殿には歴代聖皇だけが知る、秘密の抜け道が至るところにあるらしくて……」

「えっ、じゃあ、聖なるお勤めは」

シスター・ラナは無言で唇を嚙《か》みしめる。その顔色は、どことなく青ざめているように見えた。

(つまりふたりは、子づくりできなかったってこと……!?)

胸騒ぎを覚えつつ、確認のために部屋へと足を踏み入れる。

「猊下に、フランコ枢機卿から必ずお勤めを果たしてこいときつく言い含められていることは話したんですよね!?」

「……はい」

「そしたらなんで……!?」

「アドニスさまははっきりとおっしゃいました。『お前を抱くことはできない』と」

「えっ」

まさか、猊下がお役目を拒否するなんて。

でもそれを了承してしまったら、シスター・ラナの立場がまずいのでは。

「あなたはそれでよかったんですか？　猊下のこと、諦めていいんですか？　もう少しふたりで話し合うべきだったのでは……」

「ちゃんとお願いしました！　恥も外聞《がいぶん》もなくすがりました！　『あたしが今からこの媚薬を飲んで、どうにもならないくらい苦しんだら情け心で慈悲をくださいますか』って！」

視線をななめ下へ落とし、シスター・ラナはふたたび唇を噛んだ。

「……そしたらアドニスさまは、『どうしてもどちらかが飲まないといけないのなら私が飲む』っておっしゃって」

「それで、猊下が飲んだの……!?」

返ってきたのは小さな首肯だった。

「飲んだら途端に、アドニスさまの呼吸がみるみるうちに荒くなって……。汗がたくさん額から流れて、掻《か》きむしるみたいに胸を押さえて、まるで……まるで、」

言いながら口元を押さえたかと思うと、シスター・ラナはおぞましいものでも見たかのようにぶるぶるっと身震いする。

「――まるで発情した獣みたいになって」

「そりゃあ媚薬を飲んだらそうなるに決まってるじゃないですか！」

「アドニスさまがそんな風になるはずない！」

怒鳴りかけたこちらが萎縮《いしゅく》してしまうくらい、強い口調だった。

「聖人は汚い欲望を抱いたりしません。聖人は媚薬ごときにお心を乱されたりしません！　聖人は清くて、貴くて、世界にただひとりの完璧な存在なんです！　だからアドニスさまがあんな風に苦しむなんて、あるはずないのに……！　あ、あたし、とてもショックで」

想像もしなかった言い分に、わたしは愕然《がくぜん》とする。

「まさか……あなたの代わりに媚薬を飲んだ猊下を、お慰めもせずにただ見ていたというの……!?」

「………。いずれにしてもこのままここでふたりで過ごすのはよくないからっておっしゃって、アドニスさまはよろよろと通路から出ていかれて――」

「どう、して」

めまいがした。

どうしてこれまで気づかなかったんだろう。わたしと彼女の間に横たわる、大きな断絶に。

わたしはいつの間にかシスター・ラナの肩を摑んで、ぐらぐらと揺さぶっていた。

「どうして、なんで、苦しむ猊下を助けてくださらなかったんですか！　どんな猊下でも受け入れるって、そう約束したじゃないですか！」

「無理です……できない……。でっ、でも、聖人ならあたしごときの助けなんて不要ですよね⁉　だってアドニスさまは神花《しんか》から生まれた女神の遣いで、なんでも治せる癒しの力を持ってて、……だって……。だって聖人は、普通の人間とは違う……」

「猊下は聖人なんかじゃない！」

叩きつけるように叫ぶと、シスター・ラナの表情が訝《いぶか》しげに歪んだ。こいつは何を言っているんだと言わんばかりに。

わかってる。筋の通らないことを言っている自覚はある。

猊下は聖人だ。世界でたったひとりの特別な存在だ。シスター・ラナの言う通り、それは変えようのない事実で。

——でも。

『ミネット、私は知りたいのだ。私は人なのだろうか？　私は……子を生す資格があるのだろうか？』

『私が本当に「人」ならば。相手を抱きたいと思えば、その先は本能が教えてくれるはずだ。人は遥か昔より誰に学ばずとも、交わり、栄えてきたのだから』

でも、誰よりも猊下自身が。

わたしたちと変わらぬ「人」でありたいと、そう望んでおられたから。

聖人は普通の人間とは違う。

そう言い切ったシスター・ラナの表情は、まるで異形のものにでも遭遇したかのようだった。

あの畏敬《いけい》とも恐れともつかぬ目を己に向けられた時、一体どんな気持ちがするだろう。

猊下。あなたはこれまでもずっと、たくさんの人からあんな視線に晒《さら》されていたの？

もし、あなたが媚薬を飲んで苦しみながら、高貴な立場ゆえに誰にも助けを求められなかったとしたら。もしもまだ、ひとりどこかで苦しんでいるとしたら——。

「行かなくちゃ……猊下のところに……！」

そうだ。こんなところで問答なんてしてる場合じゃない。

わたしは弾かれたように顔を上げた。

「シスター・ラナ！　猊下はどこから……隠し通路ってどうやって入るんですか!?」

「え……あの……そこの本のどれかをいじったら、本棚が横にスライドして……？」

「ああもう！　こうなったら手当たり次第試してみるっきゃ——」

左手の壁側に大きな書棚がある。そこにみっちりと隙間なく詰まった本を、手当たり次第に引き抜こうとしたその時。

きらきらと光が零れて、複数の光る蝶が現れた。

蝶たちはわたしの周囲をくるりと一周してから、ひとつの古い本に集まって止まる。古代語で題名の書かれた地味な背表紙は、他の本の間に隠されるようにやや奥まったところに並んでいた。

「あなたたち、教えてくれるの？」

その本を押し込んでみると、まるで引き戸のように滑らかに巨大な書棚が動いた。露《あら》わになった奥の壁には、人ひとりがようやく通り抜けられるくらいの狭い穴がぽっかりと口を開けている。

わたしは迷いなくその中に飛び込もうとして——、
一旦冷静になり、後ろを振り向く。

部屋の真ん中で、シスター・ラナがあっけにとられた表情で立っていた。

わたしは静かに歩み寄ると、ポケットの中に入っていたものを彼女に託《たく》す。

「これ、この部屋の鍵です」

「えっ。ええ、はい……」

「あなたの聖人に対する信仰を否定するようなことを言ってごめんなさい。……あ。ちなみに、フランコ枢機卿への言い訳はご自分で考えといてくださいね！」

じゃ！　と軽く片手を上げ、わたしは早々に踵《きびす》を返した。光る蝶たちを伴って、真っ暗な通路に飛び込む。

「……蝶の姿をした精霊……？」

去り際の背にシスター・ラナのつぶやきがわずかに届いたが、振り返ることはしなかった。

石壁に覆われた空間は、どこか湿っぽくひんやりしていた。ところどころに明かり用の窪《くぼ》みがあるものの、何も置かれていないのですべてが真っ暗だ。蝶たちの光が照らしてくれなかったら、前も後ろもわからなくなっていただろう。

少し進むとようやく、大人ひとりが背を伸ばして歩けるくらいの天井の高さになる。それでも四面を壁に囲まれる閉塞感は、やはり重苦しい。

道は何度か折れ曲がり、時折二手に分かれたが、わたしは蝶たちに導かれながら、迷うことなくひとつの終点へとたどり着いていた。

行き止まりの壁の一部に、少しだけ隙間がある。思いっきり体重をかけて押してみると、予想以上のスムーズさで外側へ開いた。

「きゃあああ！」

勢いあまって通路の先に倒れ込む。そこは赤い絨毯《じゅうたん》敷きの床の上——猊下の居室の、書き物机の脚の間だった。

突然の明るさにまだ目が慣れない。それでもわたしは、必死に猊下の姿を捜そうとした。

「猊下……猊下！」

机の下から這《は》い出《だ》して立ち上がる。ちょうどそこに、寝室の扉の向こうから猊下が現れた。

「ミネット……？」

前合わせのシルクのガウンは胸元がだらしなく開いていた。銀の髪は額に貼りついて乱れたまま。どこか気だるげな気配を纏《まと》っていても、それでもいつもの、神々しいくらい美しいアドニス猊下だった。

猊下はぼんやりした表情で二、三度瞬《まばた》きしてから、「おや」と小首を傾《かたむ》ける。

「媚薬の効果は消えたはずなんだが……。まだ都合のいい幻《まぼろし》を見ているのだろうか」

「いいえ、いいえ！　本物のミネットです猊下！」

めるように触る。

あわてて駆け寄って手を握った。すると猊下はもう片方の手で、わたしの顔をぺたぺたとたしか
「そうなのか……」

そしてわたしの頭上を飛び回る蝶たちを見上げてようやく、「ああ、本当に本物だ」と笑った。

猊下は紳士的な態度でわたしをカウチソファに座らせると、その横に腰を下ろす。

いろんな感情が込み上げてきて上手く言葉を紡《つむ》げないでいるわたしを、彼は急《せ》かすこともせず、ずっと黙ってただ、繋がれた手だけは離そうとしなかった。

「申し訳ありませんでした。わたしが、わたしの浅慮が猊下のお身体とお心を傷つけました」

「いや、もう平気だ。さすがに媚薬を飲むのははじめてだったから、少し……。未知の感覚を味わいはしたが」

「シスター・ラナなら大丈夫だと思ったのに。猊下の運命の相手になれる人だと思ったのに……！なのに、猊下が苦しまれる姿を見て『ショックだった』なんてそんなの……あんまりです……」

くやしかった。悲しかった。

猊下の人間らしさを。このかたの持つやさしさ、強さ、弱さ、繊細さを。

このかたが何に喜び、何に悲しむのか。そのすべてを、否定されたみたいで。

気づけばぼろぼろと、涙が零れ出ていた。

「猊下……ごめんなさい……」

猊下を「お慕いしています」と言ったシスター・ラナの言葉に、嘘があったとは思わない。

でもその気持ちはきっと、厳格な信徒が神へ向けるものに似ていた。

熱烈で、頑《かたく》なで、変化を許さない。

生きていれば、生きているからこそ、人は変わるものなのに。

「うぐ……ひっく」

ついこの間まで、わたしはこんなに泣き虫じゃなかった。それなのに、今は涙腺《るいせん》が伸びきった毛糸のパンツくらいゆるゆるだ。

——ほらね。わたしは猊下と出会ってから、こんなに変わっている。

「ミネット。お前は今、私のために泣いているの？」

「だって、猊下は人間なのに。人間なんですもの、苦しんだり、弱いところがあるのは当たり前なのに。それを否定されて、傷つかないはずがないのに……」

話せば話すほどいろんな気持ちがあふれ出てきて、だんだんひっくひっくと子供みたいにしゃくり上げてしまう。

どこからどう見てもお見苦しい泣き顔を、猊下はしばらく驚いた表情で眺めて。

それからなぜか、うっとりと青い目を細めた。

「ああ……どうしよう。お前の泣き顔を見ると胸が痛む。なのに今、たまらなくうれしいと感じている自分がいる」

猊下の長い指が、頬を伝う雫《しずく》を拭った。まるで貴重な宝石でも掬い集めるみたいに、猊下は飽きもせずわたしの泣き顔を見つめ、零れる涙を掬いつづけた。

やがてどうにかわたしの嗚咽《おえつ》が落ち着いてきた頃、猊下はひとつ、大きな息を吐く。

「ねえミネット。たしかに薬が抜け切るまでは少々堪《こた》えた。けれどね、悪夢のような長い夜を過ごす中で、わかったことがあるんだ」

「どんなことでしょうか……？」

「私はどうやら、女性の胸は大きい方が好きだ」

「…………。はい？」

突然の性癖暴露に、止まらなかったはずの涙が引っ込んだ。

「……それはその……、ご自分の嗜好《しこう》に気づけてよかったですね……？」

「うん。だから抱くなら胸の大きな娘がいい」

いや、この場で急にそんなことを打ち明けられても。

反応に困って無言になるわたし。しかし猊下はにこにこと満面の笑みを崩さず、何やら両腕で輪っかをかたち作ってみせる。

「腰回りはこのくらい。……もうちょっと太くてもいいな」

「はあ」

「髪は胡桃色《くるみいろ》で、目はスミレだ」

「はあ」

だからそういう反応に困ることを――。……え？

「いつだって私をひとりの『人』として扱い、春の陽光のあたたかさを教えてくれる。……そんな娘がいい」

猊下がまっすぐわたしを見ていた。

表情はたしかに笑っていて、けれど逸《そ》らしようもない真摯《しんし》さが青藍の瞳に宿っていた。

猊下はずっと繋いだままだったわたしの右手を、やさしく握り直して持ち上げる。

そしてそっと、指の先に口づけた。

「好きだ。愛しているよミネット。世界でたったひとり……お前だけだ」

ふたりの周囲で、蝶たちがくるくると円を描くように飛んでいた。

ポカンと口を開けて固まる以外、今のわたしに何ができただろう。

「媚薬の熱にうなされながら、何度もお前の幻を見た」

銀のまつげがゆっくりと瞬《またた》く。

その声は穏やかで、うなされるほどの苦しみを耐え抜いた壮絶さなど、微塵《みじん》も感じさせなかった。

「幻のお前は、私を堕落の道に誘う妖艶な悪魔のようであり、同時に私に救いをもたらす慈悲の女神でもあった」

わたしの手を己の頰へと導いて、猊下はその指先から伝わる熱を、じっと肌で感じ取ろうとしているかのようだった。

「だからようやくわかったんだ。美しいものも、そうでないものも、すべてひっくるめて私がお前に抱く感情のすべてが――『愛しい』という気持ちなんだと」

（猊下は冗談なんて言うかたじゃない）

いくらわたしでも、それがわからないほど野暮《やぼ》ではない。

何より、わたしを見つめる澄んだ目が、その言葉にひとかけの偽りもないと証明している。

だからわかってる、わかってはいるけど――。

「ほ……本気で言ってます……？」

「ああ」

「……なんで……？」

「ふふ。さあ、なんでだろうね。理由なんてわからない。……心当たりが多すぎる」

「…………」

こんなに色っぽい表情で笑うかただっただろうか。

知らない世界に自分だけが迷い込んでしまったみたいに、どこか現実みがない。

「そういえば……。ひとつ、お前に謝らなければならないことがある」

「な、なんですか」

「お前が私の部屋に置いていったあの、大きな人形」

「シスターラナちゃん一号？」

「ああ、そんな名前だったか。あの人形の胴体に使われている綿枕――あれはお前が普段使っているものだろう？」

「ええ、はい。そうですけど……」

質問の意図がよくわからないまま肯定すると、猊下はやけに神妙な顔で「ああ、やはり」とうなずいた。

「あの枕に残るお前の匂いが、昨夜はひどく暴力的な香りに感じた。嗅いだらなんというかその、とても辛抱できない気持ちになってね。ずいぶん乱暴に扱ってしまったせいでところどころ汚《よご》」

「み、みなまでおっしゃってくださらなくて結構ですので！　その枕は処分していただいてかまいませんから！」

「そう？　よかった」

うん。まあ、当初の用途とはちょっと違うけど……猊下のお役に立ったならよかったです……。

「それでミネット」

猊下は再び握った手にぎゅうっと力を込める。そして鼻の先がくっつくかというくらい顔を近づけてきた。

「お前の答えは」

「は、はい？」

「私の愛を受け入れてくれる？」

「えっ、それはそのー……」

近い近い近い近いってば。

だらだらと全身から汗が流れ出す。

なぜかいつもの三倍の圧を持つ聖人オーラと国宝級顔面のまぶしさに耐えきれず、わたしは思いっきり視線を逸らした。

「……スコシカンガエサセテクダサイ……」

この時の対応が間違いだったと、すぐに後悔させられるはめになる。

思い込んだら一直線の素直な猊下に、あいまいな答えをしてしまったことを。

# 第五章　子づくり指南係の受難

わたしの生きる世界はたしかに変わってしまったらしい。

否応なくそう認識させられたのは、次の日の朝のこと。

わたしのような修道女、下級の神官や修道士たちは、朝の祈りの時間を終えると食堂に集まって朝食を摂る。その朝もいつもと同じように、わたしは簡素な長机の隅で食卓についた。

向かいに座るシスター・メアリと数人の修道女たちは、こそこそと今度開かれる予定の「本の感想を語り合う会」について話し合っている。

「シスター・ミネットもぜひ来てくださいね！」

「ええ。ありがとう」

「うふふ、新メンバーが増えてたのしみだわ～」

「あたし、みんなで飲もうと思って奮発してちょっといい茶葉を買っちゃった……」

女神に仕える身だって、時にはささやかな息抜きや娯楽があってもいいと思う。

みんなのたのしそうな様子を微笑《ほほえ》ましく思いながら、硬いパンをレンズ豆のスープに浸していたその時。

急に入口の方がざわざわと騒々しくなった。

「聖皇《せいこう》さま……!?」

「せっ、聖皇猊下《げいか》がお見えだ！」

わたしもシスター・メアリも、それどころか食堂中の人間全員が一斉に目を丸くした。下っ端のための質素な食堂に、前触れもなく現れたのはアドニス猊下だった。

いいえ、もちろん偉い人が食堂を使っちゃいけないって決まりはないいんだけど……。枢機卿《すうききょう》や一定以上のお立場のかたは、基本的に自分の部屋で食事を摂る。

(なんだろう。視察……とか？)

まさかとは思うけど、すっごくいやな予感がするのは気のせいであってほしい。

いつもの黒緑の法衣《ほうい》にまばゆいばかりの後光を背負い、まるで地面に足の裏などつかないかのように音もなく歩く猊下。

われわれ庶民の生活の中に突如として出現した神々しいそのお姿は、まさに「降臨」と呼び表すのがふさわしい。もっとわかりやすく言うなら場違いである。

その場の全員の注目が集まる中、猊下は柔らかい表情でぐるりと部屋を見渡して——。隅の席で背景と同化しようと息を殺していたわたしを見つけるなり、これでもかというくらいの満面の笑みで叫んだ。

「ミネット、好きだ！　……私と性交してほしい！」

ガッシャン！

思わず卒倒しかけ、わたしはやたら大きな音を立ててスープ皿をひっくり返していた。

聖皇猊下の口からド直球セクハラ発言が飛び出した事実に誰も理解が追いつかないらしく、周囲では「セーコー……？」という訝《いぶか》しげなつぶやきが方々から漏れ聞こえる。

だめだ、これ以上しゃべらせるわけにはいかない。

なんとしても口を塞《ふさ》ぐべく、わたしは膝の上のナプキンをかなぐり捨てると全力で猊下の元へ走り寄った。

「いきなり何言い出してるんですか⁉」

「ああミネット、おはよう。上手く伝わらなかったか？　私と性交、つまりセッ」

「わあああああああそれ以上言ったら怒りますよ！」

「だが、お前が教えてくれたのだ。『意中の女性を口説《くど》くには一にも二にも押しが肝心、グイグイいきましょう！』と……」

「とっ、時と場所を選んでくださいよ！　あと少しはデリカシーを覚えてください！」

鬼の形相《ぎょうそう》で睨《にら》みつけると、猊下はしゅんと眉根《まゆね》を下げる。

「……不合格か？」

「当たり前でしょう！」

「そうか……」

神々しい後光が、みるみると陰って見えた。

「怒ったお前も好きだ。だが嫌われては困る」

——出直してくる。

そう言ってすごすごとこちらに背を向けた。

やけにあっさりと退いた——かと思ったら、その足でつづきの厨房に向かって「私にも朝食を」と声をかけているではないか。

そしてわたしたちが食べているのと同じ朝食の載ったトレーを受け取ると、にこにこ顔で長机の間を奥へ進む。猊下の歩みに合わせて、周囲に座っていた修道士たちが引き潮のようにサーッと膳《ぜん》を持って下がっていった。

……って、いつの間にかシスター・メアリたちまでいなくなってるんですけど⁉

あわてて辺りを見回すと、入口近くに集まってこちらを窺《うかが》う人垣の中に、「状況はわからないけどとりあえず野次馬に徹します」と言わんばかりの彼女たちの顔があった。

うっ、裏切り者ぉ！

猊下は悠々と、さっきまでわたしが座っていた席の向かいに腰を下ろす。

そして衆人環視《しゅうじんかんし》の中、人生で一番気まずい朝食を摂るわたしを、飽きもせずにじーっと見つめつづけるのだった。

いや、お願いだから出直してきてくださいよ。

その後も、猊下の攻勢は留まるところを知らなかった。

礼拝堂で、庭で、廊下で、顔を合わせるたびに——そもそも普通に生活していたらこんなに遭遇するはずがないので、確実に追いかけられているのだが――とにかく何度も何度も何度も何度も、至るところに猊下は現れた。

　そして周囲に誰がいようといるまいと、はばかることなく高らかにこう言うのだ。

「ミネット、愛している。セックスしよう？」

「私と子づくりして。できれば定期的に」

「お前を抱きたい。お前と……あらゆる方法で性交したい」

　何がどうしてこうなったのか……。いや、やましいとか取り繕《つくろ》うなどという俗な感情を知らない真の聖人だからこそ、彼の告白はとにかく赤裸々《せきらら》でストレート剛速球すぎた。

　あんまり邪気がないからか、そのうち周りでも、

「アドニス猊下は女神ユーフェタリアの豊穣の力の素晴らしさを説いておられるのでは？」

「性愛は人類の繁栄と実りへ繋がるものだと、御自《おんみずか》らお示しになっているのだ」

「なんと尊く、ありがたいことだろう……」

　などと、涙ながらに拝む者まで出はじめる始末。

　そう。聖都に暮らす純粋培養《じゅんすいばいよう》の聖職者たちの聖皇への信頼と信仰は、トンチキ発言のひとつやふたつで揺らぐようなヤワなものではなかった。

　それどころかいつの間にやら、「あれだけの金言をいただきながら、シスター・ミネットはなぜだんまりなのか？」などという空気すら醸成されつつある。なにそれこわい。

（このままじゃ外堀から埋められる……!?）

時と場所を選ばないデリカシーゼロ戦法がもたらす想定外の効果に、わたしは焦りを隠せなかった。

いやいや待って。お願いだからみなさん、どうか冷静になっていただきたい。

聖人であり、聖皇猊下という貴人の、あの国宝級顔面から発せられるせいでなんとなくありがたいお言葉のように聞こえているけれども。

発言だけを切り取ったら、百人中百人の女性がドン引き間違いなしの、とんでもないクズじゃない!? だってあの人、要は「ヤラせて」しか言ってないんだけど!?

もはやこの状況では、受け入れるも拒むも地獄。

仲のいい修道女の中に、根掘り葉掘り事情を聞き出そうとするようなウワサ好きがいなかったのがせめてもの救いだ。

ここのところ、わたしがニコライ枢機卿の命令でちょくちょく宮殿に出入りしていること自体は知られていたからその過程で猊下に見初《みそ》められたのではないか、というのがおおかたの認識らしい。

いつの間にか、彼女たちの中では「シスター・ミネットにひと目惚れし、けなげに追いかけてくる聖皇猊下」という構図が出来上がっている。なにそれこわい。

同僚たちの生あたたかい見守りの中、一向に折れる気配のない猊下を、わたしは全力で無視し、叱り飛ばし、逃げつづけて。

そんなことが何日もつづいたある日の午後。わたしの堪忍袋《かんにんぶくろ》の緒《お》はついに、音を立ててブチギレた。

「いい加減にしてくださいっ!」

わたしがダン！　と木製のガーデンテーブルを叩くと、爽やかな木漏れ日の下にし……んと沈黙が満ちた。

ここは聖教区の図書館に併設された集会室である。

今日はここで、シスター・メアリたちと「本の感想を語り合う会」を開く予定だった。

広い掃き出し窓の外は一部がテラスになっていて、のんびりとお茶をたのしみながら雑談に興じるにはぴったりの場所、だったはずなのに……。

なぜかそのテラスに、太陽よりもまぶしい聖人オーラと数匹の輝く蝶《ちょう》を引き連れた先客がいた。

その上出くわしてひと言目が、「やあミネット、いい天気だね。陽光に映えるお前の髪が好きだ。性交したい」である。

いやあの、今日顔を合わせるのはこれで三度目だし、しれっと時候の挨拶に性交を挟んでくるな。

「顔を合わせれば性交だのセックスだのって、あなたは盛《さか》りのついた猿ですか!?」

「お前を愛している。だからお前と性交したい……」

ちょっとしょんぼり気味に言ってもセクハラはセクハラです。

殊勝な表情でちらちらとこちらを窺い見る猊下。その焦がれるようなまなざしからわかりやすく顔を逸《そ》らして、わたしはこれまでで最も冷徹に、ありったけの辛辣《しんらつ》さで言い放った。

「猊下は、ありあまる性欲を愛情と勘違いされているのではありませんか？」

声音に込められた刺々しさに、室内とテラスの境からこちらを見守るシスター・メアリたちがごくりと息を呑んだ。

猊下のお言葉に、偽りがあるとは思っていない。

わたしのような下っ端修道女にはもったいないくらいの好意を持ってくれていることは、十分に伝わっている。

けれど、その感情が刹那的《せつなてき》な衝動ではないと、彼の中で目覚めたばかりの青臭い欲が見せるまやかしではないと、どうして言い切れるだろう。

――ああ、結局わたしの心にはまだ、「お前は必ず見捨てられる」という過去の呪縛がこびりついたままなのだ。

「こうなったら、ニコライ枢機卿にお願いしてプロのお姉さんを宮殿に派遣してもらってはいかがですか？」

「なんのことだ？」

「娼婦さんですよ。酸《す》いも甘いも知り尽くした女性に、一発と言わず気の済むまでお相手してもらえば、その浮ついたお気持ちも少しは落ち着くかもしれませんよ？」

傷つけたいわけじゃないのに、湧き出す悪意を止められない。

質《たち》の悪い皮肉に、猊下は怒りも落胆もしなかった。静かに首を左右に振って、ただ目の前のわたしだけを見る。

「それでは、だめなんだ」

「な……どうして言い切れるんです」

「私の心がそう定めたからだ。これから毎晩お前の肌を抱いて眠り、お前の笑顔と共に目覚めたい。お前でなければだめだし、一回きりでもだめなんだ」

はっきりと迷いのない瞳で、言葉で。

猊下はわたしの弱くて卑怯な部分を、まっすぐ正面から射貫いてきた。

息が詰まる。胸が苦しくなる。

心がふらふらと光差す方へ歩き出そうとするのを、理性が総動員で抑えつけ閉じ込めにかかる。

もしもわたしが醜聞《しゅうぶん》まみれの未亡人《みぼうじん》などではなく、このかたの求めに迷いなく応えられる立場だったなら、どんなに、どんなに――。

「猊下、わたしは――」

「せ、聖皇猊下。恐れながら」

最後のカードを突きつけようとしたわたしを、か細い声がさえぎった。

本で口元を隠しつつ、おずおずと片手を上げるシスター・メアリだった。わたしと猊下の視線が一度に向くと、「あの、えっと」と分厚い眼鏡《めがね》の下の瞳を忙《せわ》しなくさせる。

「先ほどからのお言葉は、つまり……。聖皇猊下は、シスター・ミネットを妻に娶《めと》りたい……という意味なのでしょうか」

「えっ」

きょとんとするわたしと猊下の前で、シスター・メアリは「そうよね」「うんうん」と他のシスターたちと目配せしあう。

「毎晩肌を抱いて眠り、朝は共に目覚め、相手を唯一永遠の存在であると定める関係……。それは、夫婦と言うのでは。猊下の『性交したい』というお言葉は、われわれ下々の人間の慣習や表現に言い換えるとつまり、『結婚したい』ということになるのでは」

猊下はしばらく固まったまま、瞬《まばた》きだけをくり返していた。

そしてある瞬間から、天啓《てんけい》を得たかのごとく目に輝きが宿りはじめる。

「そうか……、そうなのか」

萎《しお》れた花が生気を取り戻すように、みるみると表情が明るくなる。

猊下は満面の笑みで、わたしの両手をぎゅっとひと思いに掴《つか》んだかと思うと。

「ミネット、私と結婚してほしい！」

要求のレベルが、一気に三段飛ばしくらいで上がった。


それ以降、アドニス猊下の「性交してくれ」攻撃は「結婚してくれ」攻撃へとななめ上のレベルアップを果たしてしまった。

多少人聞きがよくなった感はあるものの、相変わらず思い切りがよすぎる上にちっとも時と場所を選んでくれない。

「おはようミネット。私と結婚して？」

朝、ニコニコ顔で食堂にやってくる猊下に見つめられながら味のしない朝食を摂り。

「やあミネット。こんなところで出会うなんて女神の与えたもうた運命に違いない。結婚しよう」

昼、通りがかった回廊の植栽から生えてきた猊下を引っこ抜いては投げ。

「今夜は月が綺麗だ。結婚しよう？」

「いえ、月は見えませんが……」

夕、曇天を背にたそがれる猊下にツッコミを入れ。

わたしが呆《あき》れてこめかみを押さえると、猊下はまったく悪びれもせず「おや、本当だ」と肩をすくめた。

しかもどうやら、恐れ多くもこのかたに「女性を口説く時には詩や手紙を贈るといい」とアドバイスした輩《やから》がいるらしく、猊下は数日前からせっせと文をしたためてくるようになった。

今日もわたしの手に立派な紙の筒を握らせると、少し照れた顔で「他の誰にも見せてはだめだよ」と告げて去っていった。

部屋に戻ってから、物々しい封蠟《ふうろう》を剝《は》がして紙を広げてみたところ。

中心に黒インクでいびつな大小の丸の連続体がでかでかと描かれており、その周囲に謎《なぞ》の黒い塊が配置された奇妙な絵——絵だと思う——があった。

怪訝《けげん》に思いながら紙を端まで広げると、右隅にやたらと達筆で「ノワと戯《たわむ》れるミネット」と銘打たれている。

えっ……だんごとゲジゲジではなく……？

昨日は昨日で、聖教書から愛について説かれた一節（とても長い）を猊下が自らの手で書き写したという、聖遺物レベルのお手紙をいただいてしまっていた。

ふと窓辺に目をやれば、桟に置かれた陶器の小皿の上には、今も鮮やかに咲く禁庭のスミレの指輪が飾られたまま。

……どうしよう。このままではわたしの部屋が聖人博物館になってしまう。

進退窮《しんたいきわ》まったわたしはついに、ある人物のところへ助けを求めて駆け込んでいた。

「はい？　アドニスさまをどうにかしろ？　……諦めて受け入れるしかないと思いますね」

「へ……？」

ところがどっこい、わたしの必死の訴えを、頼みの綱《つな》であるニコライ枢機卿はたったひと言でばっさりと切り捨てた。

（なんで!?　枢機卿なら、わたしが猊下のお相手だなんて絶対に認めないと思ったのに!?）

「ちょっ……ニコライ枢機卿！　なんで！　どうして！　ヘルプミー！」

まさかの想定外である。

執務机を乗り越えて深緑の法衣にすがりつくと、心底イヤそうな顔でしっしっ、と追い払われてしまった。

「何が不満なのですか。あのアドニスさまに見初められて、有頂天にならない女性がいるんですか」

「でも……だって……ちょっと考えればわかるじゃないですか！　伝説の毒婦《どくふ》を妻にだなんて、たとえ猊下がよくたって、周りが非難轟々《ひなんごうごう》でしょう？　だっ、第一ニコライ枢機卿はいいんですか？　よりにもよってこのわたしがですよ!?」

「貴女《あなた》はあのかたの本気を甘く見ている」

その言葉はやけに迫真めいていて重みがあった。

「シスター・ミネット。貴女が過去に負った不名誉はまもなく解消されるでしょう」

枢機卿はゆっくりと両目をつぶり、それがまるで重要な神託であるかのように告げた。

「……どういうことです？」

わたしが顔をしかめると、器用に片眉だけを持ち上げてこちらを見下ろす。

「貴女、ご存じないんですか？　今エトルエンデ王国では貴女の――レディ・ミネット・アルバスロア・テンプルトンの名誉回復を求める貴族裁判が行われている。申立人は貴女の実妹です」

「……ミリアが……？」

貴族裁判とは、貴族階級同士の財産や名誉を巡る私的な争いを審判するための制度である。

ミリアが、テンプルトン侯爵《こうしやく》家《け》を相手に、わたしの名誉を回復するために裁判を起こして闘ってくれている？

にわかには信じがたい情報だった。

しかし、あの日彼女がわたしに握らせた銀貨十枚分の重みが、もしかして本当に……？　と胸をざわめかせる。

（でも……）

「エトルエンデの貴族裁判制度は形骸化《けいがいか》してるんです。内容の真偽が争われることはほとんどなく、仲裁と和解で終わることが通例になっているので……。すでに広まった悪評をすすぐほどの影響力があるとは……」

「ええ、本来はそのようですね。――ですが」

わたしの力が緩んだ隙《すき》に、ニコライ枢機卿は摑まれていた法衣の袖を引っ張って奪い返した。

「あなたにまつわる裁判の存在を知ったアドニスさまは、エトルエンデ王へ一通の親書を送られました」

「しん、しょ？」

「内容はこうです」

皺になってしまった袖を几帳面に手で伸ばしながら、枢機卿はすらすらと水が流れるように語りはじめる。

「『遥か創世の昔、女神ユーフェタリアは男と女を互いに支え助け合う存在であると定められた。未だ女性の社会的地位が不安定な世にあって、先進的な役割を担《にな》う貴国は他国の優れた模範である。ゆえに、裁判の行方を注視している』――と」

いきなり聖皇が国王へ送ったという親書――つまり国家元首同士のお手紙の内容を暴露され、わたしはただ面食《めんく》らうしかなかった。

人の似顔絵を描こうとしてだんごとゲジゲジの集合体を生み出した猊下が、同じ手でそんないかにも格式ばった文をしたためられた？

正直、あまり想像がつかない。

「この意味がわかりますか？」

「えーと……。『お前の国は男女平等に配慮ができてえらいね』ってことでしょうか……」

「馬鹿をおっしゃい。聖皇猊下から直々《じきじき》に『注視している』と言われたのですよ！　エトルエンデはこの裁判を無下に扱うことは許されなくなった」

「てっ、手紙一通がそんなおおごとに？」

「ええそうです。エトルエンデ国王の号令の下《もと》、この裁判は徹底的に真相を追及されるでしょう。貴女を不当に貶《おとし》めた者は明るみになり、場合によっては訴追される」

「つまり、わたしの極めて個人的な事情がいつの間にか外交問題になってるってことですか!?」

思わず声がひっくり返ったわたしを、鋭い目が見つめた。

「おわかりになりましたか。あのかたがその気になれば、筆ひとつで国の理《ことわり》すら動く。アドニスさまはご自分の持つ絶大な権力を正しく理解しておられるからこそ、これまであえて政治に深入りされてこなかった。——いえ、興味がないふりを装っておられた……と言うべきか」

「いや、でも、え……？」

「眠れる獅子《しし》を起こしたのは貴女ですよ、シスター・ミネット。あのかたは貴女を手に入れるためなら、『世事《せじ》に疎《うと》く、穏やかでおやさしい聖皇猊下』という仮面を捨てる覚悟がある」

（いやいやいや、あのかたが世事に疎いのは演技とか仮面じゃなくて素《す》でしょう……？）

上手く話を呑み込めなくて混乱してくる。

だって、ニコライ枢機卿の語るアドニス猊下と、わたしの中にある彼のイメージに乖離《かいり》がありすぎるのだ。

しかし現実問題として、聖皇というお立場がそれだけ人々の尊敬を集める偉大な存在であることは事実だ。大陸諸国の王と席を同じくした時、聖皇は彼らの上座に座ることになるのだから。

わたしの戸惑いを見透かすように、枢機卿は「よくお聞きなさい」と肩に手を乗せた。

「人にはさまざまな顔がある。それこそを『人間らしさ』と呼ぶのなら、あのかたを人間にしたのは貴女ということでしょう」

「そんな大それたこと……」

「貴女にとって、アドニスさまは運命の伴侶《はんりょ》たりえないですか？」

穏やかで、しかしごまかしを許さない口調だった。

ごくり、と緊張で喉が鳴る。少しの沈黙ののち、わたしは静かに首を左右に振った。

「わかりません……。だって、考えたこともなかったんです」

貧乏伯爵家《はくしゃくけ》に生まれついた時から、愛ある結婚とは無縁なのだと信じ切っていた。たった三日の結婚生活を経《へ》て「伝説の毒婦」と揶揄《やゆ》されるようになったわたしに、愛だの恋だのする資格なんてあるはずがないと思い込んでいた。

ずっと前から諦めていた。だから想像したこともなかった。

自分が、誰かに愛されるかもしれないなんて。

「猊下は、大切なかたです……。でも、わたしがその横に立つ資格があるとはとても……」

「いいえ、資格ならある。貴女は春の乙女なのですから」

「なんですか、それ？」

「貴女の周囲に寄り添うように集う精霊たちがいると、シスター・ラナが証言しています」

「あ、もしかしてあの光る蝶のことですか？　でもあれは、猊下のお力によるものじゃ……」

「……やはり自覚はないのですね……」

呆れたようなため息と共に、枢機卿はぼそぼそと何かを零す。聞き返そうとしたら、ゴホン、と大きな咳払《せきばら》いでさえぎられてしまった。

「ところで、シスター・ラナから貴女宛てに手紙を預かっていますよ」

「えっ!?」

(そういえばわたし……あの日以来シスター・ラナに会ってなくない!?)

今頃になって思い出した事実に震えが走る。

あの日、猊下のことで口論になったのを最後に、わたしはシスター・ラナの顔を見ていないのだ。猊下の爆弾告白ですべてが吹っ飛んでしまったせいとはいえ、アフターフォローどころか存在自体がすっぽり頭から抜け落ちていただなんて、われながらとんだ薄情者である。

「彼女はすでにアドニスさまの子づくり相手候補から降り、聖都を出国しています。貴女に直接別れの挨拶をする時間がなかったのを許してほしいと」

そう言って、枢機卿は執務机の引き出しから白い封筒を取り出す。

わたしは恐る恐るそれを受け取り、固唾《かたず》を呑みながら開いた。

## シスター・ミネットへ

短い間ですがお世話になりました！　これまで女性同士で恋愛話なんてしたことがなかったので、いろんな話ができてたのしかったです。

でも、やっぱりあたしは修道女として女神にお仕えする方が性《しょう》に合っているので、故郷へ帰って自分と同じ親のいない子供たちをひとりでもしあわせにできるよう、日々のお勤めにまい進することにしました。

あなたとあなたの愛するかたに、女神のご加護があらんことを。

追伸　アドニス饅頭《まんじゅう》、お土産に買って帰りますね！


「あれ……？」

わたしはシスター・ラナと猊下を結びつけることができなかった。

それどころか、ただの指南係のはずが偉そうに説教までして、今は彼女を差し置いて自分が猊下に迫られている始末である。

あらゆる罵詈《ばり》雑言《ぞうごん》を覚悟していたのだが、予想に反《はん》しさっぱりとした、こちらへの好意すら感じさせる文面だった。

「わたし、てっきり恨《うら》み言のひとつでも書かれているかと」

「アドニスさまが、シスター・ラナに養護院《ようごいん》への支援を強化することをお約束した上、その旨を誓約した直書まで与えたのです。貴女や猊下を恨むどころか、『故郷へ錦《にしき》を飾れる！』とほくほく顔で帰っていきましたよ」

「猊下が……」

わたしのあずかり知らぬところで、シスター・ラナの処遇にまで手を回してくれていたなんて。

エトルエンデの件もしかり、わたしは彼の為政者としての一面をこれまでまったく知らなかった。

(よく考えたら、あれだけフリーダムに振る舞っているのに、猊下が公務をサボったとか疎《おろそ》かにしているという話は一度も聞いてない)

つまり、彼はわたしに熱心にストーキング行為を働きつづける裏で、聖皇としての職務は完璧にこなしているということになる。

あれ？　なんか急に――あのぽやぽやの猊下が、とてつもなく頭の切れる人のように思えてきたんだけど……？

「ニコライ枢機卿。もしかしてわたし……とんでもない人に好かれてしまいました……？」

「今さらご自分の立場を理解したんですか」

ずり落ちかけた帽子《カロット》を被り直してから、枢機卿は今一度大きく嘆息した。

「まあ、貴女を子づくり指南係に据えたのは他ならぬ私ですから……。もしも貴女がどうしてもアドニスさまのお気持ちを受け入れられないと言うのなら、逃げる手助けくらいはしましょう」

「ほ、ほんとですか？」

「あまり気乗りはしませんが……。大陸南部の港から船を手配して、外海へ出るほかないでしょう。さすがのアドニスさまも、よその大陸まで貴女を追うのは容易ではないはずですから」

「えっ」

この聖都を出るだけではなく、どこかよその国へ行くのでもなく、大陸から逃げるレベルじゃないとダメってこと……？

いくらなんでも話のスケールが大きすぎる。

「えーと……じゃあもしもの時はよろしくお願いします……」

「そうならないことを期待します。——仮に貴女の逃亡を幇助《ほうじょ》したなどと知れれば、私の首が胴から離れることになるでしょうから」

さすがにそれは大げさすぎると思って、わたしは笑った。

しかし、こちらを見るニコライ枢機卿の目がちっとも笑っていないのである。

「……まあ、微笑ましい冗談は置いておくとして」

「ほ、ほんとに冗談です!?　全然冗談の顔してませんよ!?」

「アドニスさまとの関係に結論を出す前に、貴女はアレを果たすべきではないですか」

「アレ？」

ええ、と枢機卿はうなずいた。

「デートですよ。貴女の提案したプランにあったでしょう？　『デートでラブラブ大作戦☆』とやらが」

正直に白状します。

ぶっちゃけ、わたしはニコライ枢機卿の口八丁ぶりをナメていました。

「結局……断りきれなかった……」

あの後なんやかんやでクルクルッと丸め込まれて、気づけばわたしは己の企画である「デートでラブラブ大作戦☆」を、自ら実行するという謎の事態に陥《おちい》っていた。

現在、時刻は昼前。宮殿の前庭に置かれた日時計が示す影を見ながら、わたしはハァ、とため息を零した。

本日、わたしは猊下とふたりで市街区へ外出することになっていた。それがまさに今、これからの時間である。

だってしょうがないじゃない！

あくまで固辞しようとするわたしに、痺れを切らした枢機卿が「ではデートではなく仕事ということにしましょう」という大義名分を与えてきたのだ。

『なぁに、簡単な仕事ですよ。まもなく祝花祭《しゅくかさい》の時期ですから、市街区の準備が滞りなく進んでいるか確認してきてもらいたいのです。アドニスさまとふたりで』

（だから、その「猊下とふたりで」っていう最後のひと言が大問題なんですが⁉）

……と声を大にして言いたいのはやまやまだったけれど、「仕事の一環ですよ」と言われてしまえばぐうの音も出ない。

こちとら寛容を生涯の教えとする修道女である。上位者の命令には従うほかないのだ。

（まあ、祝花祭の準備の様子を見て回るのはちょっとたのしそうだけど……）

祝花祭とは、女神ユーフェタリアが地上に降り立った日を祝うもので、ユーフェタリア教の中では重要な意味を持つ祝日だ。

聖都ではあらゆる場所に花が飾られ、美しく彩られる。大規模な祭儀も行われるため、大陸中の人々が一生に一度は訪れたいと願う特別な行事だ。

その祝花祭が、次の週末に迫っていた。

すでに聖都には観光客や巡礼者が増え、賑《にぎ》わいを見せはじめつつある。

普段は静かなこの街が徐々に熱気に包まれてゆくさなか、わたしは猊下とデートを――いや、これはお勤めだ。

どことなく落ち着かない気持ちになって、わたしはスカートの裾《すそ》をはたいた。

もちろん、服装はいつものお仕着せの修道服。髪は変わりばえのしない編み込みである。装飾品なんて持っていないし、そもそもこれは仕事なんだから着飾る必要がない。ないったらない。

「おはようミネット」

その時、背後から声がかかった。身体ごと振り返ったわたしは、現れた待ち人の姿に「あれっ」と小さな驚きの声を漏らす。

宮殿の正面の広いポーチ。その手前の階段を優雅に下りてくる猊下の姿が――いつもと違う。

猊下の長い銀髪は、高い位置にポニーテールでまとめられていた。白いケープの下に身につけている法衣は聖皇の位を表す黒緑のものではなく、装飾のない灰がかった薄緑。無階の修道士の色である。

「おはようございます猊下。えーとその恰好……もしかして、変装、ですか？」

「うん。今日はお忍びだからね」

猊下はゆったりとした歩みでわたしの前までやってきて、得意顔で「ほら、こうすれば完璧だ」と白いケープの下についたフードを被ってみせる。

(いやいやいや、いくらフードで銀髪やご尊顔を覆っても、だだ漏れの聖人オーラが隠しきれてませんってば)

そもそも、背が高くてスタイルがいい分どうしたって人目を引いてしまうのだが、当の本人は他人から注目されることに慣れすぎているせいかイマイチ自覚が薄い。

そのまま「さあ出発だ!」とばかりに颯爽《さっそう》とこちらの手を握って歩き出そうとしてきたのを、わたしはあわてて振りほどいた。

一体どこにおててを繋いでお勤めにでかける修道士と修道女がいるんじゃい!

まったく、油断も隙もあったものではない。

「いいですか猊下。今日の外出はその、デ、デート……ではなく、あくまで祝花祭にまつわるお勤めの一環ですので! くれぐれもチャラついた言動は慎《つつし》んでくださいね!」

「チャラついた言動?」

引っ込めた手を後ろに隠しつつ気炎を吐けば、猊下は不思議そうに小首を傾《かし》げる。

「ああ、もしかしてお前に毎日求婚していること?」

「そうです! もし人前でひと言でも結婚とかセッ……なんて口にしようものなら、わたし、帰りますからね!」

「私は一度だって、軽薄な気持ちで言ったことはないが……」

いつになく落胆したような声だったので、思わずドキッとする。

しかし次の瞬間にはもう、猊下の表情は曇りなく晴れやかだった。

「まあいい、今日は素直にお前に従うことにしよう。なにせ今の私はこの通り、どこからどう見ても聖都へやってきたばかりの新米修道士だからね」

……どこからどう見ても猊下なんだよなあ……。

自信満々の猊下を眺めながら、わたしは人知れずため息をついた。

こんなショボ――いえ、簡便な変装で市街区を歩いて本当に大丈夫なのか。もしも途中で聖皇猊下だとバレてしまったら、街中の信徒たちからもみくちゃにされるのは必至だ。

でも、こんなにウキウキしている猊下に「やっぱりやめておきましょう」など言えるはずもなく。

(ええいもう、なるようになれ。いざとなったらわたしが身体を張ってお守りするしかない!)

と、覚悟を決めて、わたしはポケットからメモ紙を取り出した。ニコライ枢機卿から預かった、本日の仕事内容のリストである。

「ところで猊下、本日の」

「だめだよミネット」

口を開いた途端、ぴ、と唇に人さし指が押し当てられた。

驚いてメモ紙から視線を上げると、猊下はそれはそれはたのしそうに微笑んでいる。

「猊下、なんてかしこまった呼称では、せっかくの私の変装が台無しになってしまうじゃないか。

もっと気安く、同僚を呼ぶように。――ね？」

たしかに一理ある。

が、急に意識させられるとかえって改めづらいのが人情というもの。わたしは少しだけ躊躇《ちゅうちょ》して視線を泳がせた。

「きょ、今日だけですよ」

そう、これは今日だけの特別。他意はないんだから、うろたえる方が不自然だ。

自分自身に言い聞かせつつ、ゴホン、と咳払いする。

「えー、その。……あ、アドニスさま」

「もうひと声」

「…………アドニス」

「ふふ。よろしい」

そんなにうれしそうにされると、つられてこちらまで笑ってしまう。

同時に、なんとも言えないせつなさにちくりと胸が痛んだ。

聖教区を出たわたしたちは、枢機卿の指示通りにいくつかの場所を見て回った。その内容は、指定の場所に祝花祭らしく花が飾られているか確認せよ、というものだったのだが――。

「――って、ほんとに見回るだけじゃない！」

最後の地点である五か所目の確認を終え、わたしは不要になったメモ紙をくしゃくしゃに丸めると手の中で握り潰した。

「な〜にが仕事よお勤めよ！　こんなの、わざわざ猊下を引っ張り出してやらせる意味、はじめっからなかったでしょ！」

はい。指定の箇所はどこも美しく飾られておりました。博物館前のユーフェタリア像も、中央広場の方尖塔《オベリスク》も、それどころか街中すべてが。

それはもう完璧な仕事ぶりで、われわれが出向いて口を挟むようなところは何ひとつありませんでした。

つまり、蓋を開けてみれば枢機卿の「仕事の一環です」という言葉は口実ですらなく、わたしと猊下にこの街を見物させるためだけのただの方便だったのだ。

だまされた。完っっ全にだまされた。

腹立ち紛れに周囲を見渡せば、白っぽい切石で統一された聖都の景色のあちこちを、色とりどりの花たちが綾なしている。

祝花祭当日に満開になるようにと計算してか、各所に配された花はまだ開ききってない蕾《つぼみ》のものが多い。祝福の日を今か今かと待ち望む可憐《かれん》な膨《ふく》らみが、日ごとに大きくなる人々の祝花祭への期待を表しているかのようだった。

この美しく色づいた聖都を若い男女が並んで歩けば、それだけで恋のひとつも芽生えそうなものである。

なるほど、これが狙いか。

枢機卿……やってくれるじゃない……。

丸めた紙ごと枢機卿への愚痴《ぐち》をポケットにしまいこみ、隣を見上げる。

わたしのすぐ横には、そわそわと浮き立った様子で彼方を指さす猊下がいる。

「ごらん、ミネット。すごいね。人々の心の高揚が、花の香に乗って伝わってくるようだ」

「はい。そうですね」

「ねえ、あれは何をしているのかな？　小さな小屋のようなものを建てている」

「あれは出店ですよ。花を模した銀細工や木彫りのお守りが売られるんです」

「へえ。たしかに毎年、通りで商《あきな》いをする許可を出している。そうか、あれが……」

感心した様子で何度かうなずき、すぐに「じゃあ、あれは？」と別のものに興味を示す。子供みたいに声を弾ませ、目を輝かせる姿がかわいらしくて。

わたしは思わずフフッと忍び笑いを漏らした。

市街区へ出てからずーっと、猊下はこの調子だ。

(枢機卿の思う壺なのが気に食わないけど……。これだけ猊下が喜んでくださるなら、来てよかった、かな)

肝心のお勤めは早々に終わってしまったけれど、猊下にとっては聖教区の外を自由に歩き回れる滅多にない機会なのだ。

ならばいっそ、一日たっぷりかけて他の場所も見て回ってもいいかもしれないな、とか、もっと猊下の喜ぶ顔が見たいな……などと思いはじめていた。われながらチョロい。

「げ……じゃない。アドニスは、祝花祭前に街に出られるのははじめてなんですか？」

「うん。聖人は祝花祭の数日前から、禁庭に籠って身を清めるべしという習わしがあるのだよ。その準備もあって、たいてい忙しくしている」

「知りませんでした……。えっ、じゃあ今回も？」

「そうだね。明日からは禁庭に入らなければならない。祝花祭当日は朝から晩まで祭儀がつづくから、聖教区を出たことはないんだ。だから市街区がこれほど美しく、活気にあふれているとは知らなかった」

お互い、今日は新しいことを知れたね。そう言って猊下は笑った。

聖都タリアは国家の体《てい》を成しているとはいえとても小さい。宮殿のある聖教区からこの市街区は目と鼻の先の距離だ。

それなのに元首である猊下が、自分の治める地が一年で一番美しく栄える時を、自由に見ることもできないなんて……。なんだか、ちょっと寂しい。

「生まれた時からずっと聖都にお住まいなのに……」

「いいさ。今日こうやって、お前と見ることができたのだから」

猊下が本当に屈託《くったく》なく微笑んだので、わたしは自分を恥じた。

相手の境遇を勝手に推し測って憐《あわ》れむなんて、とても失礼な話だ。

「ミネット。あそこに人だかりができている。なんだろう？」

「あー。あれは聖都名物アドニス饅頭の露店ですね……」

「面白そうだ。行こう」

言うが早いか、猊下はわたしの右手を摑んでぐんぐんと前へ歩き出す。

わたしは半分引っ張られるようなかたちになりながら、大きな手を、今度は振りほどくことなく握り返した。

——で、すごかったのはそこからだ。

アドニス饅頭の露店をふらりと覗いたら、店員のおばちゃんは猊下を見るなり顔を赤らめて、「あら〜、聖皇さまに似てイイ男！　サービスしちゃう！」

と、二個しか買っていない饅頭にさらに三個もおまけをつけてきた。

これまで何度かわたしが買いに行った時には、こんな扱いされたことないのに……。

それだけではない。通りをそぞろ歩けば、そこかしこから声をかけられ、「そこの修道士さん。一本持っていきなさい」と花を渡され、買うつもりもない商品を「いいっていいって！　お兄さんかっこいいから！」と押しつけられる。まさに天然の貢ぎ物ホイホイである。

「いや〜、昼食代が浮いてしまいましたねえ」

饅頭やらいただきもののリンゴやらの詰まったお腹をさすりながら、わたしは木製ベンチの背に上体を預けた。

場所は移り、ここは聖都の西端にある市民庭園である。

整備された小路の端に石柵がつづいており、その向こうには、聖都と外部を隔《へだ》てるタリア湖の深い青が広がっている。

わたしたちは通りの散策をそこそこに切り上げ、人気の少ないこの場所へ休憩のために移動してきていた。

「あんなにたくさん声をかけられたのに、まさかバレないなんて……」

信じがたいことに、あれだけ多くの人に間近で接しても、猊下の正体が見破られることはなかった。聖都七不思議のひとつである。

ちなみに、五個ある饅頭のうち三個はわたしが食べた。人体七不思議のひとつである。

「猊下ったら、いただいた花を全部わたしの髪に飾るんですもの。おかげでわたしまで『春の化身みたいね～』なんて言われて目立っちゃいました」

道中で花をもらうたび、猊下は「お前の方が似合うから」などと言ってわたしの編み込みの髪に挿した。しまいには花束ができそうなくらいの数を飾られてしまったので、傍から見れば「祭り前から浮かれきった大変おめでたい女」の様相《ようそう》である。

冗談のつもりでわざとらしく口を尖《とが》らせてみたのだが、反応がない。

不思議に思って隣に座る猊下の顔を見上げると、猊下の上体がふらつき、傾《かし》いだ頭がコテン、とわたしの肩に乗った。

「げっ、猊下!?」

「ああ、すまない。ここのところ、少し寝不足でね……」

かぶりを振って姿勢を正したものの、やはりどこかぼんやりしているように見える。銀のまつげが被さる目蓋《まぶた》は、重たそうな瞬きをくり返していた。

（そっか……。祝花祭の前は忙しいっておっしゃってたものね）

ただでさえ忙しいのに、毎日毎日懲《こ》りずにわたしを追いかけてきて。もしかしたら今日のこの時間も、かなり無理をして捻出したのではないか。

ちょうど散策という名の適度な運動を終え、ほどよい満腹感に包まれていた。ぽかぽかと降り注ぐ午後の陽射しと、どこまでもつづく穏やかなタリア湖の水面。そりゃあこの状況なら、聖人だって眠くもなるだろう。

「アドニス」

両腕を組んだまま今にも舟を漕ぎそうになっている猊下に、わたしはそっと声をかけた。

「よかったらここで休んでいきませんか？　日が落ちるまでには帰らないといけないですけど、まだ時間がありますから。肩でも膝でもお貸ししますよ」

「休む……？　だが、それだとお前が……」

「もう、遠慮されると恥ずかしくなってくるじゃないですか！　いいからさっさと寝る！　ほら！」

頭を掴んで強引に引き倒すと、ほとんど抵抗もないまま、猊下の身体の重みが腿《もも》の上に乗った。どうしたって長い脚がベンチからはみ出してしまうのだが、そこはどうしようもない。代わりに彼のフードを下ろして、寝にくそうな高い位置で結われている髪を、そっと解いた。

はじめて触れた美しい銀髪は、見た目通り絹のように滑らかだった。ついつい感触をたしかめたくなって何度か頭を撫でると、猊下はくすぐったいようなばつが悪いような顔をして、もぞもぞと姿勢を変える。

「いかがですか？　寝心地は」

「毎日こうしたい。……明日から禁庭に籠るのがいやになってしまいそうだ……」

「あはは。たった数日じゃないですか」

「うん。たった数日だ」

冗談ぽく混ぜっ返すと、猊下は猫が小さく丸まるみたいにして、わたしのおなかの辺りにぐりぐりと額を擦りつけた。

「……けれど私はもう、お前を知らなかった頃の自分には戻れない」

穏やかな風が吹いて、湖の水面が陽の光を反射し揺れた。猊下の髪も、風になびいてきらきらと光っていた。

猊下が寝返りを打って仰向《あおむ》けになると、いつもの輝く蝶が一羽、二羽と現れて、猊下のかたちのよい鼻や、長いまつげの上に停まる。時が止まったみたいに静かだった。

「ねえミネット、聖教書の序句を聞かせてくれないか。あの分厚い本の一番はじめには、一体なんと書かれていただろう」

頭の真上にあった日がだいぶ傾《かたむ》いてから、ふと、目をつぶったままの猊下が問いかけてきた。

まるで子供が子守歌をねだるような、甘えた声色だった。

「『花は美しく、愛は地に満ちている』……ですか？」

それは聖教書の書き出しにあたる、最も有名な言葉。日常のあらゆる場面で引用される定型句であり、エトルエンデなら三歳の子供でも唱えることができる。

わたしが答えると、猊下は一語一語を噛《か》みしめるように「そう。花は美しく、愛は地に満ちている」とくり返した。

「私はこれまで聖皇として、その言葉の意味を多くの人々に説いてきた。けれどね、私は花の美しさも愛の偉大さも、心の底から感じたことは一度もなかった。知っているつもりで知らなかったのだよ。……お前に出会うまでは」

閉じられていた目蓋がゆっくりと持ち上がる。湖水を閉じ込めたかのような青い瞳が、穏やかな微笑を湛《たた》えわたしを見た。

「今ならわかるよ。花は美しく、愛は地に満ちている。お前の瞳を見れば、そこに答えがある」

すらりと長い指が伸びて、わたしの目元に触れた。

あたたかい。泣きそうなほど。

猊下の指先は何度か目尻を撫でた後、柔らかに頬を包む。もう片方の手が後ろ髪に挿されていた花の一輪を抜き去って、そっと耳に飾った。

まるで、一等素晴らしい宝物にそうするみたいに。

「ミネット、お前が好きだ。お前を愛している。お前が欲しい。お前と永遠に共にいたい」

心臓をぎゅう、と摑まれたみたいだった。蝶が舞い上がり、ふたりの周囲に光の軌跡を描いて飛んだ。

「お前に届くまで、何度でも伝えようと決めた。だが口にすればするだけ、この気持ちは膨らむばかりだ。おそらくそのうち、私は破裂して死んでしまうと思う」

「そんな、大げさな――」

　破裂して死ぬだなんて、冗談を言ったのかと思った。けれど猊下の表情は、たしかに苦しそうに歪んでいた。

「お前に愛されたい。私が想うのと同じくらい、お前に想われたいんだ。……私は、欲深いのだろうか……」

「猊下。……わたしは」

（何か言わなくては）

　呻《うめ》くような掠《かす》れ声を、やっとの思いで絞り出す。

（これ以上、答えを引き延ばすのは――）

　その一念でぐっと眉間《みけん》に皺を寄せて、次につづく言葉を喉から捻《ひね》り出そうとした。

　だが、どうしても上手くできない。

　すると、戦慄《わなな》くわたしの唇に、ぴ、と猊下の人さし指が押し当てられた。

「日が沈むまでこのままでいたい。今はまだ、しあわせな微睡《まどろみ》の中にいたい。だから、祝花祭が終わったら――。その時は、お前の答えを聞かせておくれ」

　ああ、このかたのやさしさはいつだって、わたしを救い、甘やかす。

　わたしは応えていいのだろうか。

（――両親にすら見捨てられたみそっかすのくせに？）

　踏み出してもいいのだろうか。

(──そんな資格がお前にあるの?)

がんじがらめの心を抱いたまま、わたしは猊下の寝顔をただ見つめていた。

# 間章二　密謀者たちの焦燥

コツ、コツ、ギシ、ギシ。

古木の音を響かせ、らせん階段を上るひとりの女がいる。

「つたく、何が祝花《しゅくか》祭《さい》よ。くだらない」

女は舌打ちをすると、左手に持っていた一輪のガーベラを握り潰して無造作に捨てた。

ここは聖都タリアにある、巡礼者のための宿泊施設である。その二階の、簡素な一枚板の扉が並ぶ廊下の一番奥が彼女の滞在する客室だ。

いら立った様子で部屋の鍵を開け、目深に被った黒い外套《がいとう》のフードを外すと、広がり落ちたのは豊かなダークブロンドだった。

「どうして私が、パンひとつ買うのにもコソコソしなきゃなんないのよ」

「ハリエッタ嬢」

突然名を呼ばれ、ダークブロンドの女――ハリエッタは反射的にビク、と肩をすくませた。

振り返れば、背後に白いローブを着こんだ中年の聖職者が立っている。ハリエッタはあわてて扉を開け放ち、部屋の中に男を押し込んだ。

「なんなのよ急に……！　先触れもなく、こんな古くて狭苦しいとこによくおいでになりましたわね、トマス枢機卿《すうききょう》」

「しかたなかろう」

脱いだ外套を乱雑に寝台に放るハリエッタの後ろで、その聖職者——トマス枢機卿は、不機嫌そうに書き物机の木椅子を引き出すと腰を下ろす。

香油で撫でつけられた髪はロマンスグレー、細身でいかにも気難しそうな顔立ち。見ようによっては苦み走ったいい男と言えなくもないが、いきなりやってきてずいぶんと横柄な態度だ。

これだから坊主はいやなのよ、とハリエッタは内心で舌打ちした。

どいつもこいつも頭が固くて、ずうずうしくて、何よりハリエッタの女としての魅力にちっとも興味がなさそうなのが気に食わない。

たいていの男はちらっとでも思わせぶりな目線を送れば女王のように扱ってくれるのに、ここ聖都に来てから男に声をかけられたのはたったの一度だ。ついさっき、露店の主に「もうすぐ祝花祭だ。あんたも花を飾るといい」と咲きかけの花を一輪渡された時である。本当につまらない街だ。

ハリエッタ・デズモンド・テンプルトンは、聖皇《せいこう》アドニスの子づくり相手候補として北方教会の推薦を受けて聖都タリアへやってきた。

他にも数人の候補がいることはあらかじめ聞いていたが、間違いなくお前が選ばれるはずだと大司教も父も太鼓判を捺していたので、ハリエッタはすっかり有頂天になっていた。

自分にはそれだけの魅力があると信じて疑わなかったし、何より父親であるテンプルトン侯爵《こうしやく》は莫大な寄付をして北方教会を抱き込んでいたから、強い後ろ盾がある。

――それなのに。

『この娘は純潔ではない。……そうだね？』

よりによって、ユーフェタリア教のお偉がたが一堂に会する選定の儀のただ中で、聖皇アドニス本人に、ハリエッタは候補者たる資格を満たしていないこと――つまりは処女ではないことを看破されてしまったのだ。

あの時の赤っ恥、あの時の屈辱、思い出すだけではらわたが煮えくり返る。

本当なら今頃、自分は聖皇の寵愛《ちょうあい》を得た女として全世界の羨望を集め、信徒たちからかしずかれているはずだった。それがまさかのご破算である。

ハリエッタの山よりも高いプライドは、たいそう傷ついていた。

こうなればさっさとどこか南国のリゾートにでもしけ込んで、世間がこの話を忘れる頃まで一年くらいはパーッと遊んで過ごしてやらねば気が済まない。

ところが彼女の出国を阻止し、秘密裏に聖都に留まらせたのが、今目の前でしかめっ面をしているトマス枢機卿である。

彼はハリエッタの後見役だから、簡単に候補から降りられては困る事情があったのだろう。あるいは、彼も父にいくばくかの金を握らされているのかもしれない――ハリエッタはそう邪推していた。

結局、特に進展らしい進展もないままハリエッタは巡礼者用の安宿に留め置かれ、現在に至る。

「お前がまだ聖都にいることは内密に」と言うから、外出すらままならない状態だ。

ただ、仮に抜け出してはめを外そうにも、ここ聖都タリアにはロクな娯楽がない。

数日後には祝花祭という大きな祝日があるそうだが、ハリエッタにしてみればただやたらと花が飾られているだけの退屈な宗教行事である。

街の至るところに飾られたありがたい美術品やら歴史的建造物も、価値がわからなければ古めかしいだけでなんの面白みもない。我慢は限界に近かった。

「で、なんの用なんですか」

もはやうわべの敬意すら払おうともせず、つっけんどんに吐き捨てる。

するとトマス枢機卿も、同様に冷たく答えた。

「この宿を引き払い、早々に出国してもらいたい」

「はぁ!?」

突然の手のひら返しに、ハリエッタはこめかみを引きつらせた。

「何を今さら!? 『お前にもまだチャンスがある』とか言って長々と聖都に引き留めたのはそちらでしょう!?」

「状況が変わったのだ、やむを得ぬだろうが!」

すでにこの聖都で一生分の恥をかかされた。本当ならこんなところ、一秒だって留まっていたくはなかった。

しかし、トマス枢機卿がどうしてもと言うから。あの、誰もが羨《うらや》む麗しい聖皇のお相手になれるチャンスがまだあると言うから、しかたなしに残ってやったというのに！

「お前が純潔であろうがなかろうが、当初の見立てでは十分勝算があったはずなのだ。アドニス猊《げい》下《か》の三人のお相手候補のうち、ひとりめのクローディア・レメディスは木っ端《こっぱ》子爵家《ししゃくけ》の娘で後ろ盾が弱い。案の定、早々に脱落したではないか。残りのラナとかいう修道女はしょせんどこの馬の骨とも知れぬ元孤児だ。身分を理由に疑義を唱えれば、お前を押し込む隙《すき》もあるだろうと考えていたのに……」

トマス枢機卿はいら立った様子で右脚のかかとを揺すった。

「あのアドニス猊下が、急に人が変わられたように自らの手でことを動かしはじめたのだ。これまで表立って政治に口を挟まず、何ごとにも無関心に見えたあのかたが……。まさか御自《おんみずか》ら、フランコ枢機卿に沙汰《さた》を下すとは」

「フランコ枢機卿？」

選定の儀で一度だけ顔を合わせた枢機卿たちの顔を順に思い浮かべ、ハリエッタは眉をひそめた。

フランコ枢機卿とはたしか、候補者のひとりであるシスター・ラナの後見を務めていた人物だ。いかにも聖職者らしい人畜無害《じんちくむがい》そうな中年だと記憶していたのだが、何か聖皇の不興を買うことでもやらかしたのだろうか。

「フランコ枢機卿がどうかしたんですか？」

「シスター・ラナと強引に関係を持たせようと、猊下に媚薬《びやく》を盛った」

「うわ、きっつ……。それがバレて、首でも刎《は》ねられたとか？」

「そのようなわかりやすい横暴だったならいくらでも反発できた！」

ダン！　と机を叩いた反動で、隅に置かれていた錫製《すずせい》の燭台《しょくだい》が倒れた。

「だが違う……！　フランコ枢機卿は、各国に散らばる『春の乙女』に関する伝承の収集と編纂《へんさん》を命じられたのだ」

「ハルノオトメ？　……よくわかりませんが、それは罰なんですか？」

「いいや、だからこそ恐ろしいのだ……！」

かぶりを振るトマス枢機卿の顔は蒼白だった。

「猊下はこれまで秘されていた『春の乙女』の伝承を公《おおやけ》にするつもりだと仰《おお》せになった！　乙女の伝承を書物として編纂し、広く知らしめる必要があるのだと。そのような歴史的大業を任されて、引き受けない聖職者がいると思うか？」

「それの何が問題なんです？　むしろ名誉なことでは？」

「ああ、まったく素晴らしいことだとも。その栄誉と引き換えに、フランコ枢機卿はこれから十年……いや、二十年。大陸全土を踏破するまで聖都へ帰ることは叶わないだろうがな！」

なるほど。つまりフランコ枢機卿は春の乙女とやらの伝承を集めるため、残りの人生をかけて大陸中を行脚《あんぎゃ》しないとならないのだという。

聖職者としてはこの上ない名誉な役目であろうが、実際にはなかなかの苦行だろうことは想像にたやすい。特にフランコ枢機卿のような、聖都のぬるま湯に浸かりきってお腹のたるんだ中年には。

なんと上手い罰の与えかただろう、とハリエッタは感心した。

自らの手を汚さず、誰からも恨《うら》まれず、それでいて的確に他の枢機卿たちにも釘を刺している。トマス枢機卿のこの表情を見れば、効果てきめんなことは一目瞭然《いちもくりょうぜん》だ。

――あの聖皇、ただ美しいだけではなく頭も切れるだなんて――。

目の前の宝石が価値あるものであればあるほど、ますます欲しくなるのがハリエッタの性分だ。

聖皇アドニスが世界最高の男だというのなら、その隣に立つのは自分こそがふさわしいはずなのに。それが、どうしてこんな――!

何ひとつ思う通りになっていないいら立ちに、ぎりぎりと奥歯を嚙《か》みしめた。

「それで怖気づいたってことですか? パパや大司教にはどう説明するつもりなのよ!」

「なんとでも言え! アドニス猊下は、本来不適格のはずのお前が候補者として送り込まれた経緯にも疑問を持っておられる。これ以上はつきあえん!」

枢機卿は突然立ち上がったかと思うと、狭い部屋の中を右往左往しはじめた。

「ああ、後見など引き受けた私が馬鹿だった! 猊下の疑惑の目がお前の父親と北方教会の大司教の癒着にまで及べば、清廉潔白《せいれんけっぱく》な私の身まで疑われかねない!」

大げさに嘆きながら部屋の奥と入口の間を行ったり来たりした枢機卿は、最後に勢いよくハリエッタに向かって人さし指を突きつけた。

「いいな、お前と顔を合わせるのはこれきりだ。一刻も早く聖都を出て、テンプルトン侯爵のところへ帰るんだ!」

「ふざけないで! 今さら何ごともなく帰れるわけないでしょ!? 聖皇の妻の座は約束されたよう

なものだとさんざん社交界で触れ回って、盛大に前祝いまでして送り出されてきたのに！」

「知るか！」

「私こそが次代の聖母にふさわしいって、お父さまも大司教もあんただって、さんざんその気にさせたじゃない！　いいから私を聖皇の妻にしなさいよ！　約束を守ってよ！」

「ええい、触れるな！」

ついには胸倉を摑《つか》もうとしたハリエッタを乱暴に払いのけると、枢機卿は書き物机の上に真白の封筒を叩きつけた。

「父親から手紙が届いているぞ！　あの高慢ちきな侯爵に、計画は失敗だとさっさと返事を書いておくんだな！」

「ちょっと……待ちなさいよ！」

ハリエッタの叫びを無視し、枢機卿はさっさと部屋を出ていってしまった。

バタン、と乱暴に扉が閉まり、屈辱に震えるハリエッタの元に、やり場のない怒りと一通の封筒だけが残される。押された赤い封蠟は、間違いなく実家であるテンプルトン侯爵家の印章だった。

乱暴に封を破り開けると、白い便せんにはいつもの父親の字が並んでいる。

**愛する娘　ハリエッタ**
**聖都での生活は順調か？　聖皇猊下のご寵愛は得られたか？**
**いや、これは愚問だったな。お前が選ばれぬはずがない。**

**お前は美しく賢い、自慢の娘だ。そして何より、父であるこの私がついている。私が多大な労力をかけて築いた教会との信頼関係を、お前が必ず目に見える成果にしてくれると確信しているよ。**

**お前が聖皇猊下の子を産めば、私はその外戚だ！**

**エトルエンデ王家すら、テンプルトン侯爵家に敬意を払わざるを得ないだろう。**

**そうなれば死んだ親父の元嫁——毒婦《どくふ》ミネット・アルバスロアの妹からふっかけられているくだらない訴訟も、早々にケリがつくはずだ。**

**ああ、栄光の日が待ちきれない。**

**祝花祭には私も聖都へ足を運ぶ。そこでよき報《しら》せを聞かせてもらおう。**

**娘を愛する父　ローワン・エイダス・テンプルトン**

「はあ!?　勝手なこと言ってんじゃないわよ欲ボケ親父が！」

読み終えるや否や、ハリエッタは手紙をビリビリに破いて床に投げつけていた。

「どいつもこいつも揃《そろ》って私をコケにしやがって！　クソ野郎どもが！」

手紙の残骸をヒールブーツの底でさんざん踏みつけに踏みつけまくって、侯爵令嬢とは思えぬ口汚さで父親や枢機卿を罵り尽したところで、ハッと動きが止まる。

「祝花祭には聖都へ足を運ぶ……？　そうよ、どうすればいいの!?　パパが聖都へ来たら全部バレるじゃない！　聖皇の妻になれなかったことも……それを今まで隠していたことも……！」

選定の儀で早々に候補者から脱落した直後、ハリエッタは手紙で父親に「すべて順調です」と嘘《うそ》の報告をしていた。

それもこれも、トマス枢機卿が「どうにかしてみせる」と豪語したのをのんきに鵜呑《うの》みにしたからだ。

これまでの人生で、ハリエッタの犯した失敗はいつも父親が解決してくれた。

学生の頃、同級生へのいじめがバレて退学させられそうになった時も。

五年前、祖父が亡くなって遺産相続でもめていた頃、おこぼれを狙う詐欺師《さぎし》にだまされて駆け落ちしかけた時も。

駆け落ちの醜聞《しゅうぶん》から逃れるために留学した先で不倫沙汰《ふりんざた》を起こし、大騒ぎになりかけた時も。

全部全部、父親がお金の力で「なかったこと」にしてくれた。

しかし今回はその手が使えない。それどころか、このままでは味方のはずの父親に叱られてしまうではないか。

「私は悪くないのに。私は被害者なのに！　どうしよう、どうすれば……！」

とてつもない焦燥が、ハリエッタの中に渦巻きだした。

もしもこの嘘が露見したら、父に折檻《せっかん》されるかもしれない。罰として、今後の金銭援助を止められるかもしれない。

そしたらどうなる？

バカンスに行けない。パーティーも開けない。新しいドレスも買えないしネイルも靴も新調できない。

それだけでも耐えがたいのに、このままエトルエンデへとんぼ返りなぞしようものなら、社交界で笑い者にされるのは目に見えている。

『ハリエッタさんって、聖皇猊下の花嫁になるために聖都へ行かれたんじゃなかったかしら？』

『あれだけ自慢たらしく喧伝しておいて、おめおめと戻ってくるだなんて本当に恥ずかしい人！』

クスクス。ひそひそ。

普段はこちらへ媚びへつらい、ハリエッタの散財のお零れに預かろうとする取り巻きの令嬢たちが、手のひらを返して嘲笑《ちょうしょう》する声が頭に流れ込んできた。

そんなことは許せない。絶対に認められない。

他人に見下され馬鹿にされるくらいなら、死んだ方がましだ！

自慢の金髪をなりふりかまわずかき乱して、ハリエッタは子供のように爪を噛んだ。

もう後がない。祝花祭は、すでに数日後に迫っている。

「……いっそ祝花祭なんてなくなってしまえば……」

祝花祭だけではない。ハリエッタという存在を、矮小《わいしょう》な気質に反して肥大《ひだい》しきった自尊心を、害し脅かそうとするあらゆるものが、この世から消えてなくなればいいのに。

他責思考と自己弁護をくり返す胸の内で、昏《くら》い炎がくすぶりはじめていた。

# 第六章　ふたりの楽園

慣れとは恐ろしいもので、猊下《げいか》が禁庭に入られて姿を見せなくなると、急に寂しく感じるようになった。

あれだけ邪険に扱っておいて、われながら現金だなと思う。

やけに静かな数日が過ぎ、ついに本日。年に一度の祝花祭《しゅくかさい》の日がやってきていた。

(今頃、猊下は大聖堂にいらっしゃる時間帯かしら……)

朝から晩までみっちりと詰まった本日の祭儀の予定を思い浮かべながら、わたしは礼拝堂の向こうに建つ大聖堂の鐘楼《しょうろう》を見た。

祝花祭は、世界中から巡礼者が聖都を訪れる日だ。

きっと市街区では色とりどりの花が咲き乱れ、人の活気にあふれているだろう。

しかしあいにく、その光景をのんびり見て回る時間はなさそうだった。わたしたち末端の修道女は、毎度裏方の雑務に駆り出されるせいである。

今もちょうど、午前の祭儀を終えもぬけの殻となった礼拝堂の片づけをしているところだ。

つい先ほどまで、ここに入りきらないほどの人が詰めかけていたのだが、今はみな大聖堂へと移動している。まもなく、聖皇が女神に詩篇を朗誦《ろうしょう》し捧げるという詠唱典礼がはじまるからだ。祝花祭のメインイベントでもある。

（猊下の詠唱って、どんな感じなんだろう）

地面に撒《ま》かれた生花の花びらをほうきで掃き集めながら、アドニス猊下の穏やかな陽だまりのような声が、高らかに詩篇を紡《つむ》ぐさまを想像してみる。

ぼんやりと遠くの喧騒に耳を澄ましていたら、誰かにちょんちょんと肩を小突かれた。

「シ、シスター・ミネット。その憂《うれ》い顔は……ずばり、恋わずらい？」

いつの間にか、同じく礼拝堂前の掃除をしていたシスター・メアリが、分厚い眼鏡《めがね》の奥からじっとこちらを覗き込んでいた。

「へっ⁉　べ、別にそういうわけじゃ……」

「そんなこと言って……ドゥフッ。アドニス猊下に、会いたいんじゃゃ？」

否定する隙《すき》もなく、他のシスターたちまでわらわらと集まってくる。

「あれだけ熱心に求婚されていたのに、ここ数日めっきりいらっしゃらなくなったから恋しくなったんでしょう！」

「意味深に大聖堂の方なんて見つめちゃって。そろそろ詠唱典礼がはじまる時間だものね～」

わたしを取り囲むみんなの顔が、揃《そろ》いも揃ってやけにニヤついていた。

「ここはあたしたちがやっておくから、見に行ってきたら？」

「でも、まだ仕事が――」

「いーからいーから！　早く行きなさいって！」

横からほうきを取り上げられたと思ったら、別のシスターに後ろからドンと背中を押される。なんとなく断れない雰囲気になって、わたしは促《うなが》されるまま小走りでその場から駆け出した。

「あ〜んうらやましい！　詩篇を詠唱する猊下のお声……麗しいお姿……近くで見たかったわ〜」

「今回の典礼で詠まれる詩篇は、きっと第七篇に違いないわ！　愛という言葉が出てくるもの！」

「『この詩をお前に捧ぐ』って？　キャー！」

勝手な妄想で盛り上がるみんなの黄色い声が、遠ざかる背に聞こえていた。

(べ、別に、恋しいだなんて思ってないけど……。せっかくだし、遠くから元気なお姿を拝見するくらいならバチは当たらないわよね)

『祝花祭が終わったら——。その時は、お前の答えを聞かせておくれ』

最後に会ったあの日、猊下が残した言葉を思い出す。

締めつけるような胸の痛みをごまかそうと、大股で宮殿の角を曲がりかけた、その時。

「ふざけるな！　どういうことだ！」

宮殿の前庭から聞こえてくる男の怒号に、わたしは硬直した。足が勝手に動きを止める。

なぜ、と自分の身体に問おうとしたところで、また同じ男の怒鳴り声が飛んでくる。

ふたたび足がすくんで、そこでわかった。この声に、聞き覚えがあると。

わたしは恐る恐る、目の前の茂みに隠れて、陰から声の主を見る。

「私は聖皇《せいこう》の客人だぞ！　なぜこんなところで足止めされねばならない！」

「あいにく、宮殿にお通しするような来賓《らいひん》があるとは聞き及んでおりません」

「そんなはずがあるか！　ならばトマス枢機卿《すうききょう》を出せ！　エトルエンデからテンプルトン侯爵《こうしゃく》が来たとな！」

その男は、宮殿前で数人の警護兵と揉み合っていた。

刺繍《ししゅう》入りの豪華なコートに、これ見よがしに大きな宝石のブローチを合わせた四十過ぎの中年。山高帽からはみ出したダークブロンドのくせ毛と、陰険そうな鷲鼻《わしばな》につり目。

そして、人を人とも思わない横柄な態度。

忘れようもない。――かつての義息子、テンプルトン侯爵だった。

「おいさっさとしろ！　お前らのような雑兵なぞ、私の口利きがあればすぐにクビにできるのだぞ！」

なぜこんなところにテンプルトン侯爵が？　と一瞬驚きはしたが、今日は祝花祭なのだ。エトルエンデ貴族が聖都を訪れていたとしても不思議はない。

どうやら侯爵は、自分が宮殿に招かれていると主張しているらしかった。

ステッキを振り回しながら押し通ろうとするが、警護兵の槍の柄でがっちりガードされている。

まさかこんなかたちで再会することになるなんて……。

最悪のタイミングで通りがかってしまった。

（どうしよう。このまま脇をそーっと通れば、気づかれずに立ち去れそうだけど……）

この場をどう切り抜けるべきか、わたしは迷った。

かつての親戚とはいえ、もう二度と関わりたくない相手だ。できることならスルーしたい。

「聖皇アドニスは礼儀を知らんのか！　聖都の坊主どもは揃いも揃って役立たずの木偶《でく》か！」

だけど猊下のお名前を出して騒いでいる以上、黙って見過ごせるわけもなく。

わたしは覚悟を決め、茂みの陰から進み出た。できるだけ冷静に、と己に言い聞かせながら、すうっと一度息を吸い込む。

「聖教区内で騒がしくするのは厳禁ですよ。大声でがなり立てるのはやめてください」

「あぁ!?　たかが修道女が何を偉そうに――」

唾《つば》を吐きかける勢いで振り返った侯爵は、わたしの顔を見るや振り上げたステッキごと静止した。

「お久しぶりです、テンプルトン侯爵」

「お前……。もしや、ミネット・アルバスロワ？」

はい、と修道服の裾《すそ》を持ち上げて貴族式に礼をしてみせると、侯爵はしばらくポカンとした顔で固まっていた。

しかしいくらかの沈黙ののち、今度は堰《せき》を切ったように笑い出す。

「アッハハッハ！　聖都で修道女になったという噂《うわさ》は本当だったのか！　伝説の毒婦《どくふ》が神のしもべだぁ？　このあばずれが、ずいぶんと殊勝なことだ！」

警護兵たちの険しい視線もおかまいなしで、侯爵はひとりヒィヒィと膝を叩いて笑いつづける。

その間、わたしはひと言も発さずに黙って立っていた。

そのうち気が済んだのか、次第に笑い声は小さくなり、侯爵は目に溜まった涙を拭《ぬぐ》いだした。

ようやく静かになったと思ったら、今度はじっとりと気味の悪い薄ら笑ぃを浮かべてこちらを見てくる。持っていたステッキの柄をわたしの顎《あご》に押しつけ、生あたたかい息を顔に吹きかけた。

「堅苦しい修道女の生活はさぞ男日照《おとこひで》りだろう。淫乱なお前は身体が疼《うず》いてしかたないんじゃないか？　どうだ、なんなら今からでも私が慰め——ぐぼぇああッッ!?」

みなまで言い終わらぬうちに、侯爵がもんどりうってその場に崩れ落ちる。

予備動作なしで放たれたわたしの蹴り上げが、股間の急所にみごとクリーンヒットしていた。

やっべ。

ムカつきのあまりつい手が、じゃないや、足が出てしまった……！

「あっ、ごめんなさい……。まさか女神のお膝元でそんな下品な台詞を聞かされるだなんて思わなくて……」

「あぐ……っ、がぁっ、問答無用で、人に蹴りを入れる修道女があるか……っ！」

しゃくとり虫のような恰好で地面に倒れている侯爵。平静を装っているつもりのようだが息は絶え絶え、額からは大量の脂汗が流れ落ちていた。周囲の警護兵まで、自分が食らったわけでもないのに沈痛の面持《おもも》ちをしている。

ほとんど勝手に身体が動いていたので、自分でも驚いてしまった。足元に転がる元親族を呆然と眺めるうちに、じわじわと不思議な解放感が胸に満ちはじめていた。

かつてこの男に手籠《てご》めにされかけた時、十九歳のわたしはただ怯えることしかできなかった。

あと一歩で汚されるところだったのを、窮鼠《きゅうそ》の一撃で危うく逃れられたのはほとんど運みたいなもので。

その後彼が「あの女は毒婦だ」「父の喪《も》も明けないうちから誘惑された」などと社交界で触れ回った時も、わたしはなんの反撃もできず泣き寝入りだった。

それが今やこの通り、ノーモーションで金的を入れられる程度には図太くなっているのである。

一体、わたしはこの男の何を恐れていたのだろう。

こんなちっぽけな男の虚言《きょげん》に、なぜあそこまで追い詰められなければならなかったのだろう。

(ああ。わたし……。聖都で暮らすうちに、自分で思うよりずっと、強くなっていたんだな)

この五年、わたしの中に巣食っていた心の翳《かげ》りが、急速に晴れてゆく気がした。

「えーと。とにかく、この宮殿に一般のかたが招かれることはありませんし、あれば警護兵さんが知らないはずがないのでお引き取りください」

「馬鹿な、だがハリエッタが……。おいお前、ハリエッタを知らないか⁉」

「ハリエッタ?」

なんの脈絡もなく出てきた名前に、わたしは面食《めんく》らった。

思わずオウム返しで問い返すと、侯爵はステッキを支えによろよろと立ち上がる。

「わが娘は聖皇猊下の花嫁になるのだ。だが、聖都に来てから連絡がつかず、まだ会えていない」

「は……?」

たしかにテンプルトン侯爵の娘であるハリエッタは、当初猊下の三人のお相手候補のひとりだった。でも彼女は選定の儀で早々に脱落して、とっくに聖都から出ていったのでは……?

なぜ今頃になって、この男がそんな荒唐無稽《こうとうむけい》なことを言い出すのか、理解ができない。

「何か勘違いをされているのでは？」

「そんなわけあるか！　おい、だからトマス枢機卿を出せ！　さっきから言ってるだろう！　私は聖皇の未来の義父だぞ！」

不穏な台詞を叫びはじめた侯爵を、警護兵が両側から押さえつけて拘束した。

「この男はしばらく牢に入れておきます。処遇はのちほど聖皇さまや枢機卿にお伺いしますので」

「あ……はい。それがいいと思います」

素面《しらふ》で言っているとしたら常軌《じょうき》を逸《いっ》しているし、少し頭を冷やした方が彼のためだろう。

警護兵の言葉に、引き気味に同意したちょうどその時。

ゴーンゴーンと、大きな鐘の音が辺りに鳴り響く。詠唱典礼の開始を告げる合図だった。

「すみません、後はお任せします！」

警護兵がうなずいたのを確認してから、あわてて踵《きびす》を返す。

まだ「私の立場をわかっているのか！」「あの毒婦を縛り首にしろ！」と叫びつづける侯爵を後目に、わたしは当初の目的地である大聖堂へと走り出した。

しかし、何か判然としない気味の悪さが身体に纏《まと》わりついている気がしてならない。

（もしかして侯爵は、娘が選定の儀で振るい落とされたことを知らないのかしら……）

おそらく侯爵は、ハリエッタの処女検査偽装に関わっている。

それにしたって、まるで娘が間違いなく猊下のお相手に選ばれると確信しているような口ぶりだったのはなぜなのだろう。

（もしも彼の言う通り、まだハリエッタが聖都のどこかに留まっているのだとしたら、一体今、どこに……？）

侯爵の世迷い言を、ただの妄言だと切り捨てることはたやすい。

しかし、心の奥底から湧いてくる言い知れぬ不安を、拭うことができずにいた。

ギリギリのタイミングで大聖堂の前までたどり着くと、そこは多くの人々でごった返していた。

巨大な両扉の中へ入り切らなかった信徒たちが、正面の中央広場にまであふれている。

「あー……これは中に入るのは無理そうね……」

せめてお声くらいは聞けたらと思い、どうにか正面近くまで進もうとすると。

「シスター・ミネットですね？」

後ろから声をかけてきたのは若い修道士だった。

「はい。そうですけど……」

「ニコライ枢機卿より、もしあなたが来たら最前列の席まで通すようにと言づかっています」

「え!?」

「今日の詠唱典礼を、あなたは誰よりも近くで聴き、深く胸に刻むべきだと仰《おお》せでした」

「えぇえ……？」

ほんのちょっと、遠くから姿を見るだけのつもりだったのに。

わたしはなぜか、並みいる招待客を押しのけて大聖堂内部の会衆席の最前列に連行されていた。

さすがにど真ん中に居座る勇気はなかったので、一番端の柱の陰に、隠れるように位置取りはしたのだけれど……。

（いいのかなぁ、ただの修道女がこんなところにいて……）

大聖堂の高い天井いっぱいに、パイプオルガンの厳かな音色が響いていた。

正面の祭壇の頭上はドーム状のステンドグラスになっており、赤や黄の美しい光が差し込んでいた。四方の壁面や柱には精緻《せいち》な花々のレリーフが刻まれ、その合間に並ぶ縦長のアーチ窓もすべてステンドグラスだ。左奥から順にたどれば、女神ユーフェタリアの降臨と聖人の誕生を描いた一連の物語となる。

ニコライ枢機卿を含むお偉がたは、すでに壇上の女神像を挟むかたちで並んでいた。

そして、いよいよパイプオルガンの演奏が終わると、まばゆい光を放つアドニス猊下が壇上に現れる。

聖皇の位階を表す黒緑の法衣《ほうい》は、裾から生いる金蔦《きんつた》の刺繍が施《ほどこ》された儀式用の最正装。その上から純白の大外衣を纏い、右手には聖杖が握られている。ドーム天井から差し込むステンドグラスの光が、銀の髪を七色に照らしていた。

まるでステンドグラスの中からそのまま抜け出てきたかのような神々しさだった。会衆席のあちこちから、感嘆のため息が漏れ聞こえていた。

猊下はゆっくりした足取りで祭壇中央の聖卓の前に立つと、軽く聖杖の先で床を叩いた。コツン、という音と共に、杖の先についている鈴が鳴る。

それが、儀式のはじまりを告げる合図だった。

(今日は、どの詩篇が詠まれるのかしら……)

この場にいる全員が、はたして何番の詩篇が聴けるのだろうかと考えているに違いない。聖堂内はしんと静まり返っていた。

「花は美しく、愛は地に満ちている。今日のよき日に、女神ユーフェタリアへ言祝《ことほ》ぎを捧げよう。——詩篇の第十三篇」

ところが、猊下の口から「詩篇の第十三篇」と番号が告げられた瞬間、周囲の信徒たちはおおいにざわめいた。

(詩篇の第十三篇? 実在していたの……?)

聖教書に収められている詩篇には、一から二十までの通し番号が付されている。その中で、第十三篇は番号のみで本文がない異例のものだ。

理由はよくわからない。長い歴史の中で内容が失われてしまったからだとか、重要な秘密を含むため隠匿されているのだとか言われている。

つまり、猊下が今から詠もうとしているのは、誰も聴いたことのない幻《まぼろし》の詩篇だったのだ。

「——《見よ、かの者を。ニオイスミレの丘に立つ、約束されし乙女の姿を》」

猊下の声が詩篇の序詞を編みはじめた途端、場内はふたたび水を打ったように静かになった。

わたしたちは今、歴史的瞬間に立ち会おうとしているのかもしれない。

一句も聞き逃すまいと耳をそばだてる信徒たちの声なき緊張が、熱気となって伝わってきた。

「《やってきたのだ、芽吹きの時が。待ちかねていた春の季節が。

凍えきった聖人の心に雪解けを運ぶ、たったひとりの春の乙女が》」

春の乙女。

聞き慣れない、けれど何度か耳にしたことのある言葉だった。

猊下の口から紡がれたのは、教会史上、一度も明かされることのなかった聖人たちの物語だった。

神花《しんか》から生まれた聖人が、女神から与えられた使命と癒しの力。

それは彼らに、善良であるがゆえの孤独と苦悩をもたらした。

女神ユーフェタリアは、そんな彼らの背負う重荷を分かち合う者として、春の乙女という存在を生み出したのだと——。

誰もが圧倒されていた。涙を流す者すらいた。

猊下の声は時に高らかに、そして穏やかに幻の詩篇を詠《うた》い上げる。

春の乙女という、たったひとりの半身を待ちつづける、歴代の聖人たちの憧憬《どうけい》と切望を。

「《その乙女は、輝く蝶《ちょう》を連れているだろう。

聖人を庇護し、欠けた器を祈りの力で満たすだろう。

さあ、花籠《はなかご》を持て。祝祭の篝火《かがりび》を絶やすな。

乙女の歌声が枯野へ響けば、大地はたちまち春の精霊の祝福に包まれる！》」

力強い呼び声が、天井から吊るされているシャンデリアに反響した。猊下はゆっくりと目を閉じ、はじまりと同じように聖杖で床を叩いて鈴を鳴らす。

わずかの間沈黙が訪れ、そしてたちまち、大聖堂は割れんばかりの拍手に包まれた。

詠唱典礼は厳格な宗教儀式なので、本来ならこんな歌劇の上演後みたいな拍手は起こらない。

しかし今日の猊下の語りには、人々の心を揺さぶる何かがたしかにあった。

「……その乙女は、輝く蝶を連れている……」

鳴りやまない拍手の中、わたしは詠われた一節を静かに反芻《はんすう》していた。

するとその言葉に応えるように、光る蝶が数羽、ふわりと宙に現れる。

(わたし、今までずっと、この蝶たちは猊下のお力が呼び寄せたものだと思っていたけれど……)

もしかしてわたしは、何か重大な勘違いをしていたのではないか。そんな疑念を抱いて、蝶たちが零す光の鱗粉《りんぷん》を見上げる。

その時、にわかに蝶たちの動きが変わった。

ふらふらと人々の頭上を漂《ただよ》っていたはずの蝶は、わたしの顔の周りを忙しげに数度旋回したかと思うと、今度は光の鱗粉を撒き散らしながら、これまでに見たこともないスピードでまっすぐどこかへ飛んでゆく。

直線を描いた光の軌跡を目で追えば、蝶たちは会衆席を越えてわたしがいるのとは反対側の、大きな柱の辺りをぐるぐると飛び回っていた。

(わたしに、何かを伝えようとしている?)

わたしは席を離れ、スタンディングオベーションをつづける人々の頭の間から、蝶たちが執拗《しつよう》に示している柱の奥へと目を凝《こ》らした。

暗がりに同化するように立っていたのは、黒い外套《がいとう》のフードをすっぽり頭まで被った不審な人物だった。

おそらく女だろう。柱の陰に背を預け、時折ちらちらと窺《うかが》うように祭壇を見ている。

女神の御前では被り物を取るのが礼儀とされているが、周囲の意識は祭壇へ釘づけとなっているため誰も彼女の存在に気づかない。さらにその位置は、祭壇脇に控える警護兵たちからは完全な死角になっていた。

(なんか、いやな感じ……)

その違和感を言語化する前に、女が柱の陰から躍り出ていた。

黒いフードが脱げ、豊かな髪が露《あら》わになる。その髪色は印象的なダークブロンド。

——ハリエッタ・デズモンド・テンプルトンだった。

途端に戦慄《せんりつ》が背を走り抜ける。彼女の顔が、ひどく醜悪に歪《ゆが》んで見えたからだ。

わたしは焦燥に突き動かされるまま、信徒たちを掻《か》き分け前方へ飛び出す。ちょうどハリエッタが反対側から、祭壇の階段を駆け上がろうとしていた。

「待って……待って!」

何人かが彼女の奇行に気づいたようだが、状況が呑み込めないのかぽかんとしていた。

わたしは全力で祭壇の階段を駆け上がり、猊下の立つ聖卓の前をそのまま横切る。

数歩遅れて、警護兵らが両側からわたしたちを追いかけた。

「彼女を止めて!」

必死に叫んだが間に合わない。ハリエッタは一直線に猊下へ向かっていた。懐《ふところ》で構えられた両手の中に、金属の鈍い光が見えた気がした。最悪の想像が頭をよぎる。

「だめ――――っ！」

わたしは渾身の力でハリエッタに飛びかかり、正面から押さえつけようとした。

そして。

ズドン、と重たい衝撃が内臓を揺さぶった。

左脇腹の辺りが、焼かれたように熱くなる。

「……あ……」

一拍遅れて、「あ、刺された」と気づいた。

ふらついてたたらを踏み、それでもなんとか持ち堪《こた》える。

「どけぇっ！　どきなさいよ！　私を辱《はずかし》めるあんたたち、みんなみんないなくなれば――」

「黙って」

錯乱するハリエッタを強く抱きしめた。しがみついた、という方が正しいかもしれない。

もう一度「静かに」と言い聞かせると、腕の中の彼女は咎《とが》められた子供のようにビク、と小さく身体を震わせた。

一瞬の静けさの後、カラン、と乾いた音がして、彼女の手からナイフが落ちる。

その刃にこびりついていたのは、祭壇に敷かれた真紅の天鵞絨《ビロード》よりも鮮やかな赤だった。

「ちが……っ、私は悪くない！　こ、この女が、いきなり飛び出すから！」

ハリエッタは弾かれたようにわたしの身体を押して後ずさった。

いやあ、さすがにこれだけ目撃者がいる中でその言い訳は通らないんじゃないかなあ、と言ってやろうとしたのだけど、喉から漏れたのはヒューヒューという情けない息の音だけ。

思わず背を折り曲げて咳込《せきこ》んだら、吐き出されたのは大量の血だった。

ぼた、ぼたた、と脇腹を押さえた手からも赤い血が流れ落ちている。

(あれ……。もしかして、けっこう、やばい、かも)

警護兵がハリエッタを取り押さえる。

会衆席が恐慌に陥《おちい》る。

わたしの身体が均衡《きんこう》を失い、足元から崩れ落ちる。

そのすべてがなんの音もせず、連続する絵を見せられているみたいにゆっくりだった。

「ミネット……?」

音の失われた世界でたったひとり、わたしを呼ぶ声がする。

アドニス猊下が、呆然とした表情で手から聖杖を取り落とす。杖はごろごろと祭壇を転がって、下の床に落ちた。

猊下は幽鬼みたいな足取りで、ふらふらと二、三歩こちらへ近づいたかと思うと。

「……ミネット!」

血相を変えて駆け寄ってきて、わたしの上体を抱き起こす。力強く肩を抱くその手が、震えているのがわかった。

（ああ、だめですよ猊下。そんな怖い顔をしたら、天下の美貌が台無しじゃないですか――）

そう言って笑おうとしたけれど上手くいかない。ふたたび咳込んで血を吐いたせいで、猊下の白い外衣を汚してしまった。

猊下の表情が、雨空みたいにみるみる曇ってゆく。

「ミネット、ミネット！　……あ、あ……、あああああああああ！」

大聖堂が鳴動した。

猊下の咆哮《ほうこう》が、うねりとなって大気を震わせていた。雷《いかずち》のごとき衝撃が堂内を走り抜け、神域を彩る巨大なステンドグラスたちを粉々に砕いた。

割れた破片は鋭い刃と化し、七色の雨となって人々の頭上へ落ちてくる。

――それはまるで、終末の報《しら》せ。

猊下の聖人としての力が、民衆を正しく導くために女神から与えられた尊い力が、災厄となって逃げ惑う人々に降り注ごうしていた。

（だめ！　やめて！）

わたしは叫んだ。声ならぬ声を張り上げようとした。

すると突然、わたしの中で何かがぶわりと膨らみ、あふれて、まばゆい光の大群が羽化する。

蝶。蝶。蝶。聖堂中を埋め尽くす輝く蝶の群れ。

そのすべてが、わたしの身体の中から生まれていた。

蝶たちは輝くらせんの帯になって、人々の頭上を駆け巡り、そして弾ける。

——光が、満ちた。

何が起きたのかは、わたしにはわからない。もうほとんど、目も耳も働かなくなっていたから。

ただなんとなく、蝶たちがみんなを助けてくれたのだろうということだけは伝わってきた。

深い安堵《あんど》と引き換えに、強烈な眠気が襲ってくる。わたしはそのまま、睡魔に身を委《ゆだ》ねようとして——。

——あれ？　でも。

ぼんやりと霞む視界で、わたしを抱きしめる猊下が泣いていた。

美しい顔をくしゃくしゃに歪ませて、瞳からぼろぼろと大粒の涙を零して、猊下が泣いている。

どう、して……？

「だめだミネット、今、今なおすから。ぜんぶなおすから、だから……っ、目を閉じるな！」

お願い女神さま。

わたしのことはどうでもいいの。

だから、どうか猊下を。

猊下の涙を——止めてあげて。

握られた手を通じて、猊下のあたたかな力が流れ込んでくる。

けれどそれと同じくらいの速さで、足元から冷たい死の気配が這《は》い上がってくるのを感じていた。

そして——、わたしの意識は、そこで途切れた。

◇　◇　◇

何か柔らかいもので頬を叩かれた、ような気がした。

くすぐったさに薄目を開けば、目の前で揺れているのは黒いしっぽ。

「……ノワ？」

驚いて数度瞬《まばた》くと、わたしの顔を覗き込んでいた黒猫はにゃーんと小さく鳴いた。

「ここ、どこ……？」

どうやら、横になって眠っていたらしい。

傍らに寄り添うノワの背を撫でながら、ゆっくりと上体を起こす。

そこは見渡す限り一面の、ただ真っ白いだけの索漠とした空間だった。

（はは一ん、わかったぞ。これはいわゆる、死後の世界ってやつでは？）

ユーフェタリア教の教えによれば、死した魂がはじめに訪れるのはだだっ広い草原で、その真ん中には生者と死者の理《ことわり》を隔《へだ》てるアケオースの河が流れているというけれど。

ここは河はおろか、草木も、空も、地面も何もなかった。

わたしはいつものようにお仕着せの修道服姿だった。立ち上がってポンポンとスカートの裾を叩いてみたら、それを見ていたノワが、「じゃ、これで」というかのようにしっぽを振って歩き出していってしまう。

「待って、置いていかないで！」

あわてて追いかけようとすると、数歩先のノワはくるりと身体ごと振り返った。その場に尻を下ろし、じっとわたしの目を見てくる。

「……来るなってこと？」

眉根《まゆね》を寄せて問えば、にゃーんと肯定が返ってきた。

どうやらわたしは、まだ死者の仲間入りはさせてもらえないらしい。

「そう、よね。わたしには、まだ果たせてない約束があるもの。死ぬには早いわ」

わかればいいんだよ、とばかりに、ノワはしっぽをたしっと白い空間に叩きつける。

「思い出させてくれてありがとう。……でも。でもねノワ」

そのつぶやきに少しの未練を滲《にじ》ませ、わたしは膝を折るとその場にしゃがむ。

そして、ほら、と両腕を広げた。

「一回だけ抱かせて？　きっと次にあなたに会えるのは、ずいぶん先になると思うから」

ノワは少しだけ考えるようなそぶりを見せ、それから「しょうがないなあ」とでも言いたげにわたしの腕の中に収まった。

忘れたくない。そのためにもう一度、しっかりと胸に刻んでおくのだ。

ノワを抱きしめた時の毛並みの柔らかさ。ずっしりと心地よい重み。小さく速い鼓動と、あたたかなぬくもりを。

「ねえ。もしもそっちでお父さまとお母さまに会うことがあったら、伝えてほしいの。……あなたたちの娘は、図太く元気にやっていますよって」

だからノワ、あなたにも覚えていてほしい。

わたしという人間が、この世界でたしかに生きているということを。

◇◇◇

柔らかな陽光の気配がした。自分の身体の重たさと、それを支えるベッドのスプリングの感触があった。

意識の覚醒と共に目蓋《まぶた》を開けば、そこは見慣れた修道女宿舎の自室だった。

視界に映ったのは古ぼけた天井と、わたしの顔を見下ろしている、まん丸の分厚い眼鏡。

「……シスター・メアリ……？」

「シスター・ミネット！」

もそもそと布団から起き上がると、シスター・メアリは感極まった表情で抱きついてきた。

——と思ったら、すぐに上体を反らして飛びのき離れてしまう。

「あ……ご、ごめんなさい。『春の乙女ミネットさま』って、お呼びした方がいいかしら……」

「えっ!?」

急にかしこまられて困惑するわたしに、メアリはいつものようにおどおどした調子で話しだした。

「み、見たの。あたしたち、あの後揃って礼拝堂を抜け出して、大聖堂の外から詠唱典礼を。それでシスター・ミネット、貴女《あなた》が刺されて、アドニスさまが動揺されて、大聖堂中のステンドグラスが割れて……。貴女の身体からたくさんの光る蝶が生まれて、ステンドグラスの崩落から人々を守ったのを」

シスター・メアリによれば、あの日あの場にいた人間全員が、わたしの身体の中から光る蝶が生まれる瞬間を目撃したらしい。

「あれから聖都は――ううん、きっと世界中が貴女の噂《うわさ》で持ち切りだわ。アドニスさまが詠まれた幻の詩篇と、その中に謳われている春の乙女が実在していたことに」

「え……、今って祝花祭からどれくらい経《た》っているの？」

「今日で六日目よ」

どうやら、わたしは自分が思うよりもかなり長い間眠っていたようだ。

まあ、死者の国の一歩手前まで行って帰ってきたのだから、ある意味当然かもしれないけれど。

わたしがのんきにノワと戯《たわむ》れている間に、世の中はわたしの想像を遥かに超えた事態になっているらしかった。

想像するだに頭痛がするので、わたしは即効で考えることを放棄した。

「じゃあ、わたしが目覚めるまでの六日間、シスターたちがずっとつきっきりで看病してくれていたのね」

ありがとう、と頭を下げると、メアリは気まずそうに眼鏡の奥の視線を逸《そ》らす。

「実は……貴女ははじめ、宿舎《ここ》ではなく宮殿にいたの。侍医《じい》のところに運び込まれた時にはもう、貴女の怪我はアドニスさまのお力ですっかり癒えていたそうよ。でも、意識だけがなかなか戻らなくて……。アドニスさまは眠りつづける貴女の顔を見るたびにお心を乱されて、そのたびにその、宮殿の窓や聖遺物の壺やらが割れるから……」

「ひえっ」

「このままじゃ宮殿が壊──じゃなくて、その、アドニスさまが憔悴《しょうすい》される一方だからって。ニコライ枢機卿の指示で、一昨日《おととい》こっそり修道女宿舎に運ばれてきたの……」

つまり、猊下から引き離すために、ここに隔離されていたと。

あの穏やかなアドニス猊下が、それほど取り乱すだなんて思いもしなかった。意識が途切れる間際に見た、彼のくしゃくしゃの泣き顔を思い出すと胸が痛む。

でも、わたしをお見舞いするたびに貴重な文化遺産を破壊するのはやめていただきたい。

(──本当に、困った人なんだから)

そっと左の脇腹に触れてみる。肺にまで達していたであろうあの時の傷は、すでに影もかたちもなかった。

知らず知らずのうちに破顔していると、それを見たシスター・メアリは深いため息を吐く。

「ねえ、シスター・ミネット。あたし、貴女に謝らないといけないわ」

「謝る?」

心当たりがなくて聞き返せば、深刻な面持ちで、ええ、とうなずく。

「あたしたち、貴女がアドニスさまから情熱的に求愛されるのを、微笑《ほほえ》ましいって思っていたわ。まるでおとぎ話みたいだわって、無責任に囃《はや》し立てたりして」

「ええ、まあ、たしかにそういう部分がなかったとは言わないけど……」

「でも、今回の件で少し怖くなった。聖人に愛されるって、とても覚悟がいることなんだと思い知らされたの。もしもまた、シスター・ミネットの身に何かがあったら……。アドニスさまは、聖都を木っ端《こぱ》みじんにしちゃうかもしれない」

うん。それはたしかに怖い。

思わず頬を引きつらせるわたしを、シスター・メアリはいつになくまっすぐ見た。

「だからもし、貴女がアドニスさまの愛を受け止めきれないと思うなら。あのかたから逃げたいと思うなら。……あたしはそれを赦《ゆる》すわ」

それは意外な言葉だった。

もしもわたしが本当に、詩篇に謳われる春の乙女なのだとしたら。聖人である猊下を愛し受け入れるのは、当然の役目とみなされるだろうと思ったから。

「だって、貴女は友達だもの。あたしは、貴女にしあわせになってもらいたい。シスター・ミネットのしあわせは、シスター自身に決めてもらいたいの」

「……メアリ……」

「……これ。みんなで集めたの」

シスター・メアリはそう言って、わたしの右手に何かを握らせる。おずおずと手の中を開くと、載せられていたのは十枚の銀貨だった。

「みんなでがんばって掻き集めたんだけど、修道女のへそくりじゃあこの額が精いっぱいで……」

シスター・メアリは伏し目がちに微笑んで、それからその小さな両手で、銀貨ごとわたしの手をぎゅっと摑《つか》んだ。

「もしも、このお金を使って聖都を出たいと思うなら言って。いつも本を仕入れているエトルエンデの業者に顔が利くの。あたしたちは貴女の味方よ。だから――」

かつて、妹のミリアに「ごめんなさい」と手渡された銀貨十枚。

あの時は、まるでその金でさっさといなくなれ、と告げられたように感じて、なんと非情な仕打ちをするのかと、いっそ投げつけてやりたいとすら思っていた。

でも、今ならわかる。

この十枚の重みに込められた、ミリアと――みんなの思いが。

気づけばわたしは、ぽろぽろと涙を零していた。

「そ、そんなに!?　アドニスさまに愛されるのが、そんなにつらいの!?」

「ううん、違うわ。……みんなの気持ちが、すごくうれしかったから」

頰を流れ落ちるあたたかい雫《しずく》を、わたしはそっと指で拭った。

「ありがとうシスター・メアリ」

大丈夫。

この銀貨十枚があれば、わたしはきっと、どんな場所でも生きていけるはずだ。

それから、シスター・メアリはお医者さまを連れてきてくれた。診察の結果は、「健康に問題なし。念のため今日だけは安静に」ということだった。

しかしふたりが去った後、わたしは早々にベッドから抜け出していた。

(行かなきゃいけない、わよね)

もちろん、猊下のところにだ。

だって、早くわたしの無事を伝えなければ、また宮殿のどこかが壊されちゃうかもだし……。

それに、わたしと彼との間には、まだ果たされていない約束があるのだ。

『祝花祭が終わったら――。その時は、お前の答えを聞かせておくれ』

ポケットにお守り代わりの銀貨十枚を押し込んで、部屋を出る。

六日も眠っていたなら脚が弱ってしまっているかもと思ったけれど、むしろピンピンしていた。これも、猊下の癒しの力のおかげなのかもしれない。

時刻は昼前だった。宿舎の外に出て思いっきり肺に呼気を吸い込めば、身に馴染《なじ》んだ聖都の空気が、太陽の光が、こんなにも清々しい。

そうだ。わたしは、生きている。

一刻も早く会いに行かなければと部屋を出たのに、いざ歩き出してみると、さてひと言目はなんと言うべきか、どんな顔をして会えばいいのか、余計な迷いが生じてくる。

元気になったわたしを見た時、猊下は「よかった」と笑ってくれる？

「なんて馬鹿なことをしたんだ」と叱る？

それとも——泣いてしまうだろうか。

あの日、血濡れのわたしを抱きしめて泣いていた猊下のお顔が、記憶の隅に残っている。大聖堂のステンドグラスが、猊下の嘆きに共鳴して粉々に砕け散った光景を覚えている。

それでもまだ実は、自分が彼にそれほどの大きな感情を向けられていることにピンと来ていない——と言ったら、メアリや枢機卿からは呆《あき》れられるだろうか。

考えごとをしているうちに、いつの間にか足は目的の場所から大きく遠回りして、礼拝堂の裏手にたどり着いていた。

そこには、今は使われていない古い告解室がある。この礼拝堂に一般信徒も自由に出入りできていた頃、罪人が己の罪を告白し、神に赦しを乞《こ》うために訪れた場所だ。

これまで存在すら気に留めたことはなかったのに、なぜかわたしは、吸い込まれるように扉を開いていた。

その空間は、宿舎のわたしの部屋の半分もないくらいの小さな密室になっていて、一客の椅子と、正面に格子状の小窓があった。

ひんやりと冷たい木椅子の肘《ひじ》掛《か》けに触れてみる。そこにはいばらを模した装飾が施されていて、まるで己の罪を自覚なさいと訴えかけてくるかのようだった。

その時、小窓のある壁の向こう側から、コホン、と小さな咳払いの声がする。

わたしは驚いて小窓を見た。どうやら、向こう側に人がいるらしかった。

本来、告解室では小窓を挟んで対面に、傾聴役の聖職者が控えている。罪人と顔を合わせないよう、入口はそれぞれ別だ。

てっきりもう使われない場所だと思っていたのだが、もしやここはまだ告解室として、信徒の罪の告白を引き受けているということだろうか。

神聖な空間に、好奇心で立ち入ってしまったことを後悔する。

だが同時に、この巡り合わせにどこか運命めいたものを感じている自分がいた。

(もしかしたら、これは不甲斐《ふがい》ないわたしに女神さまがくださったチャンスなのかもしれない。「今この場で、お前の本心を包み隠さず打ち明けてごらんなさい」っていう――)

わたしは大きくひとつ息を吐く。神の導きを受け入れて、罪人のための椅子へ腰かけた。

「……わたし、ミネット・アルバスロワの生涯一度の罪をここに告白します」

閉じ込めつづけた気持ちを整理しながら、ゆっくりと言葉に変える。

向かいの席にいるであろう人物は、特に先を促しもしない。わたしの言葉のつづきを、ただじっと静かに待っていてくれていた。

「わたしは五年前、ここ聖都タリアで修道女の誓願を立てました。これまで『貞潔、清貧、寛容』の教えを守り――たまに守らなかったけど――、おおむね真面目な修道女として生きてきました」

腹の前で祈りのかたちに手を組む。

この空間の薄暗さと適度な狭さが、まるで女神の懐に抱かれているかのように感じられて、内心を打ち明ける迷いを、少しだけ軽くしてくれた。

「でも、わたしはもう、修道女ではいられません……。生涯違《たが》えぬと女神に立てた誓いを、この先、守り通すことができそうにないんです」

修道女としての暮らしは、平凡だけど満ち足りていた。

何も求めない代わりに、何も失うことのない人生。それがこの先、死ぬまでつづくのだと思っていた。

けれど、わたしは知ってしまったのだ。自分の中にある、本当の望みを。

「こんなつもりじゃなかったんです。最初は本当に、ただ『子づくり指南係』としてお役に立てればいいと思っていました。でも、日々彼のやさしさに接し、彼の繊細な心に触れていくうちに、わたしは――」

わっと一気にすべてを吐き出しそうになって、喉元につかえた言葉を一旦呑み込む。

「……たぶんわたしは、ずっと前から自分の気持ちに気づいていました。でも、目を逸らして蓋をしたんです。この幸福は、この苦しみは、親が子に向けるような、あるいは親しい友に抱くような、そんな感情から来ているのだと……。そう、自分を偽って」

わたしは臆病だった。そして同時に驕《おご》ってもいたのだ。

彼のくれる愛情を都合よく受け取っておきながら、ふたりの関係が変わることを恐れ、決断を先延ばしにした。

「だけど……あの時。ハリエッタが猊下を害そうとしたあの時、わたしははっきりと自覚しました。

猊下を誰にも取られたくない。あんな女のために傷ついてほしくない。ましてや、『死』にあのかたを差し出してなるものかと。──そんな醜い独占欲を抱いている自分に」

本当に愚かだった。わたしの心は、とっくに決まっていたのに。

目を閉じ、組んでいた手を膝の上に乗せる。ポケットの中の銀貨の感触をたしかめ、それからまっすぐに正面を見た。

「わたしは、アドニスさまが好き。アドニス猊下を……、愛してしまったんです」

ユーフェタリア教の頂点たる聖皇。世界でたったひとりの貴いおかた。

そんな天上の存在を、わたしは愛してしまった。

そしてできれば、彼を聖人という孤高の座から引きずり降ろして、側にいたいと願っている。

──それがきっと、わたしの罪。

「本当に？」

「はい。わたしは…………、えっ？」

それまで聞き手に徹《てっ》していた向こう側の人物が、突然話しかけてきた。ほとんど独白のつもりでしゃべっていたので、想定外の事態に狼狽《ろうばい》してしまう。

（えっ、告解室って聞き手から話しかけてくることもあるの？　聞いてもらって終わりじゃなく？）

焦って挙動不審になっているうちに、ふたりを隔てている小窓が、向こう側からぱかりと開いた。

「もう一度聞かせてくれる？　ミネット」

ちょうど食堂のお盆くらいの大きさの格子窓。そこから乗り出し気味に顔を覗かせてきたのは、美しい銀髪を肩に流した――アドニス猊下。

「つげ、猊下ぁああっ!?」

「待っていて。今そちらに行く」

あまりの衝撃に、みごとに椅子ごとひっくり返った。その間に、そそくさと猊下が反対側のドアを出ていく音がする。

え？「そちらに行く」ってつまり――。

（いや、待て、待って、困ります！　すごく！　困る！）

わたしはあわてて椅子を直し、部屋から出ようとした。

しかし突然、何羽もの光る蝶が目の前に現れたかと思うと、まるでわたしの動きを妨害するかのように輝く鱗粉《りんぷん》を振りまき、忙《せわ》しなく視界を飛び回りはじめたのだ。

「あっ、ちょっとあなたたち、それじゃあ逃げられな――」

「逃げるつもりだったのかい？　どこへ？」

「ひぃっ！」

気づいた時にはもう、満面の笑みを湛《たた》えた猊下が目の前にいた。

彼が罪人のための狭い扉をくぐり、後ろ手で閉めると、蝶たちはお役御免とばかりにさっさと消えてしまう。――なんでよ!?

ほとんどゆとりのない小さな空間に、押し込められたふたりの人間。

背の高い猊下に見下ろされ、その圧迫感にわたしは思わずじり、と踵《かかと》を後退させる。

「い、いやあ。本気で逃げるつもりではなかったというか、言葉の綾《あや》と言いますか、その」

「逃がすわけがない」

「んぅ!?」

次の瞬間、わたしの身体は勢いよく後ろの壁に押しつけられていた。どうどう、と制そうとした両手はあっという間に頭上で拘束されて、猊下は嚙《か》みつくようなキスでわたしの口を塞《ふさ》いだ。

「だめだ。どこにも行かせない。それでも逃げるなら、鎖で繫いでおかなければならなくなる」

「行きませ……っ、どこにも行きませんから、……や、ぁっ」

弁明の言葉は息ごと封じられる。顎を摑んで上向かせた顔に覆い被さるようにして、猊下はわたしの唇を文字通り喰らった。

じゅるりと獣の食事のごとき音を立て、猊下の舌先は歯列を撫で、口内をまさぐる。

「つん、ふうっ、……ぁふ」

舌と舌が絡まれば、途方もない熱がもたらされる。あふれた唾液を漏らさず啜《すす》られれば、感じたこともないような背徳的な痺れが背を駆け抜ける。

彼の長い髪が顔の横から垂れ落ちて、わたしの視界を美しい銀色に染め上げた。

もう、だめだ。

猊下しか、見えない――。

わたしは早くも陥落《かんらく》の予感に囚われていた。

いつの間にか、両脚の間に猊下の膝が割り込んでいる。スカートの裾が乱雑にたくし上げられたかと思うと、猊下の大きな手が太腿《ふともも》を摑んだ。

その手つきは性急で大胆なのに、美術品を扱うような繊細さがたしかにあった。

圧しかかられた重みから逃れることもできず、触れられた素肌からさらなる痺れが生まれる。切れ切れの呼吸の合間に、理性を溶かす熱い口づけが降ってくる。

猊下の指先が腿を這って腰のくびれにまで到達した時、ポケットの中の銀貨十枚が、じゃり、と硬質な金属の音を立てた。

「本当に？　では、この金はなんのために？　私に黙って聖都からいなくなるつもりだったのではないか？」

「つ、これはぁ……っ」

この銀貨は、シスター・メアリたちがくれた勇気。

どんな決断をしても味方だよ、と言ってくれた彼女たちの友情が、わたしに自分の思いと向き合うための力をくれた。

しかし猊下の舌はわたしの口内をいいように蹂躙《じゅうりん》して、言い訳をする隙すらくれない。

「ふぅっ、……っ、黙っていなくなったりなんて、しませ、……んっ」

「だが、お前は私の目の前で一度死んだ。何も言わずに、勝手に冥界へ渡ろうとしたではないか」

ああ、そうなのか。

わたしが無垢な聖人に、疑念や不信という感情を教えたのだ。

わたしが安易に自分の命を危険に晒《さら》して、死という恐怖を彼に与えてしまったから……。

己の罪深さに震えがする。

それなのに、同時にえもいわれぬ喜びが全身を駆け巡ったのはどうしてなのか。

「も、勝手に……んっ、いなくならないか、らぁっ」

「ならば誓って。今ここで、私に」

「誓、う……？」

猊下はわたしの口を自由にすると、今度は左の耳輪を濡れた唇で舐《ねぶ》った。

吐息の熱さが鼓膜を焦がす。思わず身悶えたわたしの耳元で、かすれた声が懇願する。

「二度と私の側を離れないと。愛していると誓って。安心させてほしいんだ。……お前の唇で」

そのまま猊下は、仔犬がごとくうなじにかぶりつき、首筋に鼻先をうずめて押しつけた。

両手首を壁に縫い留める力はますます強く、スカートの中で腿を探る手は、わたしという命のかたちを、しかとたしかめているかのようだった。

「……きです……げい、か」

「聞こえない。そんな弱々しい声では誓いにならない！」

「つ、……この状況で……っ、まともに口がきけるかぁあ――――っっ！」

ついにわたしはブチギレた。

渾身の力で叫んでやると、大音量をまともに食らった猊下の上体がくらりとのけ反る。

力が緩んだ隙に手首の拘束を振り解いて、わたしはその両手で猊下の頬《ほお》をぴしゃん！　と叩き、それから包んだ。

「人に一生の誓いをさせようと言うなら、目を見て聞きなさい！」

額同士を打ちつける勢いで下から覗き込む。

すると猊下の顔から、一種の頑迷《がんめい》さのようなものが、ふっと抜け落ちたのがわかった。

はじめて対面したあの日から、わたしの心を摑んで離さない青の瞳が、ようやくわたしを映してくれていた。

「好きです、愛しています猊下。この先ずっとずっと、猊下がいやだと言ってもお側を離れません」

もう逃げない。だからまっすぐに、少しの偽りもなく、堂々と告げる。

猊下はしばらく放心したみたいに突っ立っていたけれど、やがてじわじわと言葉の意味を理解してくれたのか、美しいかんばせを花のように綻《ほころ》ばせる。

「ああ……やっと聞けた。愛しいミネット」

頰を包むわたしの手に、上から猊下の手が重なった。

「ミネット。愛している。天が哭《な》き、大地は黙《もく》し、命尽きようとも、私が生涯で愛するのはただひとり、お前だけだ」

天が哭き、大地は黙し、命尽きようとも。

その言葉は、ユーフェタリア教において新郎新婦が結婚式で交《か》わす誓いの句である。

とんでもないことをさらりと言ったな……と思ったけれど、わたしはもう逃げないと決めたのだ。

「ええと、わたしもその……。天が哭き、大地は黙し、命尽きようと……もごぉっ!?」

わたしが覚悟を決めて唱えはじめた誓いの句が終わるよりも前に、猊下が再度唇を塞いでいた。

先ほどまでとは違う、丁寧で、愛おしむようなキスだった。

「んっ、げ、かぁ……!?」

「ようやく私のものだ。ミネット……」

いやまだ、女神に誓い終わっていませんけど!?

そんな反論は、猊下のとろけるようなキスの威力に立ち消えた。

唇を食《は》み、何度も口づけて、やがて舌と舌を触れ合わす。

その親密さに、甘さに、泣きそうなほどの多幸感と快楽が込み上げてくる。

完全に腰砕けになったわたしを壁に縫いつけ、猊下はやさしくやさしく乱れさせてゆく。

いつの間にか修道服に潜り込んだ猊下の手がドロワーズのリボンを解いたので、わたしは驚いてびくりと身体を跳ねさせた。

「やだぁっ、こんなところで……誰かが来たら……っ！」

「あんな外まで響き渡るような大声で叫んでおいて、今さら？」

「だめです、告解室ですよ……!?」

「お前の罪は私が赦す」

聖皇にそう言われてしまったら、それ以上どう反論しろというのか。

必死に考えようとしている間にも、猊下は舌で、指先で、わたしの理性をたやすく溶かしてしまう。嬌声《きょうせい》をこらえて顎をのけ反《ぞ》らせたら、猊下はべろりと首筋を舐《な》め上げてきた。

舌は生き物のように耳の中まで這って、じゅく、じゅくと聴覚を犯す。ドロワーズを解いた手は、じっとりと湿った下生えの合間から、快感の芽を探り出そうとしていた。

「いやあぁっ、ふぁ、あ……っ！」

「ああ……お前の全身から花のように甘い香りがする……。お前の何もかもが、私を潔白《けっぱく》の聖人から卑しい男に変えてしまう」

「はぁ、あ、あ」

「ミネット。かわいい、柔らかい、愛しい、私だけの春の乙女……。もっと見せて、もっと……」

「あ、だ、め……っ、ん、んぅ……！」

狭い密室に淫《みだ》らな水音。

女の本能を掻き立てる猊下の匂いと声。

告解室という、神聖で、静謐《せいひつ》であるべき場所。

あまりの背徳に、頭がくらくらする。

やがて、猊下の指がぷっくりと膨らんだ肉芽を捉えると。

「やだ、だめ、あ、ぁ、あぁ……っ！」

ほんの数度の摩擦で、わたしはあっけなく絶頂した。

全身がぎゅうっと強張り、下腹部に溜まった痺れが一気に弾ける。力が抜けて崩れ落ちかけた身体を、猊下の腕が受け止めた。

抱いた腰を強い力で引き寄せる猊下の表情は、ぎらぎらとひりつくような欲望に濡れていた。

「お前が欲しい。今すぐお前と性交したい、ミネット」

……さっきから下半身に硬いものが当たってるんですよね……。

はぁ、はぁ、と熱い息を零し、頬を艶っぽく上気させて迫ってくる美形のご尊顔を、わたしはなけなしの力でぐいぐいと押しのけた。

「だ、だめです猊下」

「だが、私はこれ以上己を律することができない。今すぐお前を抱いて、この欲望を吐き出さねば、気が触れてしまいそうだ。お前だってそうではないの？　あんなに物欲しげな顔をしていたのに……」

「そういう問題ではなくてですね！」

場所を考えてくださいよ場所を！

歴史ある礼拝堂の告解室で淫行だなんて、あまりに罪深すぎるでしょうが！

このままでは本当に大罪人になってしまう。焦ったわたしは説得の方向を変え、しおらしくしなを作った。

「猊下とのはじめてが、こんな狭くて寂しい場所だなんていやです……。わかりますか、女性はムードが大事なんですとお教えしましたよね？」

上目遣いで乙女の不安を吐露《とろ》すると、猊下は乗り出していた身を少しだけ引いた。

「お願いです。誰も来ない場所で、ふたりだけで……」

「誰も来ない場所」

「はい。できれば日を改めて……」

「わかった。行こう」

言うなり、猊下はわたしの身体をひょいと横抱きにした。

窮屈そうに身を屈《かが》めて告解室の外へ出ると、そのまま軽々と、ご自身の居室がある宮殿とは別方向へと歩き出す。

あの、日を改めてって言ったの聞いてました!?

「行こうって……どっ、どこへ!?」

「誰も来ない場所だ」

ねえ、そこってちゃんと屋根のある場所なの!?

ベッドがあって、鍵のかけられる場所なの!?

一体どこへ連れていかれようとしているのかも不明の状態で、わたしは為すすべなく猊下の腕に抱かれていた。足早の猊下は一歩の幅が大きくて、風のように礼拝堂から遠ざかってしまう。

「アドニスさま!」

そのまま有無を言わさず拉致されかけたところで、誰かが後方から猊下を呼び止めた。

息を切らせて追いかけてきたのは、ニコライ枢機卿だった。

「こんなところにいらしたのですか! つい先ほど、シスター・ミネットが目覚めたとの知らせ……が……」

猊下が足を止めたので、ニコライ枢機卿はどうにかこちらへ追いついた。ぜえぜえと肩で息をしながら報告をはじめるが、すぐにぜんまいの切れたオルゴールのように動きが止まる。

——猊下の腕の中で、ちょこんといたたまれなく抱かれているわたしの姿を見たからだ。

無言で気まずい視線を交わすわたしと枢機卿。

猊下はそれをまるっと無視して、横抱きにしたわたしごと、ニコライ枢機卿の方へ上体を傾《かし》げた。

「ニコライ。私はしばらく戻らない。留守を頼むよ」

「はい!? い、一体どちらへ」

「禁庭だ」

訝《いぶか》しげに「禁庭？」と聞き返す枢機卿に、猊下は一分の曇りもない聖人スマイルで「ああ」とうなずく。

「今からミネットとの愛を揺るぎないものにするために、禁庭に籠ってたくさん性交するつもりだ」

ゑ？

この人——。

(なんで第三者に笑顔で性交宣言しちゃってるんですか!?)

わたしはもう、恥ずかしさのあまり両手で顔を隠してうつむくしかなかった。

穴があったら埋まりたい。なかったら掘ってでも埋まりたい。

「ああ、そうですか……。それはその……ご武運を……」

さすがの枢機卿も、「いっぱいセックスしてくるね！」とのたまう相手にどういう言葉をかけるのが適切なのか思いつかなかったらしい。

まるで死地へ向かう戦士、あるいは生贄《いけにえ》の羊のごとく、わたしは武運長久を祈られ送り出されてしまうのだった。


猊下の向かう禁庭は、聖教区の最奥、いくつかの堅牢な門を越えた不可侵の領域にある。

最後の門は、禁庭全体を囲う巨大な鉄柵だった。古びた金属の杭に緑の蔦が巻きつき、さながらそれ自体がひとつの生き物のようだ。

猊下が正面に立つと、両開きの格子扉はひとりでに開いてわたしたちを招き入れた。

「これが……禁庭……」

ひと足踏み入った途端、一帯に満ちる神聖な気配に圧倒された。わたしは思わず、猊下の法衣の胸元をぎゅっと摑んでいた。

聖教書に謳われる通り、そこは間違いなく地上の楽園だった。

ミモザ、スミレ、アジサイ、バラ。セージ、デイジー、マーガレット。

あらゆる季節の花が競うように咲き誇り、しかし不思議な統制の下に同居していた。そのすべてが満開で、鮮やかな色彩と香りは酔いしれそうなほど。

禁庭の姿を世に表すために、世界中の名工が集い、造り上げたとされる大聖堂のステンドグラスですら、実物の美しさには遠く及ばなかった。

時を忘れて眺めていたかったけれど、わたしを抱く猊下は相変わらず足早で、これだけの絶景を目に留めてもいないようだった。

どこまでもつづく緑の庭園を分け入ると、やがて陽の光を浴びて輝く小川が見えてくる。

この流れは最奥の聖なる泉に通じていて、その泉のほとりに神花が存在するのだと、書物で読んだことがある。

「ここから先は、正真正銘聖人しか立ち入ることのできない禁足の地だ」

猊下は少年のような足取りで、清流を軽やかに踏み越えた。

その時、わたしは不思議な違和感に包まれた。膜《まく》のような、ヴェールのような何かが、ふわりと身体の中を通り抜けたかのような。

神秘の領域へ、ただの人間であるわたしが踏み入ることを、女神はお許しくださるだろうか。

少しだけ心配になったけれど、恐ろしくは感じなかった。

だって、まっすぐ前を見ている猊下の顔が、いつになくやさしく穏やかだったから。

ここは怖い場所ではない。猊下にとっては大切な、生まれの地なのだ。

ヒメリンゴの樹木が立ち並ぶその先に、伝説の聖なる泉はあった。そして——。

「これが神花と呼ばれるものだよ」

泉の水辺に浮かぶ、島ほどもある巨大な一輪花。ふっくらとした八重咲きの花弁は、美しい桃色。

多くの宗教画の通り、その佇まいは睡蓮《すいれん》に似ていた。

猊下は泉の縁に、そっとわたしを下ろす。ふたりして見上げると、神花はまるで待ちかねていたかのように身を広げ綻んだ。

泉の水面に、瑞々《みずみず》しい花弁が垂れ下がって橋を架ける。

「おいで」

差し出された猊下の手に導かれ、わたしは神花へ足を伸ばした。

なんとなく、土足で上がるのがはばかられて靴を脱いだら、猊下は目尻を下げてふっと笑う。

裸足で踏みしめた神花の花弁はひんやりと冷たくて、肌触りは天鵞絨《ビロード》みたいだ。虹色に艶めく花芯の中央は、まるで羽毛を敷き詰めた白絹《シルク》の羽根枕のようだった。

わたしたちはそっと、その柔らかな褥《しとね》の上に腰を下ろす。

風が泉の水面に波紋を描けば、それに合わせて神花はゆらり、ゆらり、とやさしく揺れた。八重の花弁は柱となり天蓋となってわたしたちを護り、抱擁《ほうよう》する。

それはまさしく、女神が聖人のためにあつらえた神聖なゆりかごだった。

「猊下はどのようにして、この場所に生を受けられたのですか」

「わからない。気づいた時には、もうここにいた。しばらくは起きては寝て、と安穏に暮らしていたのだけれど、そのうち外が見たいと思うようになった。そうしたら、蕾《つぼみ》が開いて、私はこの地に『生まれた』ようだ」

「ふふ、よかった。もしも猊下が出不精のぐうたら者だったら、今も神花の蕾は開かないままだったかもしれませんね」

くすくすと笑みを零すと、猊下は少しだけ寂しそうにわたしを見た。

「私という生命《いのち》は、やはり人の胎《はら》を経《へ》て生まれたお前とは違う存在《もの》なのだろうな」

「そうですね。猊下は他の誰とも違う、世界でたったひとりの特別なかたです」

「そうか……」

「はい。猊下が花から生まれた聖人であってもなくても、わたしにとっては唯一の特別な――愛するかたですから」

そよ風が花を揺らした。猊下がわたしの頬を撫で、髪に指を差し入れる。緩く編んだだけの毛束はすぐに解かれて、胡桃色《くるみいろ》の髪が広がり落ちた。

「さあ、ミネット。愛し合おう。お前のすべてを、余すことなく教えてくれ」

その言葉は、これまでの彼の数ある口説《くど》き文句の中で最も自然で、魅力的で、わたしの胸に真水のように染み込んだ。

わたしがこくりとうなずけば、「ありがとう」と額に祝福のキスが降る。

猊下の手が、ゆっくりと胸元に伸びた。修道服の襟《えり》を撫で、さすり――そしてなぜか止まる。

ん？　と思って見上げると、猊下の眉間《みけん》に深い皺ができている。

猊下は難しい顔で、わたしの胸元に置いた手とにらめっこしていた。

（そ、そうだ。猊下は、女物の修道服の脱がせかたなんて知らないんだ！）

なにせ教えていないんだからしかたがない。

ここはわたしが自分で脱ぐしかない……！

わたしは猊下の手をそっと取り上げ、膝の上に置く。そして自らの手で、貞潔の象徴である白のつけ襟を外した。

腰紐を解き、つづいて背面のくるみボタンを外そうとするが、緊張のせいか上手く指がかからない。

後ろに手をやってもたもたしていたら、不意に何かがしゅるりと背中を撫で上げた。

「ひゃあっ!?」

驚いて振り返ると、目の前に佇《たたず》むのは一本の長い蔦だった。

神花の一部、あるいは禁庭の一部なのだろうか。どこからともなく現れた緑のそれは、器用にわたしの背中のボタンを外したかと思うと、あっという間に上からひっぺがして修道服を取り去った。

「えっ、え、えええええ!?」

「彼らは世話焼きだからね。手助けせねばと思われたのかもしれない」

苦笑する猊下を前に、ドロワーズ一枚にされてしまったわたしはあわてて裸の胸を両手で隠す。

そして思った。

禁庭《ここ》はたしかに、「誰も来ない場所」だけれど。

もしかして、それよりもっと偉大な何かが息づいている場所なんじゃないの？　と。

大いなる疑問は、しかし猊下がやさしく唇に唇を触れ合わせると、たちどころに泡になって消えてしまった。

ぴちゅ、ぴちゃり。

舌同士で撫ぜ合えば、互いの一部が熱した蠟《ろう》のごとく溶け出し、混ざりはじめたかのよう。キスがこんなに心地よいものだなんて、今日まで知らなかった。

「猊下……」

「アドニスだ」

アドニスさまの手がわたしの髪を梳《す》き、頬を、耳輪を、親指であやす。

慈雨《じう》のような口づけを全身で受け止めながら、わたしは彼の黒緑の法衣《ほうい》に手をかけ、胸元をはだけさせる。一秒でも早く、彼から聖皇という鎧を剝《は》ぎ取って、ひとりの男にしたかった。

もどかしさに震えながら、互いの下着まで取り払う。生まれたままの姿を晒した後は、たしかめるように素肌に触れ合う。

アドニスさまの頰、鎖骨、胸へと順に指を滑らせれば、白皙《はくせき》の肌は大理石のように滑らかで美しい。けれど、そこに浮きあがる男らしい喉仏や首筋、そして引き締まった硬い肉体は、彼がわたしとは異なる性であることをしかと物語っていた。

「柔らかい……それに、あたたかい」

アドニスさまの大きな手が、わたしの胸をやわやわと包んで揺らす。膨らみに指を沈み込ませ、熱心に捏《こ》ねて、はじめて味わう女の感触を堪能している。

まるで子供のように夢中になっているその姿を少しばかり微笑ましい気持ちで眺めていたら、突然、アドニスさまは顔を近づけ頂《いただき》にかぶりついた。

「ひゃあんっ！　あっ、はぁ……っ」

「……ん。先端が硬くなった。感じているの？」

「あぁっ、やぁ、……ん」

「舐められただけでこんなに感じ入ってしまったら、赤子に乳を与える時に困るのではないか？」

両手で胸を高く寄せ、色づいた尖《とが》りを吸い上げる。ぴちゃぴちゃと水音を立て、わざとらしく舌でなぶる。

そのたびに胸の先からびりりと鋭い刺激が生まれ、下半身までを甘く貫いた。

「あっ、あっ、なんで……そんなこと、お教えしていません……っ。——ぁ、もしや、聖人ライブラリーの力……!?」

ハッとして問うと、アドニスさまは「まさか」と笑った。

「そんな愚かな真似をするものか。触れたいと思ったように触れる。ただの本能だよ」

青い目は三日月のように細まって、唾液まみれの乳嘴を指が摘まみ上げた。

「きゃあああんっ！」

「……ミネット。私はね、歴代の聖人たちが、なぜ己の愛する者の記憶を共有することを拒んだのかが、今ならわかるよ」

「やぁ……っ、っあ、どうして、なのですか」

「愛する者のすべてを、自分だけのものにしたいからだ。お前の名を、捧げた恋情を、愛おしい日々の記憶を、どうして他の誰かにくれてやらなければならない？」

平たい指の腹が、硬く立ち上がった頂を挟んで擦り上げる。あまりの鋭敏な刺激に、わたしはびくんびくんと腰を跳ねさせた。

「やぁんっ、げいぃ、かぁっ」

「アドニスだ」

「アドニス、さ、ま」

「私を呼ぶせつなげな声も、愛らしい痴態も、全部、全部……、私だけのものだ」

「んぅっ！」

後頭部を引き寄せ、口を塞がれる。胸をもてあそんでいた手が脇腹を滑り、下腹部の割れ目に潜り込んだ。

「……っ、ぁふ、んんっ……！」

長い人さし指が暴いたその場所は、自分でもはっきりとわかるほど濡れていた。

アドニスさまは恥骨の膨らみを柔らかに撫で、蜜をあふれさせる秘裂にゆっくりと指を沈める。

胎内に異物が入り込む違和感を、激しい口づけがかき消した。

「んぅ、ん、ぷはっ、んン……！」

「ああ、お前は唾液すらも甘い……」

探るような控えめな指の動きは、すぐに大胆な煽動に変わった。

ぐちゅ、ぐちゅ、といやらしい音が羞恥心《しゅうちしん》を掻き立てる。思わず漏れた喘ぎ声は、丸ごと吸られ呑み込まれる。

上も、下も、ぐちゃぐちゃにかき混ぜられて、天地の感覚さえ抜け落ちた。

「腰が、揺れている。また達《い》ってしまうの……？」

「んぁっ、あ、あ、だめっ、……いやぁああ……っ！」

耳元でささやかれた言葉が引き金になり、わたしはあっという間に快感の階《きざはし》を駆け上る。

指を喰い締め、秘部をひくつかせ、だらしなく口を半開きにして、あられもなく達してしまった。

わたしはこのかたの指南係で、性にまつわることをお教えする立場のはずなのに。

(……こんなの、おかしい……)

こんなに一方的に、いいようにされてしまうだなんて……。

霞《かす》む思考が、理不尽な怒りを湧かせる。

くらくらと定まらぬ視界でアドニスさまを睨《にら》みつけると、彼の身体の中心に、雄々しい男の象徴がそそり立っていた。はち切れんばかりに張り出した肉欲の先端からは、透明な雫がひと筋、涙のように垂れ落ちている。

愛しさと、欲望と、それから子づくり指南係としての自尊心のようなものに駆り立てられて、わたしはそこへ手を伸ばした。

熱の塊を両手で包むと、アドニスさまはびく、と大きく身体を震わせる。

「あ、ミネット……?」

戸惑いがちにこちらを見下ろす表情に、わずかな期待の色が覗いているのがわかってしまった。

わたしは無言で手のひらに力を込める。そしてゆっくりと上下に動かしはじめた。

「つく……。ああ、だめだよミネット……。あまり、じらさないでおくれ……」

アドニスさまの声が上ずり、呼吸が乱れる。

その艶めかしさに煽られて、わたしは握りしめる力を強めた。

鈴口からあふれ出る雫を指で掬い、纏わせる。ぬち、ぬち、とぬるついた音を立てて両手でしごくと、逞《たくま》しい怒張はさらに隆起して、びくびくと脈動した。

「はぁっ、あ……、そんなに……刺激されると……っ」

アドニスさまが獣のように身震いする。

両肩を強く摑まれたかと思うや、次の瞬間には、勢いよく後ろへ押し倒されていた。

手首を摑まれ、顔の横に押しつけられる。アドニスさまの身体が覆い被さり、視界に大きな影を作る。

「――それ以上はだめだ」

これまでに聞いたこともない、低く切羽《せっぱ》詰まった声だった。

はぁ、はぁ、と荒い息を吐き、こちらを見下ろすアドニスさまの姿。

頰は薔薇色《ばらいろ》に上気して、青い瞳には強い情欲が燃えていた。肩から滑り落ちた銀糸がわたしの顔や肩をくすぐり、そのうちの幾束かは、乱れて顔に張りついたまま。

人智を越えた妖艶さに、わたしは思わずひゅ、と息を吞んだ。

アドニスさまは眉間に険しい皺を作り、わたしを強く掻き抱く。

耳元に唇を寄せると、せつなげに吹きかけた。

「ねえ、ミネット、もう限界だ。一秒でも早く、お前を――」

――抱きたい。

本能が歓喜に震える。背筋が興奮で粟立つ。

逸《はや》る心臓をなだめすかし、わたしは消え入りそうな声で答える。

「……どうぞ。あの、でも、お手柔らかに……」

「うん。……私の理性に期待しよう」

まったく信用ならない台詞を吐き、アドニスさまは額にキスをした。

わたしの後頭部に腕を差し入れ、もう一度しっかりと寝かしつける。ゆっくりと上体を起こして、腹につくほど反り返った己の剛直に手を添えた。

熱い欲望の塊が、泥濘に押しつけられる。――そして。

みりみりと、灼熱の杭が濡れた狭隘を抉《こ》じ開けた。

「はぁ、あ……！」

何かをこらえるように、アドニスさまが顎をのけ反らせる。筋張った喉仏がごくりと動いて、恍惚のため息が漏れ出た。

あまりの衝撃に、わたしは呼吸のしかたを忘れた。ただ口を引き結んで耐えていると、指がやさしく頬の強張りを撫でる。

「痛くはない？」

「っ、すこし……、痛い、です……」

「ああ、そうだろう。内側から身を裂かれるのだ、痛まないはずがない。だが……大丈夫だよ」

アドニスさまがふっと右手を宙にかざした。するとそこに現れたのは、一羽の光る蝶。

指先に留《と》まった蝶を、アドニスさまはわたしの下腹部へ導く。大きな手が臍《へそ》の下に置かれると、蝶の羽からきらきらと光の鱗粉が零れ落ちた。

蝶の光が瞬《またた》き、あたたかな力がアドニスさまの手から流れ込んでくるのを感じる。

するとと、今まさにじくじくと爛《ただ》れを訴えていた膣の痛みが、急速に引いていった。

そして代わりに頭をもたげたのは——とてつもない法悦。

「あっ、あっ、あぁぁ……！」

アドニスさまの癒しの力が、破瓜《はか》の痛みを忘れさせた。わたしの身体には、愛する人とひとつになった幸福だけが残っていた。

未知の快感に震えが走る。肉体は強く収縮し、ぎゅうぎゅうと胎内を締めつける。

「く……っ」

アドニスさまが小さく呻《うめ》いた。そして中断していた胎内への征服を、ゆっくり、ゆっくりと再開する。身体の奥からあふれた淫らな蜜が潤滑油となり、その侵入を助けた。

泣きそうなほどの甘い苦悶の末に、ようやく、ふたりのすべてが繋がった。

「つは……。ああ……、こんな悦びを知ってしまったら——」

不意に、アドニスさまはくつくつと忍び笑いを漏らす。銀の髪を片手で掻き上げ、一度うっとうしげに首を振って払いのけると。

「——もう、戻れない」

「っっ!?」

激しい振動が、身体を揺さぶった。剛直が硬度を増し、内臓を下から押し上げた。

アドニスさまが体重をかけわたしの喉元にかじりつく。そして腰を前後に揺らしはじめた。

「つふ、……ぁ、ミネ、ト……、ようやく……この日が……」

はじめは多少の遠慮も感じられたが、それもほんのわずかな間。

いつものやさしいアドニスさまは、すぐに本能に呑まれ消え失せる。やがて腰の動きは速度を増し、穿《うが》つような突き上げに変わった。

「ミネット、ミネット……！」

「ふ、あっ、あぁっ、アドニス……さまぁっ」

「ああ、どう、して……。だめだ、もう……っ、お前しか……、見えない」

彼自身にも止められないようだった。肩を押さえつけ、首に喰らいつき、荒々しく腰を打ちつけるさまは獣の交尾を思わせた。

ばちゅん、ばちゅん。肌と肌が叩き合わされ、愛液が飛び散る音がする。

胎の奥で甘い熱が生まれ、ぐんぐんと大きく膨らんでゆく。

「はぁっ、はぁっ、ミネット……っ、もっと、もっとだ。お前の、全部が欲しい……！」

はじめての快楽に溺れる、哀れな聖職者。

聖人の仮面は剝げ落ちて、そこにいるのは、ただのひとりの愚かな男。

愛しくて、愛しくて、乱れた銀髪に手を伸ばした。何度かよしよしと撫でてみたけれど、すぐに手首を取られてしまい、また顔の横に縫いつけられる。

いつの間にか腰を掴まれて、いよいよ逃げ場がなかった。アドニスさまの切っ先は、ごりごりと容赦なく内壁を抉《えぐ》り、責め立てる。

強すぎる快感に、わたしは喉を枯らしてひぃひぃとむせび泣くしかなかった。

子宮にめり込むような律動は、まっすぐ、一途に、わたしの身体を貫きつづけた。

追い立てられ、追い詰められ、ただ必死に、彼の背にしがみつく。

爪を立てて留まろうとしたけれど、今にも意識が押し流されてしまう。

「アドニス、さま、おねが……っ、も、あたま、変になる、からぁ……っ！」

「ミネット、ミネット、つく……、は、あぁ……！」

わたしの懇願に呼応するように、アドニスさまの熱が最奥で弾けた。

足の爪先から髪の先まで、めくるめく法悦の波が駆け巡った。

ほとんど頭の片端にひっかかっているだけの意識の下で、彼の分身がどく、どく、と脈打って、灼けつくような交歓の名残りを注がれるのを感じていた。

長い射精の余韻の末に、彼はゆっくりと上体を起こす。気だるげにふわりと目を細め、わたしの目蓋に、頬に、いくつもいくつもキスを落とした。

「すまない……。少し、われを忘れてしまった……」

ええ。だいぶ盛大にお忘れ遊ばされてましたよ。

……と、答える気力もない。

激しい情事は、多くの悦びと引き換えに、わたしの体力を根こそぎ奪い取っていた。

大丈夫ですよ、と慰める代わりに、わたしはアドニスさまの頬へ手を伸ばす。

やさしく撫でると、とろけるような笑みが返ってきた。

ふと、アドニスさまはわたしの腕を摑んで、ひょい、と身体ごと引っ張り起こした。

わたしはそのまま、彼の脚の間に向かい合って跨《またが》るかたちで抱きすくめられる。

「安心して。次はもっとたっぷり、時間をかけて、お前を快楽の園へ導くから」

腰を引き寄せ、摑んだ手首の内側に熱っぽいキスをひとつ。

わたしのお腹の中に、まだ繋がったままの彼がいる。

一度は精を吐き出し終えたはずのそれが、今まさに、むくむくと硬度を取り戻していくのがわかった。

「さあ、もう一度……。私にお前という存在を感じさせて」

「はい？　え？　………ええぇっ!?」

いつの間にか光る蝶たちが現れて、ひらひらとふたりの周囲を飛び回っていた。

アドニスさまがゆったりと腰を揺すると、わたしの中で混ざり合った愛液と、精液と、破瓜の血が、薄桃の粘液になってごぽり、と腿の間から垂れ落ちた。


――ああ、女神さま。

彼を愛したことが、わたしの罪ならば。

わたしはこの罰を、甘んじて受け入れます。


「や、あ……ッ、アドニス、さまぁっ、はぁ……んっ」

「ミネット、愛してる。どこにも、誰にもやれはしない。私だけのために啼《な》いて。私だけの……っ、春の、乙女」

太陽が女神の腕へ還り、空に星が瞬きはじめても。

アドニスさまのもたらす淫らな責め苦は、いつまでもいつまでも、終わることはなかった。

その後のわたしが一体どうなったのか、想像してみていただきたい。

脱童貞を果たしたアドニスさまは、わたしを文字通りぺしゃんこになるまで抱き潰した。

アホみたいな絶倫だった。

あれは聖皇じゃない。性豪である。

一般の殿方がどのくらいのものだかは知らないけれど、あれは絶対に普通じゃない。

ふたりが疲れ果てて眠りに落ちると、神花はその花弁を閉じ、護るように包み込んだ。

泥のような眠りから目覚めれば、どこからともなくやってきた緑の蔦さんが、果物や木の実を運んできてかいがいしく世話をしてくれる。

喉が乾けば、神花が生み出した雫を与えられ潤《うるお》した。

腰が痛いと訴えたなら、春の精霊たちが集ってきて立ちどころに癒やしてしまう。

こんなにぐちゃどろに抱かれているのに、かえって健康になってしまいそうなのが恐ろしい。

こうして、わたしは至れり尽くせりのふたりきりの楽園で、昼も夜もなくアドニスさまと繋がりつづけた。
幾度も日が昇っては落ち、月は満ちてまた欠けた。
それが正確にはどのくらいの期間だったのか、今となってははっきりしない。

# エピローグ　聖皇猊下の溺愛花嫁

穏やかな風が、アドニスさまの銀の髪を揺らした。

数日ぶりに雨雲が消え、空に晴れ間の広がる午後三時。

わたしとアドニスさまは、ふたりで宮殿のバルコニーにテーブルを出してお茶をたのしんでいた。

「どうぞ」

わたしが小花柄のティーカップに紅茶を淹れて差し出すと、アドニスさまはいつものように端正な唇を尖《とが》らせて、湯気の立つ水面にふーふーと息を吹きかける。

「おや、はじめて飲む味だ。美味いね」

「修道女たちのオリジナルブレンドなんです。市街区で手に入る南部特産の茶葉に、聖教区で育てた花の花弁を混ぜ込んで」

「人の子とは逞《たくま》しいな。いかなる不自由の中にも、喜びを見出すことができる」

口元に穏やかな微笑を浮かべ、アドニスさまは遠くを見る。

その視線の先には、聖都タリアのシンボルである大聖堂があった。

長大な身廊にかかる青い屋根。天に向かって伸びるいくつかの尖塔の中に、聖都の時報を兼ねる鐘楼《しょうろう》がそびえ立つ。しかしその外壁の一部は、今も未修復のため大きな暗幕がかかったままだ。

あの日、アドニスさまが砕いてしまった大聖堂のステンドグラス。

偉大な歴史的建造物の損傷に、世界はおおいに落胆するかに思われたのだが……。

聖人の力がふるわれたたしかな証として、むしろ今最もアツい巡礼スポットになっているそうな。

現在は立ち入り禁止になっているその場所に、深々と祈りを捧げる信徒の姿が跡を絶たない。

もちろんすでに修復計画も立ち上がっていて、世界中から名工たちが名乗りを上げているそうだ。

きっと歴史に残る大事業になるだろう。

もっとも、元あったステンドグラスをそっくり同じに再現するのではなく、いくつか新たな意匠がつけ足されるらしい。

女神ユーフェタリアが降臨し、神花《しんか》から聖人が生まれるまでを描いた一連の物語の中に、輝く蝶《ちょう》を連れた乙女の姿が加えられるのだとか。

「この修道女ブレンドを、聖都の特産品として売り出したらどうかって考えてるらしいです。そうして得た浄財は、大聖堂修復の費用に充てては――と」

「面白い試みだ。だが、その心配には及ばないよ。感謝すべきことに、エトルエンデ王家が多額の寄付を申し出てきているからね」

「あー……」

大聖堂修復にあたり、エトルエンデが多額の寄付を申し出た経緯。

アドニスさまは何もおっしゃらないけれど、わたしはその裏側を知っていた。

◇　◇　◇

わたしが例のごとくニコライ枢機卿《すうききょう》に呼び出されたのは、今より少し前のことだ。

「本日貴女《あなた》を呼び立てたのは他でもない。ハリエッタ・デズモンド・テンプルトン、およびローワン・エイダス・テンプルトンの処遇についてです」

思ってもいなかった話題にわたしが目をぱちくりさせると、枢機卿は小さく咳払《せきばら》いをした。

「アドニスさまは貴女にこのことを一切お話しになるつもりがないようですが、一応貴女は被害者であり、関係者でもあるので」

「正直、気になってはいました。触れていいのかわからなくて、口にはしませんでしたけど……」

枢機卿のおっしゃる通り、アドニスさまはこの話題からわたしを巧みに遠ざけていた。

「貴女を余計なことにかかずらわせたくないという、アドニスさまなりのご配慮なのでしょう。……まあ、私は貴女の神経の図太さを買っているので、こうやってお話しすることにしたのですが」

「ふたりはなんらかの罪に問われるのですか？」

「ハリエッタは言うまでもなく、アドニスさまの殺害未遂と貴女への傷害。そして父親は――北方教会との不正な癒着が認められました」

そういえば最近、北方教会の大司教が変わったばかりだ。

おそらく、その大司教がテンプルトン侯爵《こうしゃく》と繋がっていたのだろう。だから非処女のはずのハリエッタを候補者として送り込めたのね……と腹落ちした一方、それだけでは説明できない謎《なぞ》もある。

「ハリエッタは、なぜ猊下《げいか》を……？　動機については何か話しているんですか？」

「それが、いまいち判然としないのです。審問した者の話によれば、彼女はとても気の小さい、鼠《ねずみ》の足音にすら縮み上がるような女性だそうです。しかし凶行の理由を問うと、急に人が変わったように逆上して『お前たちが悪い』『みんな消えてしまえ！』などと支離滅裂な言動をくり返すのだとか。一応、誰かに指示されたとか、組織ぐるみの犯行でないことは裏が取れています」

「つまり……。猊下への、あるいは教会へのごく個人的な恨《うら》み？」

「恨みと断じるのもおこがましい。あれは子供の癇癪《かんしゃく》です。自分の思う通りにならないことが気に食わない、気に食わないものはなくなってしまえばいいという、極めて短絡的で幼稚な思考ですよ」

枢機卿の口調には明らかな怒気が含まれていた。

「あのー、まさかあのふたり、ギロチンや火刑になったりはしませんよね……？」

「いつの時代の話をしてるんですか。聖都の法に死刑は存在しません」

「じゃあ、罰金や禁固刑とか？」

「いいえ。両名は聖都タリアから国外追放されました」

国外追放——要は聖都を出禁になるということか。

彼らを許す気はこれっぽっちもないけれど、さすがに首チョンパや火あぶりにされては寝覚めが悪いので、思ったより軽微そうな処罰にちょっぴり安堵《あんど》する。

するとニコライ枢機卿は「貴女はことの重大さをわかっていないようですね……」と、やれやれ顔でため息をついた。

「『聖都の門はいついかなる時も万民に開かれている』。われわれはいにしえより、この教えを固く守ってきました。逆に言えば、国外追放はよほどの事態に限られる。つまり——この刑罰は、ユーフェタリア教からの破門に等しいのですよ」

「……！」

この大陸で、ユーフェタリア教はすべての文化、教養、生活の基礎であり基盤だ。

それが破門ともなれば、その人物は社会的信用の一切を失うも同然である。

「その上、両名を国外追放するにあたり、アドニスさまはエトルエンデ王宛に書簡を送りましたので。ふたりの罪状を懇切丁寧に書き連ね、『引き取りに来い』と」

「あわわ……」

つまり、ふたりの破門はエトルエンデ国王陛下の耳にまで入ってしまっているわけで……。

「自国民が聖都で大問題を起こしたのですから、エトルエンデ側は汚名をそそぐのに必死でしょう。貴族位の剝奪《はくだつ》はまず免《まぬが》れないのでは？　いずれにしても、ろくな末路にはならないでしょうね」

諸手を挙げて喜ぶ気にはなれなかったが、同情するほど慈悲深くなれそうにもない。わたしは複雑な気持ちで黙り込んだ。

彼らがこの先、どのような困難に晒《さら》されるかはわからない。それでも、命さえあるなら——。

そう考えるのは安易だろうか。

人は変われる。何度だってやり直せる。わたしがそうだったのだから。

（生きてさえいれば、きっと……）

かつての親族のよき前途を祈り、そっと両手を組む。

わたしが珍しく修道女らしい振る舞いをしたからか、ニコライ枢機卿はポリポリと禿頭《はげあたま》を掻《か》き、それから執務室の天井を仰《あお》ぎ見た。

「アドニスさまは聖都の法を正しく守り、決して私情で制裁を加えることはなさいませんでした。……ですがね、私は時々、空恐ろしくなるのですよ。あのかたの采配は、あまりに無駄がなく綺麗すぎる。まるで天上からわれわれを見下ろし、駒を動かしているかのようだとね」

わたしの知らないアドニスさまの一面は、まだまだたくさんあるのかもしれない。

◇　◇　◇

（――まあ、どんな一面があろうともアドニスさまはアドニスさまだもの。これから一生をかけて、ゆっくり知っていけばいいんだわ）

枢機卿との会話を思い返しながら、わたしはテーブルに置かれている絞りのクッキーをぱくりとひとつ口に放り込んだ。

アドニスさまが何も言ってこないのだから、ニコライ枢機卿に聞いた裏事情は、これからも胸にしまっておこうと思う。

「いずれにしても、早く大聖堂が元通りになるといいですね」

「うん。そうでなければ、お前との結婚式を挙げられない」

爽やかにうなずいたアドニスさまは、その言葉にまっすぐな意志を滲《にじ》ませていた。

わたしとアドニスさまの結婚は、すでに枢機卿会議でも認められて決定事項となっていた。

ただし、アドニスさまは自らの責任として、大聖堂の修復が終わるまでは結婚式を行わないと宣言している。数年はかかるだろうから、少し長い婚約期間になるかもしれない。

アドニスさまは一刻も早く、と張り切って修復計画の指揮を執《と》っているけれど、わたしはしばらく恋人気分を味わうのもいいかな、なんてのんきに考えている。

「もうひとつお食べ」

もご、と不意に口に何かを詰め込まれる。

考えごとで意識をお留守にしていた隙《すき》に、アドニスさまがクッキーをつまんで押し込んでいた。

「まだある。たくさん食べなさい」

「お気持ちはうれしいんですけど、今いただいた分で最後にしておきます」

「なぜ？」

「うぐ。……だって……」

近頃、アドニスさまはなんだか過保護だ。やたらとわたしに食べさせたがったり、昼寝をしなさいとか日光浴しようとか……。そのせいかはわからないが、最近ちょっと太った気がする。

「と、とにかく、遠慮します。ごちそうさまです」

これ以上ウエストに肉がついて修道服が入らなくなってしまってはたまらない。

わたしは紅茶のお代わりもそこそこに、そそくさとテーブルを離れた。バルコニーの手すりに体重を預けて、風が運ぶ葉擦れの音に耳を澄ませる。

目を閉じてあたたかな午後の陽ざしを感じていると、いつの間にかアドニスさまも席を立っていて、後ろからぎゅっと抱きしめてきた。

「ミネット。こちらを向いて」

「別に、怒ったわけでは――、ん……っ」

肩越しに振り向いた途端、上から覆い被さるように唇を塞がれた。

思わずあえかな息を漏らすと、舌と共に口内に押し込まれたのは、クッキーと一緒にお皿に並んでいたバターキャラメルのかけら。

「んぅ……、はぁ、んっ」

絡まり合った舌と舌が熱を生む。甘い快感が溶け出せば、とろけるような幸福に満たされる。

「……っもう！　なんでそんなに食べさせようとするんですか」

「愛しいからだ」

強がって悪態をついてみても結局のところ、わたしは彼のすべてを許してしまうのだろう。

惚れた弱みね……などと自嘲《じちょう》するわたしの、以前よりほんのりふくよかになった下腹部の辺りを、アドニスさまはさっきからにこにこと撫でている。

――もしかして、ぽっちゃり好きだったりする？

だったらしかたがないと、わたしは観念して彼の餌《え》づけを受け入れることにした。

甘やかされるのは気恥ずかしくて慣れない反面、どこかくすぐったいような心地よさがある。

そういえば最近、こうやってアドニスさまに抱きしめられていると、昼間でもうとうとと眠くなる。ノワがよく、わたしの腕の中でそうしていたのを思い出しながら、全身を包むあたたかな体温に頬をすり寄せた。

するとアドニスさまは、慈《いつく》しむようにわたしのつむじや耳にキスをくれる。手に手を重ね、やさしく指同士を絡ませた。

「世間では、婚約の記念に指輪を贈るらしいと聞いた。私もお前に贈っていい？」

「指輪なら、もういただきました」

今も咲きつづける、禁庭のスミレの指輪。今は布張りの小箱の中に、大事に大事にしまってある。

わたしたちの愛も、生涯枯れぬものであればいい。

「お前は欲がなさすぎる。お前のためにできることがあまりに少なくてもどかしい」

「そんなことはありません。わたしはとっても強欲ですよ」

世界でたったひとりの聖皇猊下《せいこう》を独占しようというのだから、とんでもない欲深に決まっている。

「そういえば、ひとつだけあります……お願いが」

ふと、思いつくままを口にしたなら、アドニスさまは「なんだって叶えるよ」と、絡めた指に力を込めた。

「妹に、手紙を書いてみようと思うんです。読んでもらえるかはわからないけれど、もし、彼女がわたしをまだ家族だと思ってくれているなら……。いつか、会いたいなって」

そう遠くないいつか。

大聖堂のステンドグラスには、手を取り合う聖人と春の乙女が描かれていて。七色の光が差し込む中、祭壇に立つわたしの隣には、やさしい微笑《ほほえ》みを浮かべるアドニスさま。

ふたりの周囲には、祝福の花弁を撒く同僚たちと、妹のミリアの姿があって――。

そんな、都合のいい未来を夢想する。

ほらね、やっぱりわたしはとんでもなく強欲なのだ。

「ミネット、愛しているよ。天が哭《な》き、大地は黙《もく》し、命尽きようとも」

「もう……。その言葉は結婚式まで取っておいてください」

誓いの言葉の代わりに、わたしもですよ、と鼻の頭へキスを返す。

空舞う蝶たちが光の軌跡を描き、ふたりの周囲に輝く虹を降らせていた。


この世は得てしてままならないことばかり。

人の一生は短く、永遠なんてありはしない。

それでも。


花は美しく、愛は地に満ちている。

〈了〉

あとがき

はじめまして、灰ノ木朱風《はいのきしゅふう》と申します。このたびは『聖皇猊下《せいこうげいか》の子づくり指南係』をお手に取ってくださりありがとうございます。

本作は、WEB小説投稿サイトムーンライトノベルズで開催された「eロマンスロイヤル大賞2023」にて奨励賞をいただいた作品を加筆修正したものです。

わたしはいわゆるミッション系大学の出身です。といっても、入学までほとんど宗教的なものにご縁がなかったため、キャンパス内にチャペルがあり、修道女が闊歩《かっぽ》するという環境にかなり驚いたのをよく覚えています。『聖皇猊下』はあの頃のわたしが受けたカルチャーショックや、はじめて間近に触れた「信仰」というものが、ひとつの原点になっていると思います。

ちなみに、お話の舞台である聖都タリアの風景は、バチカン市国やモンサンミッシェル（フランス）などをイメージしながら書きました。（広さは、皇居くらいかな……）

お話を通じて、架空の宗教都市を小旅行した気分を味わっていただけたらうれしいです。

今作を出版するにあたり、大変多くのかたにお力添えいただきました。

eロマ編集部の担当編集者さまは、原稿のアドニス猊下の言動にミネットのようにツッコミコメントを入れてくださり、「このギャグ滑ってないかな……」とビクビクしていたわたしに自信をくださいました。また、改稿にあたりより面白い作品にするためお知恵を絞ってくださっています。美麗なイラストを添えてくださったのは、なおやみか先生です。

作中では「ストレートロングの銀髪」としか表現されていない猊下ですが、実はキャラクターデザイン依頼時、「大振りの揺れ物ピアスをしていたり、アシンメトリーな髪型だったら泣いて喜びます」という性癖丸出しのオーダーをしていました。そうしたらなお先生が想像の五億倍麗《うるわ》しい猊下をデザインしてくださいました。猊下の右サイド三つ編み、かわいすぎると思いませんか!?

そしてなんといっても口元のほくろ！　これはなお先生のアイデアなんですが、キャララフをいただいた時に「天才か!?」と叫びました。あまりにえっちすぎる……。本年のノーベルえっち賞は間違いなくなお先生が受賞されるでしょう。ミネットのおっぱいもたゆんたゆんで最高です。

その他にも、書籍を発行し、みなさまのお手元に届けるまでにたくさんのかたが関わってくださっています。この場を借りて御礼申し上げます。

もちろん、一番の感謝を捧げたいのは今このあとがきをお読みくださっているあなたです。らぶあんどはぐ！

またいつか、何かのかたちでお目にかかれたらうれしく思います。その時までどうぞみなさま、お元気で。ごきげんよう！

eロマンス ロイヤル

本書は「ムーンライトノベルズ」(https://mnlt.syosetu.com/top/top/)に
掲載していたものを加筆・改稿したものです。
この作品はフィクションです。実在の人物・団体・事件などにはいっさい関係ありません。

●ファンレターの宛先
〒102-8177　東京都千代田区富士見 2-13-3　eロマンスロイヤル編集部

# 聖《せい》皇《こう》猊《げい》下《か》の子《こ》づくり指《し》南《なん》係《がかり》

著／灰《はい》ノ《の》木《き》朱《しゆ》風《ふう》

イラスト／なおやみか

2024年5月31日　初刷発行

発行者　山下直久
発行　株式会社KADOKAWA
〒102-8177　東京都千代田区富士見2-13-3
(ナビダイヤル) 0570-002-301
デザイン　AFTERGLOW
印刷・製本　TOPPAN株式会社

●お問い合わせ
https://www.kadokawa.co.jp/ (「お問い合わせ」へお進みください)
※内容によっては、お答えできない場合があります。
※サポートは日本国内のみとさせていただきます。
※Japanese text only



ISBN978-4-04-737997-8　C0093　
定価はカバーに表示してあります。